O BOTICÁRIO

O BOTICÁRIO

Maile Meloy

Tradução de Ananda Alves
Ilustração de Ian Schoenherr

1ª edição

BERTRAND BRASIL

Rio de Janeiro | 2016

Copyright © 2011 by Maile Meloy and Fathouse Incorporated.
Todos os direitos reservados.

Ilustrações © 2011 by Ian Schoenherr.

Título original: The apothecary

Editoração: Futura

Texto revisado segundo o novo
Acordo Ortográfico da Língua Portuguesa

2016
Impresso no Brasil
Printed in Brazil

Cip-Brasil. Catalogação na publicação.
Sindicato Nacional dos Editores de Livros, RJ.

M485b
     Meloy, Maile, 1972-
     O boticário / Maile Meloy; ilustração de Ian Schoenherr; tradução
de Ananda Alves. — 1. ed. — Rio de Janeiro: Bertrand Brasil,
2016.
     il.; 21 cm.

     Tradução de: The apothecary
     ISBN 978-85-286-2064-1

     1. Ficção americana. I. Schoenherr, Ian. II. Alves, Ananda. III.
Título.

16-34911
                          CDD: 813
                          CDU: 821.111(73)-3

Todos os direitos reservados pela:
EDITORA BERTRAND BRASIL LTDA.
Rua Argentina, 171 — 2o andar — São Cristóvão
20921-380 — Rio de Janeiro — RJ
Tel.: (0xx21) 2585-2000 — Fax: (0xx21) 2585-2084

Não é permitida a reprodução total ou parcial desta obra, por
quaisquer meios, sem a prévia autorização por escrito da Editora.

Atendimento e venda direta ao leitor:
mdireto@record.com.br ou (0xx21) 2585-2002

Para Franny

Uma nota ao leitor:

Minhas lembranças do que aconteceu comigo em 1952, quando me mudei de Los Angeles para Londres, com meus pais, e encontrei Benjamin Burrows pela primeira vez, não são perfeitas, por razões que explicarei neste livro. Eu não me "esqueci" daqueles meses do jeito que esqueço onde deixei meus óculos, o que estava acontecendo no romance que parei de ler na semana passada ou o nome da mulher que vende laranjas no mercado dos fazendeiros. Perdi o que aconteceu comigo na primavera de 1952 de um modo muito mais profundo e severo do que isso.

No entanto, mantive um diário naquele ano, quando tinha 14 anos e minha vida mudou de maneiras tão imprevisíveis. O diário foi roubado de mim, mas devolvido mais tarde. Quando li os relatos, eles estavam escritos com a minha própria letra, mas me pareciam estranhos, como se eu os tivesse escrito durante o sono, sobre um sonho que havia desaparecido.

Pessoas descrevem suas infâncias como mágicas, mas a minha... realmente foi. Enquanto eu reclamava com meus pais sobre ter de deixar Los Angeles, um químico na China escapava por pouco de um sequestro e um físico húngaro aperfeiçoava a habilidade de parar o tempo. Eu fui atraída, por Benjamin e seu pai, para a teia do que eles haviam criado.

Porém, se eu contar tudo isso agora, você não acreditará em mim. Contarei em ordem, como se reconstituísse os eventos após encontrar Benjamin novamente. Por um longo tempo as memórias pareceram — mesmo que fantásticas — importantes somente para mim em particular. Ultimamente, entretanto, contar essa história tem parecido cada vez mais urgente.

Jane Scott

LOS ANGELES, 2011

CAPÍTULO 1

Seguida

Eu tinha 7 anos e morava em Los Angeles quando o Japão se rendeu, no final da Segunda Guerra Mundial, e minhas primeiras lembranças vívidas são do quão feliz e animado todo mundo estava. Meus pais me levaram para um desfile na Fairfax Avenue, onde meu pai me ergueu em seus ombros, e marinheiros beijavam as jovens nas ruas. Na escola, fizemos pequenas bandeirinhas de papel para acenar, e aprendemos que uma força do mal — *duas* forças do mal — haviam sido derrotadas. Não teríamos mais guerras.

Alguns amigos dos meus pais afirmaram não ser verdade que havíamos nos livrado da guerra para sempre.

— As pessoas falaram isso sobre a última guerra — disseram eles, sentados em nosso pátio dos fundos, rodeados de cercas vivas, altas e verdes, bebendo vinho ou limonada, exatamente como eu me lembro de todos os amigos dos meus pais daquela época: as mulheres, com os cabelos para cima em rabos de cavalo embutidos, os homens, com as gravatas desatadas, no pátio dos fundos, com um drinque na mão. — E veja onde estamos.

Outros diziam que coisas terríveis assim haviam acontecido e que o mundo jamais seria o mesmo novamente. Meus pais, entretanto, olhavam para eles com ar de reprovação, quando sabiam que eu estava ouvindo.

Meu pai dizia que a gasolina não seria mais racionada e que poderíamos dirigir até Kings Canyon, que eu imaginava ser povoado de reis, para ver as árvores gigantes. Minha professora da segunda série dizia que teríamos manteiga de verdade novamente, não a margarina vegetal branca com a cápsula de corante amarelo que você podia misturar. Eu não me lembrava da manteiga de verdade e gostava da margarina branca na torrada, com pitadas de açúcar (minha mãe nunca colocava o corante amarelo, porque detestava qualquer coisa que não fosse real), mas eu, de fato, acreditava que a vida seria melhor. Teríamos manteiga de verdade, independente de como fosse, e talvez eu conseguisse ganhar uma irmã por conta de tudo. Eu a chamaria de Lulu. A guerra acabou e os caras malvados perderam. Uma era de ouro havia começado.

Por algum tempo aquilo realmente pareceu verdade. Jamais ganhei uma irmã, mas eu tinha os pais mais espertos e engraçados que conhecia, e os amigos deles eram quase tão espertos e engraçados. Meus pais eram uma dupla vencedora, Marjorie e Davis Scott, e tinham começado no rádio e trabalhado juntos em programas de televisão, primeiro em *Fireside Theater* e, em seguida, em *I Love Lucy*. Tinham histórias passadas em Santa

Bárbara, e os filhos de outros roteiristas e eu corríamos pelos campos de abacate, brincando de jogos elaborados de pique-pega, esconde-esconde e pique-bandeira. Juntávamos abacates que caíam dos pés e comíamos fatias verdes e enormes, com sal, direto da casca. Nadávamos no mar, brincávamos nas ondas e deitávamos na areia com o sol em nossas peles.

No jardim da frente da casa dos meus pais havia uma laranjeira, com flores que faziam com que as pessoas parassem e olhassem ao redor para ver o que cheirava tão doce. Quando chegava da escola, eu costumava pegar uma laranja e comê-la sobre a pia, para não derramar o suco. Na escola, líamos um poema com versos como "Felicidade era estar vivo ao amanhecer, / Mas ser jovem era uma maravilha!". Deveria ser sobre a Revolução Francesa, mas eu pensava ser sobre a minha vida.

Isso, entretanto, foi antes de eu começar a ser seguida.

Primeiro, o mundo todo mudou. Outra guerra se iniciou, na Coreia, contra os chineses, que haviam sido nossos aliados na última. Os russos, que também foram nossos aliados, tinham bombas atômicas e pareciam propensos a utilizarem-nas contra nós. A ameaça comunista deveria estar em todos os cantos, embora meus pais considerassem isso um exagero.

Na escola, em Hollywood High, assistimos a um filme sobre segurança, no qual uma animada tartaruga de desenho animado, chamada Berta, explicava que, quando uma bomba nuclear viesse, deveríamos correr para baixo de nossas mesas e colocar as cabeças entre os joelhos. Tinha uma musiquinha assim:

Havia uma tartaruga chamada Berta
E Berta, a tartaruga, era muito alerta
Quando o perigo a ameaçava, ela nunca se machucava

Sabia exatamente o que fazer!
Era só se abaixar... e correr
Abaixar... e correr!
Ela fazia o que todos nós devemos aprender
Você... e você... e você... e você...
Abaixar... e correr!

Nossa professora, a srta. Stevens, que havia nascido no meio do século passado e usava os cabelos brancos enrolados como a massa de um fantasma na parte de trás da cabeça, nos guiaria em uma simulação de bombardeio.

— Aqui vai o flash! — diria ela. — Todos para baixo das carteiras!

E para baixo iríamos... como se nossas carteiras de madeira cheias de livros e lápis fossem nos proteger de uma bomba atômica!

O que importava, os filmes enfatizavam, era não entrar em pânico. Então, em vez disso, todo mundo alimentava uma pequena ansiedade. Eu estava apenas na nona série e talvez fosse capaz de me livrar da preocupação, mas havia começado a pensar que alguém me observava.

No início, era apenas uma sensação. Eu a tinha quando voltava para casa: aquela impressão esquisita de quando alguém está de olho em você. Era fevereiro em Los Angeles, estava agradável e fresco, mas sem frio. As altas palmeiras ao longo do passeio da escola permaneciam verdes como sempre.

No caminho para casa, pratiquei caminhar como Katharine Hepburn, andando com passos largos e os ombros retos. Eu usava calças sempre que possível, e as minhas favoritas eram pantalonas verde-claras, com quatro botões enormes e pernas bem amplas. Eram dignas de Hepburn, enquanto os punhos zuniam ao seu lado. Ela era minha estrela de cinema preferida, e eu pensava que, se pudesse caminhar como ela, poderia me sentir e *ser* como ela, tão certa e confiante, balançando a cabeça e dando uma resposta espirituosa. Mas eu não queria que ninguém me visse praticando meu andar Hepburn, então, na primeira vez que senti alguém me observando, apenas fiquei envergonhada. Quando olhei por cima dos ombros e não vi nada além do típico tráfego da Highland Avenue, abracei meus livros, encolhi os ombros e andei para casa como uma garota comum de 14 anos.

Então, houve um dia em que tive a sensação de ser observada, olhei para trás e vi um sedã preto andando mais lento que o restante dos carros. Podia jurar que estava na mesma velocidade em que eu caminhava. Acelerei o passo, pensando que Kate Hepburn não ficaria com medo, e o carro pareceu acelerar também. O pânico aumentou em meu peito. Virei em um beco e o carro não me seguiu, então, me apressei, colada aos prédios, perto das latas de lixo. Quando cheguei na Selma Avenue, que era calma e cheia de árvores, havia um homem do lado de fora de uma casa podando suas rosas, mas nenhum carro.

Meu coração batia forte, e me forcei a respirar devagar. Acenei para o homem com as rosas e continuei a descer a Selma. Disse a mim mesma que era bobo sentir medo: ninguém estava me seguindo. Eles não tinham razão para me seguir. Joguei os cabelos, desejando que se movessem em uma massa brilhante e ondulada, e, então, o sedã preto surgiu na esquina à frente e passou lentamente por mim. Senti um calafrio, como se tivesse água gelada sendo bombeada em minhas veias.

Olhei para trás, para o homem das rosas, mas ele havia entrado em casa. Agarrei meus livros, evitando que minhas mãos tremessem, e continuei a caminhar enquanto o carro preto vinha em minha direção, ridiculamente devagar. Ao passar por ele, mantive meu queixo erguido e o segui com os olhos. No carro havia dois homens com ternos escuros. O mais próximo de mim, no assento do passageiro, tinha o cabelo tão curto que parecia um soldado, e me observava. Havia dois chapéus escuros, com abas, no banco de trás. Eu não conhecia nenhum homem que usava chapéu.

Continuei andando, o carro preto parou e esperou na esquina. Virei na Vista, a rua onde eu morava, e, quando pensei estar fora do campo de visão, corri para casa, procurando minha chave. Meus pais estavam no trabalho e não teriam voltado ainda. Derrubei a chave e a peguei da calçada, enquanto o sedã preto virava na Vista, e então entrei, batendo a porta e deslizando a corrente.

— Olá? — chamei pela casa vazia, por via das dúvidas. Ninguém respondeu.

Larguei meus livros e corri para a porta de trás, que levava ao pátio, e me assegurei de que estava trancada. Às vezes, éramos descuidados com aquela porta, porque levava ao jardim com cercas vivas, não à rua, mas o ferrolho se mantinha no lugar, então a casa estivera trancada o dia todo. Olhei através da janela da frente e vi o sedã estacionado na esquina, no final do quarteirão, esperando. Fechei as cortinas e acendi as luzes da cozinha, com minhas mãos ainda tremendo. Era o cômodo onde eu me sentia mais segura, por ser o local em que me sentava toda noite com meus pais, fazendo o dever de casa enquanto eles cozinhavam, ouvindo suas conversas.

Disse a mim mesma que estava bem, que, provavelmente, era coisa da minha cabeça. Minha imaginação tomando conta de mim. Preparei um sanduíche de manteiga de amendoim e mel e comecei a fazer meu dever de álgebra. Cada problema era um quebra-cabeças e ajudava a afastar meus pensamentos dos homens que poderiam ou não estar sentados no carro preto na esquina de nossa rua, atrás das cortinas que eu estava determinada a não abrir.

Às 18h, eu estava concentrada tentando encontrar o valor de x quando ouvi a porta abrir e bater com força no fim da corrente. Meu coração voltou a acelerar. Eu conseguira fingir que os homens, definitivamente, não estavam me procurando, mas aí se encontravam eles, tentando invadir a casa.

— O que é *isso*? — disse a voz de um homem raivoso.

Então me dei conta de que a voz estava mais irritada do que com raiva, e, em seguida, de que pertencia ao meu pai.

— Janie? — chamou ele, agora mais preocupado do que irritado. — Você está aí? O que está acontecendo?

Caminhamos aquela noite até o Musso & Frank's, meu restaurante preferido, mas não pareceu uma boa. Meus pais tentavam fingir que estava tudo bem, mas pegamos os becos e eles observavam as esquinas de cada rua. Meu pai andava tão rápido que minha mãe e eu tínhamos de apressar os passos só para acompanhá-lo.

Pegamos uma tenda e eu pedi as panquecas finas chamadas *flannel cakes* para o jantar. Queria que meus pais dissessem não e me fizessem pedir frango ou legumes... queria que as coisas fossem normais... mas eles nem perceberam.

— Então, quem *são* aqueles homens no carro? — perguntei. Minha mãe suspirou.

— Eles são chefes de polícia — respondeu ela. — De Washington. O governo.

Aquilo não fazia o menor sentido.

— O que eles querem?

— Estávamos querendo contar para você, Janie — disse. Ela sempre ia direto ao ponto, mas agora fazia rodeios sobre o que estivesse tentando dizer. — Temos novidades e achamos que são boas. Nós estamos... bem, pensando em nos mudar para Londres.

Eu olhei para ela.

— Vai ser uma aventura — disse.

Olhei para o meu pai.

— O que você fez? — perguntei.

— Nada! — respondeu, alto demais.

Uma mulher em outra mesa nos olhou.

— Davis — repreendeu minha mãe.

— Mas eu *não* fiz nada! Isso tudo é tão ridículo!

Um garçom trouxe copos d'água para a mesa e minha mãe sorriu para ele. Quando se afastou, ela disse:

— Não sei se você se lembra de Katie Lardner.

— Só das festas de aniversário — respondi, desmoronando na tenda.

Eu estava sendo o que minha mãe chama de *peste*, e eu sabia, mas não queria me mudar para Londres. Gostava dos meus amigos e da minha escola. Gostava dos treinamentos de salvamento na praia e das viagens para Santa Bárbara, das laranjas crescendo no jardim da frente. Gostava de tudo, menos de ser seguida por homens de Washington por qualquer coisa que meus pais tivessem feito.

— Os Lardner se mudaram para o México — disse minha mãe —, porque o pai virou um alvo. Ficou impossível para ele trabalhar aqui.

— Não. Eles se mudaram porque o pai dela era comunista — respondi. Então, o chão do Musso Frank's pareceu se abrir sob os meus pés. — Ah, *não!* Vocês são *comunistas?*

Meus pais olharam para os lados a fim de ver se alguém estava escutando. Em seguida, meu pai se debruçou na mesa e falou, em um tom de voz baixo que mal dava para ouvir:

— Nós acreditamos na Constituição, Janie — falou ele. — E fomos inseridos em uma lista de pessoas que eles estão observando. É por isso que a estão seguindo, quando não tem nada a ver com você. E não vou permitir que sigam minha *filha.*

Ele bateu no tampo da mesa e sua voz começou a aumentar novamente.

— Davis — disse minha mãe.

— Não vou, Marjorie — ele retrucou.

— Eu nem ao menos entendo o que é ser comunista — respondi.

Meu pai suspirou.

— A ideia — disse ele, em voz baixa — é que as pessoas devem dividir os recursos e ser donas de tudo igualmente, então, não existem pessoas absurdamente ricas, que têm de tudo, e outras, desesperadamente pobres, que não têm nada. Essa é a ideia. Só é difícil colocar em prática. O problema, agora, é que o governo americano... ou pelo menos algo chamado Comitê de Atividades Antiamericanas... ficou paranoico com a *ideia*, como se fosse uma doença contagiosa, a ponto de perseguiram pessoas inocentes que podem acreditar nela ou tê-lo feito no passado. Não é justo, racional ou constitucional.

Eu estava determinada a não chorar e limpei meu nariz com o guardanapo.

— Posso pelo menos terminar o semestre aqui?

Ele suspirou.

— Aqueles homens querem que apareçamos no tribunal, sob juramento — disse ele. — Seríamos capazes de responder por nós mesmos, mas haveria possibilidade de nos pedirem para testemunhar sobre nossos amigos, e não podemos fazer isso. Ouvimos que eles em breve confiscarão passaportes para que as pessoas não consigam deixar o país. Então, teremos que ir logo.

— Quando?

— Esta semana.

— Esta *semana*?

Minha mãe interferiu.

— Tem alguém com quem já trabalhamos antes — disse. — Olivia Wolff. Ela já se mudou para Londres, a fim de produzir um programa de televisão sobre Robin Wood. Quer que trabalhemos nele, o que é... Janie, é uma oportunidade maravilhosa. Vai ser como viver em um romance de Jane Austen.

— Você quer dizer que eu me caso no final? — perguntei. — Tenho 14 anos.

— Janie.

— E Jane Austen era *de lá*, não era americana. Eu vou ficar tão deslocada!

— Janie, por favor — disse minha mãe. — Essa é uma ótima chance que Olivia está nos dando. Não temos escolha.

— *Eu* não tenho escolha. *Vocês* tinham, e foram parar naquela lista!

— Não escolhemos estar naquela lista — falou meu pai.

— Então, como foram parar lá?

— Ao acreditar na liberdade de expressão. Ao ter fé na Primeira Emenda!

O garçom veio e colocou os pratos em nossa frente.

— Panquequinhas para a mocinha — disse ele.

Eu lhe lancei um sorriso fraco.

Meu pai encarou minha pilha de panquecas, com um pedacinho de manteiga de verdade derretendo no topo.

— Foi isso que você pediu para *jantar*?

— Ela pode pedir o que quiser — respondeu minha mãe.

Encarei meu pai com um olhar desafiador, mas, quando dei uma garfada na minha última pilha de *flannel cakes*, as panquecas fininhas, douradas e deliciosas do Musso Frank's por um bom tempo... talvez para sempre... elas tinham o gosto de serragem, e fiz uma careta. Meu pai não conseguiu resistir à piada.

— Parece que você está comendo flanela de verdade — disse ele, sorrindo. — Pijamas com cobertura.

— Muito engraçado — respondi.

— Olhe, mocinha — falou ele. — Se não pudermos rir juntos, não iremos conseguir passar por isso.

Eu engoli a serragem.

— Não me chame de mocinha — respondi.

CAPÍTULO 2

O Boticário

É seguro dizer que eu não estava animada sobre a mudança para Londres. Eu não era nenhuma Jane Austen espirituosa, paciente e adaptável. E, se fosse um pouquinho parecida com Katharine Hepburn, seria nas cenas em que ela é uma peste terrível. Chorei no táxi durante todo o caminho para o aeroporto, depois dos agitados equipamentos de perfuração de óleo em La Cienega. Chorei no primeiro avião em que já estive, o qual deveria ter sido excitante, e *foi* excitante... todos aqueles prédios pequeninos lá embaixo... mas não daria aos meus pais a satisfação de saberem que eu estava gostando.

No Aeroporto Heathrow, em Londres, havia um retrato emoldurado da muitíssimo jovem Rainha Elizabeth II na parede.

— Ela não é muito mais velha do que você — disse minha mãe. — E passou por uma guerra, seu pai está morto e agora tem que ser rainha, coitadinha.

— Viu? — perguntou meu pai. — Sua vida poderia ser pior.

Olhei para a foto da jovem rainha. Tínhamos escapado dos chefes de polícia americanos, trancado a casa e feito as malas apenas com coisas que podíamos carregar. Meus pais escreveriam para a BBC sob nomes falsos... *nomes falsos*, quando minha mãe mal conseguia colocar corante amarelo na margarina! Estávamos vivendo como criminosos ou espiões. Embora eu sentisse raiva, ficar ali parada, olhando para o retrato da jovem e destemida rainha, permitiu que eu pensasse que minha mãe estava certa e que isso poderia ser uma aventura.

Mas fevereiro em Londres acabou com aquelas esperanças. Pegamos um táxi pelas ruas que ainda apresentavam traços dos ataques de bombas, desoladas, sete anos depois do final da guerra, até um pequeno prédio de três andares na rua St. George, em Primrose Hill. Do outro lado da rua estava um dono de armarinho — meu pai disse que era como um alfaiate — parado do lado de fora de sua loja, com as mãos atrás das costas e uma expressão como se ninguém nunca entrasse ali.

Nossa nova locatária, a sra. Parrish, tirou o avental e ajeitou uma nuvem selvagem de cabelos para

nos mostrar o local. Ela informou que o aquecedor de água a gás, debaixo da pia da cozinha, estava quebrado, e que teríamos de esquentar panelas d'água no fogão. A cozinha ficava ao longo de uma das laterais da sala de estar, não maior que um closet, e poderia ser fechada como um. Os cômodos eram congelantes, e as paredes pareciam úmidas. O papel de parede marrom estava manchado de água perto do teto.

Devíamos parecer perturbados, porque a distraída sra. Parrish, de repente, se dirigiu a nós. Ela *não* permitiria que alguns americanos mimados deixassem de apreciar sua boa sorte.

— Vocês têm sorte de conseguir o lugar, sabe — disse ela.

— Claro — retrucou minha mãe, rapidamente. — Somos muito agradecidos.

— Pessoas estão entrando na fila para um apartamento como este, com seu próprio banheiro, quartos separados e uma linha telefônica que funcione. Mas a BBC pediu que o reservasse especialmente.

Era claro que não merecíamos tal prêmio, enquanto seus compatriotas, que haviam perdido tanto, ainda se encontravam sem um banheiro privado.

— Somos muito agradecidos — repetiu minha mãe.

— Vocês estão com seus cartões de ração para o mercado?

— Ainda não — disse minha mãe.

— Irão precisar deles — falou a locatária. — E descobrirão que o estoque do açougueiro termina bem cedo, pela manhã, com ou sem cartões de ração — revelou. Ela baixou o tom da voz. — Posso lhes vender alguns ovos, se quiserem. Não são difíceis de conseguir, mas conheço alguém que tem galinhas.

— Isso seria muito bom.

A sra. Parrish nos mostrou onde depositar moedas de 1 centavo no aquecedor de gás na parede para que funcionasse. Nós não tínhamos nenhum centavo inglês, mas dissemos que conseguiríamos alguns.

— Vou lhes dizer — confessou, limpando as mãos da poeira do aquecedor —, não faz muita coisa. Além de comer as moedas. Vocês vão querer guardar as bolsas térmicas para as camas.

— Nós não temos nenhuma bolsa térmica — disse minha mãe.

— Tente o boticário — sugeriu a locatária. — Depois da esquina, no Regent's Park. Ele terá moedas também.

E ela nos deixou.

Minha mãe começou a investigar a cozinha-closet, meu pai e eu pegamos tudo que tínhamos que fosse quente, o que não era muito, para irmos até a botica, que ele disse ser como uma farmácia. O céu acima da rua St. George era cinza, os prédios eram cinza, e as pessoas vestiam cinza. Parece clichê, mas é verdade. Sair de Los Angeles para Londres em 1952 era como deixar um filme colorido e entrar em um em preto e branco.

Depois da esquina da rua Regent's Park, como a locatária disse, deparamos com uma fachada que tinha duas vitrines cheias de garrafas de vidro. Uma placa pintada acima de uma delas dizia **BOTICA** e mais uma, sobre a outra janela, informava: **FUNDADA EM 1871**. Meu pai empurrou a porta de vidro e a segurou para mim. A loja tinha um cheiro esquisito, mofado, herbáceo e metálico ao mesmo tempo. Atrás do balcão havia uma parede de potes. Um homem calvo, em uma escada de rodinhas, na parte de cima da parede, pegou um jarro. Ele não pareceu nos notar, mas então falou:

— Só um momento — disse.

O homem desceu cuidadosamente das escadas com o jarro em uma das mãos, colocou-o sobre o balcão e olhou para nós, pronto para atender as nossas necessidades. Tinha os óculos com armação de arame e um ar de alguém que não apressava as coisas, que prestava atenção em cada tarefa em particular antes de passar à próxima.

— Estamos procurando por três bolsas térmicas — disse meu pai.

— Claro.

— E o que me diz de algumas barras de chocolate?

O boticário sacudiu a cabeça.

— Nós temos, de vez em quando. Não sempre, desde a guerra.

— Desde a *guerra*? — perguntou meu pai, e eu podia vê-lo calculando: 12 anos sem um abastecimento regular de chocolate. Ele parecia um pouco fraco. Imaginei se ele poderia conseguir uma receita médica para um chocolate. Então, eu poderia ter um pouco também.

— Volte outro dia — disse o boticário, vendo seu desapontamento. — Devemos receber alguns em breve.

— Certo — respondeu meu pai. — Melhor levarmos algumas aspirinas também.

Eu podia notar que ele se sentia envergonhado pela necessidade indisfarçável por doce e sempre fazia piadas quando se sentia assim. Conseguia identificar uma chegando.

— E o que me diz de algo para minha filha, para curar as saudades de casa?

— *Pai* — falei.

O boticário olhou para mim.

— Você é americana?

Assenti.

— E você se mudou para um apartamento gelado com quartos congelantes que precisam de bolsas térmicas?

Assenti de novo, e o boticário guiou a escada ao longo da parede traseira em suas rodinhas de metal.

— Eu estava brincando — disse meu pai.

— Mas você *está* com saudades de casa? — perguntou o boticário, por cima do ombro.

— Bem... sim — respondi.

Ele subiu nas escadas e escolheu dois potes, colocando um deles debaixo do braço para descer. No balcão, abriu as tampas e mediu dois pós diferentes, um amarelo e um marrom, em um potinho de vidro.

— O marrom é álamo, o amarelo, madressilva — disse ele.

Para o meu pai, afirmou:

— Nenhum deles fará mal a ela.

Para mim, recomendou:

— Ponha uma pitada de cada um... sabe o quanto é uma pitada? Algo tipo uma colher de chá de cada em um copo d'água. Não fará efeito imediato, mas talvez faça você se sentir melhor. Ou não. As pessoas têm constituições diferentes.

— Nós realmente não... — começou meu pai.

— É por conta da casa — respondeu o boticário. — Para a mocinha.

Em seguida, entregou-nos as bolsas térmicas e o vidro de aspirina.

— Obrigada — agradeci.

— Você também vai querer alguns centavos para o aquecedor de parede — disse ele, entregando-me nosso troco em um punhado de moedas grandes e marrons que tilintaram, quase que tinindo, em minha mão.

CAPÍTULO 3

St. Beden School

Na manhã seguinte, engoli meu álamo com madressilva, contra a vontade da minha mãe, a fim de me preparar para meu primeiro dia na St. Beden School.

Recomeçar em uma nova escola nunca é fácil, especialmente no meio do ano, quando as amizades já estão estabilizadas e as hierarquias, entendidas. Na Inglaterra, tudo isso era elevado a um exponencial horripilante. St. Beden era uma escola de ensino médio, e para entrar você precisava ser aprovado em um teste. A maioria dos jovens era reprovada, e ia para algo chamado "escola moderna secundária", que não era tão boa e onde as crianças ficavam apenas passando tempo, antes de conseguirem empregos. Então, os alunos que passavam para a escola de ensino médio pensavam — de imediato — serem mais do que os outros.

A escola era em um edifício de pedra com arcos e torreões que me pareciam muito antigos, mas não eram nem um pouco, em termos ingleses. Foi construída em 1880, então, era praticamente nova. Tinha paredes com painéis escuros na parte de dentro e quadros com homens que usavam nós de gravatas elaborados e que, de alguma forma, haviam sobrevivido aos danos das bombas. Dois professores caminhavam pelo corredor, de beca preta, e pareciam nefastos e ameaçadores, como morcegos gigantes. Todos os alunos usavam uniformes azul-escuros com camisas brancas — paletós e gravatas para os meninos e saias pregueadas para as meninas. Eu ainda não possuía uniforme, e vesti minhas calças Hepburn verde-claras e um suéter amarelo, o que, embora parecesse normal em Los Angeles, aqui parecia meio fora de lugar, como um palhaço. Talvez eu também estivesse carregando uma placa enorme que dizia: NÃO PERTENÇO A ESTE LOCAL.

A secretária da escola, cujos cachos pequenos e grisalhos me faziam lembrar uma ovelha, me informou dos horários das minhas aulas. Como aluna da nona série, eu deveria estar no que eles chamavam de terceiro período, mas não era nada como o primeiro ano em Hollywood High. Minha primeira matéria era latim.

— Mas eu não sei nada de latim — disse. — Não posso entrar no meio do período.

— Aqui, todos no terceiro período têm aulas de latim — informou. — Você vai ficar bem.

Então, ela chamou uma menina surpreendentemente bonita que passava no corredor.

— Srta. Pennington — disse ela. — Por favor, mostre à srta. Jane Scott onde fica sua turma de latim. Ela é nova, da Califórnia.

A menina bonita parou na porta da secretaria, olhou para as minhas calças verdes e observou meus sapatos de lona gastos. Em seguida, olhou para o meu rosto, com um sorriso animado, no qual pude detectar gozação, mas tive certeza de que a secretária, não.

Existem Sarah Pennington nos Estados Unidos... você provavelmente conhece alguma. Tenho certeza de que existem na França, na Tailândia e na Venezuela. Minha Sarah Pennington, da St. Beden, era um exemplar quase perfeito de sua espécie. Nela não havia nenhuma esquisitice adolescente ou timidez. O tom de sua pele era claro e rosado, tinha grandes olhos azuis e uma longa trança loura que descia pelas costas. Ela parecia brilhar com a perfeita saúde que o dinheiro, às vezes, consegue comprar. Certamente, não fora vítima do racionamento pós-guerra. O fato de ser rica e de que seu dinheiro tinha sobrevivido à guerra era evidente mesmo em seu uniforme. O tecido da saia parecia se mover com ela, enquanto as das outras meninas tinham um caimento duro contra as pernas. É possível que ninguém jamais tenha negado algo a Sarah Pennington: que sua riqueza e graça lhe tenham garantido que jamais precisasse pedir, empenhar-se ou até esperar antes de aquilo que desejasse, aparecer em sua frente. A expressão era de uma certeza calma de que o mundo sempre seria assim.

Caminhei com a garota corredor abaixo, sentindo-me extremamente inadequada.

— Nosso professor de latim é o sr. Danby — disse ela. — Ele é terrivelmente exigente, mas lindo. Foi um herói na guerra.

— O que ele fez?

— Era piloto na Força Aérea Real e derrubou todo tipo de avião antes de ser capturado na Alemanha. Foi prisioneiro de guerra por dois anos. Depois, tornou-se professor, e leciona como se ainda estivesse em missões de voo. Se seus alunos não aprendem latim, ele pensa que falhou. Algumas pessoas o odeiam, mas eu o acho adorável.

Olhei para ela de rabo de olho. Falava de um jeito estranho, artificial e adulto, o que me fez imaginar se estava imitando alguma atriz inglesa. Não soava como uma menina de 14 anos.

A aula do sr. Danby já havia começado quando entramos. Eu estava preparada para não gostar dele, só porque Sarah Pennington gostava, mas ele era inegavelmente atraente. Jovem, com olhos verdes, cílios longos e cabelos castanhos macios que ondulavam em suas têmporas. Usava uma beca acadêmica amassada de um jeito charmoso, como se a tivesse deixado embolada sobre o assento de uma cadeira e sentado sobre ela. Ele falava com a turma e parecia exasperado.

— A cidade em que vivemos já fora chamada de *Londinium* — dizia. — A capital da Província Romana da Britânia. O latim era falado nas ruas daqui, no mercado de peixes. É a língua de Virgílio, Sêneca e Horácio. Não acho que seja demais pedir que sejam capazes de recitar um pouco!

Os alunos — alguns entretidos, outros assustados — nos olharam na entrada, como uma possível distração. O sr. Danby também se virou.

— Ah, srta. Pennington — disse ele. — Chegou bem a tempo para o meu discurso.

— Temos uma aluna nova — respondeu Sarah. — Esta é Jane Scott. Da Califór nia.

Era assustador ouvir meu nome ser anunciado de maneira tão formal na frente de todos aqueles rostos. Ninguém nunca me chamava de Jane. E ela fez a declaração parecer vagamente ridícula, como se talvez eu tivesse inventado.

— *Janie* — sussurrei, sentindo o calor em meu rosto.

O sr. Danby agradeceu.

— Obrigado, srta. Pennington.

Sarah sorriu para ele e rebolou até o seu assento.

A turma estava sentada, de acordo com o sobrenome, em ordem alfabética, o que significava que eu me sentaria bem atrás de Sarah Pennington. Um garoto enorme chamado Sergei Shiskin, com cabelos escuros caindo sobre os olhos, teve de mudar para uma cadeira atrás a fim de me ceder o lugar.

— Desculpe — sussurrei.

— Tudo bem — sussurrou o garoto de volta. — Eu não sou chamado daqui de trás.

Ele falava com um sotaque russo e imaginei que um garoto russo teria tido momentos ainda piores na escola do que uma americana.

O sr. Danby chamava os alunos, um por um, para recitar longas passagens em latim, e eu me senti como em uma praia com forte arrebentação: cada recitação de um aluno batia em mim como uma onda de palavras, em seguida indo embora e me deixando com nada que pudesse entender.

Finalmente, o sinal tocou e a aula chegou ao fim, os alunos levantando-se.

— Lembrem-se de fazer aquelas traduções de Horácio — recomendou sr. Danby, em meio ao barulho de livros, papéis e conversas. — Para amanhã!

Olhei para as duas frases em latim que ele havia escrito no quadro-negro, uma longa e outra curta, ambas incompreensíveis. Juntei minhas coisas lentamente, procurando por minha próxima tentativa.

— Srta. Scott — disse sr. Danby enquanto os últimos alunos saíam. — Acho que não se sente confortável com o latim.

— Nunca estudei isso antes — respondi, agarrando meus livros como um escudo.

O sr. Danby olhou para o quadro e leu:

— *"Vivendi recte qui prorogat horam, Rusticus exspectat, dum defluat amnis."* "Aquele que adia a hora de viver corretamente é como o camponês que espera o rio baixar antes que ele o atravesse."

Tentei transformar as palavras em latim em qualquer coisa com aquele significado. Estava nervosa, mas o sr. Danby me lembrou alguns amigos dos meus pais, os que falavam comigo como se eu fosse uma pessoa totalmente madura e não uma criança. De alguma forma, tive a coragem de perguntar a ele:

— O que é o camponês?

— Nesse caso, é um tolo, que não atravessará o rio até que a água suma.

— E a segunda frase?

— *"Decipimur specie rectie"* — disse ele. — "Somos enganados pela aparência do bem." Você vê por que eu coloco as duas juntas?

Arrisquei um palpite, encorajada por sua suposição de que eu *de fato* vi.

— Porque você pode nem sempre saber o que significa viver corretamente?

— Exato — falou ele, sorrindo. — Você aprendeu alguma coisa nos desertos da Califórnia. O que está achando de St. Beden?

Tentei pensar em algo legal ou, pelo menos, neutro para dizer.

— Minha mãe disse que mudar para cá seria como viver em um romance de Jane Austen, mas na verdade não é.

— Mas a sua história não pode ser Austen, com uma heroína americana — ele contestou.

Eu não podia evitar de sorrir para ele.

— Foi o que *eu* disse!

— Mais como um romance de Henry James — falou ele. — A garota americana no exterior. Você é uma Isabel Archer ou uma Daisy Miller?

Fiquei corada, mas contei a verdade.

— Não sei. Nunca li nenhum dos romances de Henry James.

— Lerá em breve — respondeu. — Mas você não gostaria nem de ser Isabel, nem Daisy. Elas têm finais tristes, aquelas meninas. *Confide tibi*, srta. Scott. É bem melhor ser quem você é.

⚕

A conversa com o sr. Danby foi o ponto alto da manhã. Eu estava perdida em história — estavam estudando batalhas medievais e reis dos quais eu nunca ouvira falar — e, em matemática, um tipo confuso de geometria que eles estranhamente chamavam de *"mats"*. No almoço, parei com a minha bandeja cheia de comidas sem graça observando o refeitório. Não era fácil ser você mesma quando era a nova garota esquisita em uma escola desconhecida. Na ponta de uma das mesas longas e antigas, Sergei Shiskin estava sentado sozinho. Ele era o único aluno que eu conhecia por nome que havia sido legal de alguma forma, então, me sentei na outra ponta e concordamos, um com o outro, reconhecendo que não pertencíamos àquele lugar. Imaginei por que eu não tinha simplesmente me sentado à sua frente, mas já era tarde demais para aquilo.

Sarah Pennington passou rebolando e tentei sorrir para ela.

— Estamos na mesa bolchevique? — perguntou Sarah.

Seu grupo de amigas — nenhuma tão bonita quanto ela, obviamente — a seguiu, dando risadinhas.

Eu sabia que os bolcheviques eram comunistas russos, e olhei para a minha bandeja a fim de manter a compostura, mas não tinha como. A carne parecia ter sido fervida. Havia um pedaço pequeno de broa racionada, sem manteiga, nem um pouquinho de margarina. Eu estava empurrando as batatas com meu garfo quando um alarme absurdamente alto e longo tocou.

Era *Correr e Abaixar*, na versão inglesa. Sergei e eu fomos para debaixo da mesa e todos no refeitório empurraram os bancos e fizeram o mesmo.

Todos, menos um garoto. Ele estava na mesa ao lado e continuou sentado, calmamente, almoçando. Do meu campo de visão no chão vi a moça do refeitório se aproximar em seu uniforme branco.

— Sr. Burrows — disse ela. — Vá para debaixo da mesa, por favor.

— Não — respondeu ele. — Não irei.

Seus olhos estavam sérios e concentrados, e seu cabelo não caía desarrumado sobre os olhos, como o de tantos meninos, mas crescia de sua testa, para trás, em louras ondas escuras, deixando seu rosto exposto e desafiante. O nó de sua gravata estava torto, como se o atrapalhasse.

— Você quer levar uma advertência? — perguntou a moça do refeitório, com as mãos nos quadris.

ST. BEDEN SCHOOL **35**

— Isso é idiota — respondeu. — Não vou fazer.

— Aposto que você estava molhando as fraldas no interior durante a Blitz — disse ela. — Mas alguns de nós estavam em Londres e um treinamento de bomba *não* é o momento adequado para se fazer de rebelde.

O garoto com cabelos louro-escuro se moveu em sua direção, do outro lado da mesa.

— Eu não estava no interior — disse. — Estava aqui. E nós dois sabemos que essas mesas não ajudariam em *nada* contra aquelas bombas... não a V-1, a V-2 ou até as menores, lançadas dos aviões.

A moça do refeitório franziu a testa.

— Serei obrigada a lhe dar um demérito, Benjamin.

— Mas não é sobre uma V-2 que estamos falando — disse ele. — É sobre uma bomba atômica. Quando vier, nem os abrigos subterrâneos vão nos salvar. Seremos todos incinerados, a cidade inteira. Nossa carne vai queimar e, então, viraremos cinzas.

A mulher havia perdido a cor do rosto, mas a voz ainda possuía o tom de comando.

— Dois deméritos!

O garoto, Benjamin Burrows, porém, agora fazia um discurso, para alcançar todo o refeitório. Ele tinha uma voz animada, desafiadora, que combinava com seu rosto animado e desafiador.

— Isso, é claro, pressupondo que tenhamos sorte suficiente para estar perto do ponto de impacto — disse. — Para as crianças do interior, será mais lento. E muito, muito mais doloroso.

— Pare! — ordenou a mulher.

Uma campainha rápida tocou, sinalizando o final do treinamento, e as pessoas saíram de baixo das mesas, mas eu continuei onde estava. Queria observar Benjamin Burrows um pouco mais, sem ser vista. Morri de medo do que ele dissera, mas estava comovida com sua rebeldia. Tentei descobrir se era pavor ou excitação que fazia meu coração bater em ritmo tão inesperado.

BOTICA

CAPÍTULO 4

Espiões

Eu deveria pegar o metrô até os Estúdios Riverton em Hammersmith depois da escola para ver meus pais no trabalho. *Robin Hood* ainda não havia estreado, mas eles construíram uma Floresta Sherwood inteira em um galpão que parecia uma caverna, e queriam que eu a visse. Estava andando para casa a fim de deixar os livros, sob uma garoa que não se firmava nem ia embora, pensando em laranjeiras e abacateiros, quando passei pela loja do boticário na Regent's Park. Pela janela avistei um cabelo louro-escuro familiar. Benjamin Burrows balançava a cabeça com veemência e dizia alguma coisa para o simpático boticário.

Abri a porta o suficiente para passar e fui para trás de uma fila de prateleiras como se procurasse por pasta de dente. Não tem sino na porta, e Benjamin e o homem estavam muito ocupados com a discussão para me notarem. Benjamin carregava uma bolsa de couro, parecida com uma bolsa de carteiro, pendurada em uma longa alça que atravessava seu peito. Ele não usava um gorro de lã como a maioria dos outros garotos de St. Beden.

— Não vejo porque isso importa — dizia. — A sra. Pratt é apenas uma louca que gosta de estar doente.

— Ainda assim, a entrega está atrasada — retrucou o boticário.

— Eu tinha *coisas* a fazer.

— Você tem coisas a fazer aqui.

— Coisas bobas — murmurou Benjamin.

— Nós ainda temos esta loja — disse o homem —, tivemos durante a guerra e tempos difíceis, porque cuidamos de nossos clientes. O seu bisavô foi assim, seu avô, também, e agora as pessoas confiam em nós para que façamos isso.

— Mas você *quis* ser um boticário como eles — retrucou Benjamin. — Eu não quero!

O homem fez uma pausa.

— Quando eu tinha a sua idade, também não queria ser um.

— Bem, você deveria ter se livrado disto enquanto podia! — disse o garoto.

Sua raiva, que parecia tão correta contra a moça do refeitório, soava petulante contra o pai. Se eu tivesse de adivinhar no refeitório como seria o pai de Benjamin, jamais teria pensado no boticário quieto e metódico. Benjamin pegou com força o saco de papel do balcão e saiu sem me ver.

Também tentei sair de forma sorrateira de trás da fila de prateleiras, sem ser notada, mas o homem disse:

— Boa tarde. É a menina que tem saudades de casa, não é? O pó foi de alguma ajuda?

— Não sei — respondi. — Estava pensando sobre minha casa no caminho para cá. Sobre laranjeiras. E céu azul.

O boticário olhou para a garoa.

— Seria estranho não pensar em laranjeiras e céu azul em um dia como o de hoje — disse ele. — Não importa que pó tenha tomado.

— E minha nova escola é bem terrível — respondi.

O boticário riu.

— O homem que desenvolver uma tintura contra novas escolas terríveis vai ganhar um Prêmio Nobel. Seria bem mais útil do que a cura para resfriados comuns.

Eu sorri.

— Quando você tiver essa tintura, me dá um pouco?

— Você será a primeira.

Houve uma pausa estranha.

— Temo que tenha ouvido minha discussão com o meu filho — disse ele.

— Um pouquinho.

— Ele é muito esperto, um jovem muito talentoso, e seria um excelente boticário, mas não possui o menor interesse.

— Talvez ele mude de ideia.

O homem assentiu. Sua mente parecia em outro lugar, então eu disse adeus e saí.

Deixei meus livros no apartamento e fui em direção à Riverton. Meu pai havia deixado elaboradas instruções para que eu chegasse ao estúdio. Porém, assim que cheguei na rua, mais uma vez, tive a sensação de ser observada. Sabia que não poderiam ser os chefes de polícia... eles não possuíam jurisdição em Londres. Virei-me e não vi nada, apenas táxis, carros e pessoas indo para casa.

Desci correndo os degraus do metrô castigado pelas bombas, desviando das pessoas mais velhas e lentas com suas sacolas e me escondi atrás de uma coluna, para ver quem desceria atrás de mim. Havia donas de casa, estudantes, homens que saíam cedo do trabalho e, em seguida, Benjamin Burrows, com seu cabelo incorrigível e olhos animados e curiosos. Saí de trás da coluna.

Observei Benjamin olhar para os lados. Ele parou na plataforma, olhando na direção contrária como se estivesse desapontado e incerto sobre o que fazer em seguida, então, deixei meu esconderijo e cutuquei-lhe o ombro.

Ele se virou, assustado. Então sorriu, como se eu tivesse ganhado um jogo que estávamos jogando.

— Muito bom — disse ele.

— Por que você está me seguindo?

— Porque você me interessa.

Aquela não era a resposta pela qual eu esperava. Nunca fui do interesse de nenhum garoto, pelo menos não que eu saiba. Havia garotos em Los Angeles que foram meus amigos ou filhos dos amigos dos meus pais, mas nunca ultrapassei a linha do *interesse*.

— Eu a vi na escola — comentou. — Por que você viria para Londres no meio do período?

— Não te interessa.

— Os seus pais são da CIA?

— *O quê?*

— É uma pergunta simples — disse ele. — Eles são espiões?

— Não! São roteiristas. Estão trabalhando para a BBC.

— Esse é um bom disfarce para espiões. Eles são jornalistas?

— São roteiristas de televisão.

Ele parecia confuso.

— Por que eles viriam para a Inglaterra para fazer isso? Tem muito mais programas nos Estados Unidos.

— Porque — respondi —, bem... porque eles acreditam na Primeira Emenda.

Benjamin retorceu o rosto.

— Qual é essa mesmo?

— Liberdade de expressão — falei. Fiquei feliz por saber a resposta. — E de imprensa. E, hmm... religião, acho.

— Mas eles não são jornalistas — disse Benjamin. — Então, eles querem ter liberdade de expressão para dizer o quê?

Percebi que eu não sabia.

Ele estreitou os olhos alegremente para mim.

— Eles não são comunistas, são? — perguntou, provocando.

— Não!

— Então o quê?

— Eu não *sei* — respondi, tentando soar igual Katharine Hepburn, como se ela não desse a mínima para nada tão ridículo e insignificante.

— Não ligo se forem — disse ele. — Em nome do controle da mente, o comunismo não tem nada na televisão. As pessoas podem ouvir o *The Archers* no rádio sem fio e ainda ter o que conversar com suas famílias, mas, uma vez que tiverem um receptor de televisão, está tudo acabado.

Eu não sabia o que era *The Archers*, e a confiança de Benjamin fez com que me sentisse inarticulada e ingênua. Então saí do único jeito que sabia e disse:

— Por que você não quer ser um boticário?

Sua postura mudou de forma abrupta. Ele ficou misterioso e irritado.

— Como sabe disso?

— Talvez eu seja uma espiã melhor do que você.

Um trem parou na plataforma e pessoas saíram dele como um cardume.

Chequei o destino.

— Esse é o meu trem — disse, e entrei pelas portas abertas.

Para minha surpresa, Benjamin veio atrás de mim. Encontramos dois assentos, um de frente para o outro. Meu coração começou a disparar.

— Não me diga que também vai para Riverton — falei tranquilamente, a fim de esconder minha confusão.

— Você não deveria andar de trem sozinha.

— Por quê? Por causa de garotos estranhos me seguindo?

— Como você sabia que eu devo ser um boticário?

— Eu estava na loja do seu pai enquanto você conversava com ele — respondi. — Mas não entendo o motivo de ter que ser um só porque seu pai é. Isso parece muito... eu não sei. Coisa do século XIX.

Benjamin recostou em seu assento.

— Não é coisa do século XIX, é só *inglesa* — respondeu. — Existe uma *expectativa*.

— De que você se torne o que o seu pai é?

— Em alguns casos. No meu caso. A Sociedade dos Boticários paga minhas mensalidades da escola e eu não estaria em St. Beden se não fosse por ela. Estaria em alguma escola secundária moderna asquerosa, sendo arrasado todo dia.

— Arrasado?

— Pisoteado. Mas a Sociedade acredita que, se pagarem pela minha escola, eu me tornarei um deles.

— Então, por que você não quer?

— Porque é chato demais! Meu pai é apenas um contador de remédios!

— Ele me deu um pó para saudades de casa.

Benjamin pareceu interessado.

— Funcionou?

— Não sei — respondi. — Talvez. As bolsas térmicas funcionaram.

O interesse de Benjamin desapareceu, substituído por desprezo.

— Viu? Ele vende bolsas térmicas. E pomadas para bebês com assaduras. É tão comum. Não existe nada tão desinteressante.

— Então, o que você quer ser?

Ele fez uma pausa.

— Eu quero viver uma vida de viagens, aventura e servir meu país.

— Quer ser um soldado?

Ele pareceu envergonhado por ter fechado demais.

— Não.

Então me dei conta. Ele havia me seguido sem ser descoberto e pensou que meus pais fossem espiões.

— Você quer ser um espião!

Ele franziu o rosto.

— Se isso fosse verdade, eu não poderia te contar.

— Acho que acabou de fazer isso.

— Bem... Eu gostaria de trabalhar para o Serviço Secreto de Inteligência — admitiu. — De alguma forma. Mas não conte para ninguém.

Assenti. Presumi que o Serviço Secreto de Inteligência fossem os espiões ingleses. Olhei para o outro lado do corredor e sussurrei:

— Acho que aquele homem de chapéu coco te ouviu.

Ele olhou rapidamente para ver, mas o homem estava tão concentrado em seu livro que não perceberia nem se o trem saísse dos trilhos. Benjamin sorriu, aliviado. Olhou para os próprios sapatos.

— É que eu nunca contei isso para ninguém — disse.

Uma voz confusa saiu das caixas de som, anunciando a estação Hammersmith, e o trem começou a reduzir a velocidade.

— Esse é o meu ponto — informei, ficando de pé. Odiei fazer isso. Foi a primeira vez na Inglaterra em que me senti muito feliz e confortável, e não queria descer do trem.

Benjamin veio atrás e ficamos nos olhando na plataforma enquanto as pessoas passavam por nós. Seus olhos escuros eram na verdade de um castanho quente, com brilhantes rajadas em cobre, como as sardas dispersas em seu nariz.

Desviei o olhar, inquieta, e tentei pensar no que dizer. Não parecia certo convidá-lo para o estúdio, e meus pais pegariam no meu pé se eu aparecesse com um garoto. Do outro lado da plataforma, o trem, indo para a direção oposta, captou sua atenção.

— Eu devo ir — disse. — Ainda tenho entregas a fazer.

— Obrigada por me fazer companhia.

— Olha. O que vai fazer no sábado? — perguntou.

— Não tenho certeza.

— Me encontre nos degraus da escola às 14h que eu vou te levar ao Hyde Park.

— Vou ter que pedir permissão.

— Veja, se os seus pais deixam que você pegue o metrô sozinha, eles vão deixar que vá ao Hyde Park.

Seu trem de volta estava prestes a partir.

— Tudo bem — respondi.

— Ótimo!

Ele caminhou na direção da plataforma.

Afastei-me, pensando confusamente se eu tinha um *encontro* quando ouvi sua voz dizer:

— Janie, espere!

Olhei para trás, imaginando o que eu faria se ele tentasse me beijar.

— Esqueci de perguntar. Você joga xadrez?

CAPÍTULO 5

Floresta Sherwood

Nos estúdios Riverton, sob uma névoa cinza, abri as duas pesadas portas do galpão e caminhei em direção a uma cobertura verde de árvores, aquecida pela luz. Havia um balanço de corda pendurado em uma delas e uma ponte de troncos. Embora as árvores fossem todas feitas de tecido, papel-machê e madeira compensada, o efeito era lindo. Havia uma cabana que, sem dúvida, representava o esconderijo dos heróis. Eu teria adorado brincar dentro dela quando era um pouquinho mais nova... e, com toda sinceridade, ainda queria. Não vi nenhum ator e pensei que ainda não deviam estar filmando. Ninguém me notou e eu, por um momento, fiquei parada apreciando o lugar.

Meus pais estavam do outro lado do galpão, conversando com uma mulher alta com os cabelos vermelhos presos no alto da cabeça, e eu podia dizer que meu pai interpretava uma cena. Ele fazia aquilo o tempo todo... não podia somente sugerir uma ideia para a história, tinha de encená-la. Minha mãe estava parada com os braços cruzados e o observava com toda atenção e uma expressão que poderia dizer que estava adorando, em um segundo, e duvidando no seguinte, dependendo do que achava de sua ideia. Isso sempre me transmitiu a sensação de que ela o conhecia perfeitamente, e o amava, mas não podia ser enganada.

Então, meu pai me viu e ergueu as mãos.

— Ah, mas aqui está Maid Marian! — clamou com sua voz de Robin Hood. — Para nos dizer se devemos atacar o cavaleiro!

Eu sabia, por anos de cenas interpretadas em nossa cozinha, que o que eu devia fazer era participar e tentar dar prosseguimento à cena.

— Ele virá lutar? — perguntei.

Meu pai olhou para os demais.

— Para isso, não — respondeu. — Ele não tem cavalo ou exército.

— Então! você pode ser aproximar — falei. — Mas sem atacar.

— Quanta sabedoria — exclamou — em alguém tão jovem! Em seguida, saiu do papel de Robin Hood e me abraçou.

— Você nos encontrou! Venha conhecer Olivia!

A mulher de cabelos vermelhos, sua nova chefe, não apertou minha mão, mas me puxou e também me abraçou calorosamente.

— Obrigada por me emprestar seus pais, Janie — disse ela. — Eles estão salvando minha vida.

— Como foi a escola? — perguntou meu pai. — Como foram os professores?

— Eles estão me fazendo estudar latim — reclamei. — Mas eu não sei nada de latim!

— Espere... você talvez *aprenda* algo de verdade? — pergunta minha mãe, fingindo surpresa.

Revirei os olhos.

— *Mãe!*

Olivia Wolff nos guiou até o escritório, puxou uma cadeira para mim e ficou parada na ponta de sua mesa bagunçada.

— Sente-se — disse. — Como foi, de fato?

Fiz uma careta. Não consegui me conter.

— Nem *tudo* é ruim.

— Você fez algum amigo?

— Talvez um.

— Qual é o nome dela?

Senti minhas bochechas corando.

— Nome dele.

Olivia bateu palmas.

— *Dele!* Esse é um bom começo.

— Ele me convidou para jogar xadrez no Hyde Park.

— Xadrez significa que ele é inteligente! — exclamou meu pai. — Ele é, certo?

— Ele é legal? — perguntou minha mãe.

— Ele é bonitinho? — perguntou Olivia.

— Isso é um interrogatório? — perguntei. — Achei que tivéssemos nos mudado para cá para evitá-los.

— *Touchè* — disse meu pai.

Olivia riu.

— Sem dúvida... ela é sua filha.

— Então, qual é o nome do seu namorado? — perguntou minha mãe.

— Ele não é um namorado — respondi.

— Isso é o que a minha filha sempre diz — disse Olivia. — Toda vez que acho que ela tem um namorado, ela diz que é coisa da minha imaginação.

— Ah, ele é uma Coisa! — disse meu pai, imitando com exagero um sotaque inglês. — Jovem Mestre Coisa, das Coisas de Londres.

— A 14 primos da rainha! — vibrou Olivia.

— Nunca consigo me lembrar — disse minha mãe — se o filho do Coisa é *Andrew* ou *Alistair*.

Geralmente eu amo a rapidez de meus pais para fazer uma piada e lhes desejava uma chefe como Olivia, que era tão rápida quanto eles, mas de vez em quando podia ser bastante irritante.

— O nome dele é Benjamin — respondi. — E ele não é meu namorado.

— Benjamin Coisa! — exclamou meu pai. — Já gosto dele. Vamos desenferrujar seu xadrez hoje à noite. Não quero minha filha sendo derrotada por um moleque chamado Ben Coisa.

— Eu tenho dever de casa.

— Deixe-me só ensinar uma boa entrada.

— *Pai* — respondi. — Sério.

— Então, o que tem de tão errado com a escola? — perguntou Olivia. — Parece maravilhosa, na minha opinião... Latim, encontros de xadrez e tudo mais.

— Só é assustadora — respondi. — Não conheço ninguém. No almoço, sentei-me perto de um garoto russo e uma menina me chamou de bolchevique.

— Ah! — disse Olivia, ficando séria. — Bem, imagine-se sendo o garoto russo.

— E a comida é horrorosa.

— Bem-vinda à Inglaterra.

Logo em seguida uma garota, com cerca de 20 anos, com olhos grandes e um sorriso largo de batom colocou a cabeça para dentro do escritório de Olivia. Eu sabia que ela seria sua Maid Marian, porque já tinha visto uma foto, mas, ainda assim, era incrível vê-la de perto. Eu tinha morado em Los Angeles por tempo suficiente, 14 anos, para saber que a beleza de uma atriz não é uma beleza comum, sempre parece de outro mundo. Seu cabelo estava arrumado em cachos macios e seus cílios que poderiam varrer o chão. Usava um vestido preto, com um espartilho, absurdamente apertado e uma saia ampla.

— Eles tiraram minhas medidas e estou indo embora — disse ela. — Tenho um encontro!

— Para jogar xadrez? — perguntou Olivia.

A garota pareceu confusa.

— Não... nós iremos dançar.

— É claro que irão — respondeu Olivia. — Essa é Janie, que acabou de se mudar de Hollywood.

— Ah, isso é tão tragicamente triste — disse Maid Marian. — Sente muita falta?

— Sim — falei. — Mas é só um bairro.

— Só um bairro! Você poderia implorar aos seus pais que escrevessem umas boas cenas para mim para que *eu* possa ir para lá e ser famosa?

Olhei para eles.

— Ah... claro.

— Obrigada! — agradeceu Maid Marian. — Agora tenho que correr.

— Acabe com ele — disse Olivia.

Maid Marian sorriu e sua saia desapareceu porta afora com um meneio. Meus pais e Olivia se entreolharam.

— Ela é linda — comentei.

— Sim, bem, ela está me dando trabalho — disse Olivia.

— Parece pensar que o programa é sobre Maid Marian e seus Homens Felizes.

Meu pai falou:

— E se fizéssemos uma história na qual ela tem de flertar com o Xerife de Nottingham para... eu não sei, roubar as chaves da prisão ou algo do tipo, para soltar Robin. E o xerife pensa que ela está realmente apaixonada por ele.

Olivia deu de ombros.

— Talvez... e então?

Os três começaram a trabalhar a ideia. Estavam felizes e confortáveis uns com os outros, eram bons no que faziam, e não queriam me tratar como uma criança. Eles me trataram como uma deles. Pensei sobre o pó do boticário e me dei conta de que não sentia mais falta de casa.

Continuei pensando, enquanto os adultos conversavam, sobre Benjamin pegando um trem para Hammersmith, o qual ele não precisava pegar, só porque se *interessou* por mim, e não pude evitar um sorriso bobo. Eu tinha um encontro, estava bem certa daquilo. Não era para dançar, eu não tinha os cabelos ondulados perfeitos nem uma saia no formato de sino, mas tinha um encontro para jogar xadrez.

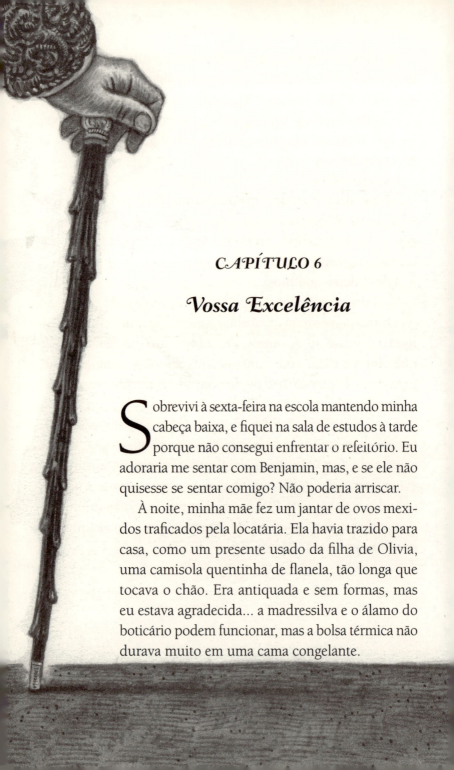

CAPÍTULO 6

Vossa Excelência

Sobrevivi à sexta-feira na escola mantendo minha cabeça baixa, e fiquei na sala de estudos à tarde porque não consegui enfrentar o refeitório. Eu adoraria me sentar com Benjamin, mas, e se ele não quisesse se sentar comigo? Não poderia arriscar.

À noite, minha mãe fez um jantar de ovos mexidos traficados pela locatária. Ela havia trazido para casa, como um presente usado da filha de Olivia, uma camisola quentinha de flanela, tão longa que tocava o chão. Era antiquada e sem formas, mas eu estava agradecida... a madressilva e o álamo do boticário podem funcionar, mas a bolsa térmica não durava muito em uma cama congelante.

Na tarde de sábado, Benjamin me encontrou nos degraus de St. Beden com sua bolsa de couro cruzada sobre o peito. Eu esperava que meu rosto não demonstrasse meu alívio ao ver que ele realmente aparecera. No caminho para o Hyde Park, conversamos sobre a escola. Ele riu quando eu disse que a secretária me lembrava uma ovelha e que tentei ser corajosa o suficiente para me sentar com ele no almoço. Era tão fácil conversar com Benjamin, principalmente enquanto andávamos e olhávamos para as ruas de Londres e eu não precisava encará-lo por trás de uma bandeja de comida.

No parque, Benjamin escolheu uma mesa e arrumou o tabuleiro de xadrez rapidamente, dando-me as peças brancas e alinhando-as sem ter de pensar. Eu sempre precisava pensar sobre onde colocá-las. Queria que meu pai tivesse me dado alguns conselhos.

— Eu não sou muito boa nisso — falei.

— Ótimo — disse ele. — Então, vamos jogar com dinheiro.

— É sério, eu não vou ser páreo para você.

— Esquece — pediu. — Quero que observe o banco do parque sobre o meu ombro esquerdo. Tem um homem sentado com uma perna de pau.

Olhei na direção. Um homem de ombros largos com um sobretudo cinza estava sentado sem olhar para a gente, lendo um jornal. Debaixo do banco eu podia ver dois pés em botas pretas. Pareciam pés normais. Talvez um fosse um pouquinho menor do que o outro.

— Como você sabe?

— Tenho observado ele — disse Benjamin. — Você conhece o garoto russo da escola, Serguei Shiskin?

— Ele senta atrás de mim na aula de latim — respondi. — Ele é legal.

— Aquele é o pai dele, Leonid Shiskin, ele trabalha para a Embaixada soviética. Ele vem aqui todo fim de semana. Diga-me quando alguém mais se sentar.

O encontro de xadrez, de repente, parecia cada vez menos um encontro, e me senti desanimar um pouquinho.

— É por isso que estamos aqui? Estou te ajudando a *espioná-lo*?

— Estamos apenas jogando xadrez. É a sua vez.

Deslizei um peão branco na direção do rei e Benjamin empurrou o peão preto para a frente do bispo de sua rainha.

Deslizei meu próprio bispo, e Benjamin franziu o cenho.

— Tem certeza disso?

— O que importa se o jogo é só um disfarce?

Benjamin suspirou.

— Você tem que tornar o seu disfarce convincente — disse. Ele retirou um cavalo. — Tem que *acreditar* nele. Por exemplo, Leonid Shiskin é um contador da Embaixada. Ele age como um e vive como um.

— Talvez seja porque ele é um contador.

— Mas ele é um contador que passa mensagens secretas para pessoas neste parque. Deixando parte de seu jornal no banco. Sua vez.

Vi uma chance de conquistar seu rei e movi minha rainha por dois espaços.

Benjamin balançou a cabeça.

— *Janie*.

— Estou ameaçando um xeque-mate!

— Não, não está.

Ele moveu seu cavalo a fim de bloquear o xeque-mate e podia levar minha rainha *ou* meu bispo.

— Ah! — falei. Estudei o tabuleiro. — Eu disse que não era boa.

— Quando as pessoas inglesas dizem isso, elas não dizem *a verdade* — reclamou Benjamin.

— Bem, americanas, sim!

— O que Shiskin está fazendo?

Olhei.

— Um homem acabou de se sentar no mesmo banco — respondi e continuei a olhar. — Ah, Benjamin, ele pegou o jornal!

— Como ele se parece?

— Gordo. Casaco legal. Tem uma bengala preta. Como você sabia que isso ia acontecer?

Por cima dos ombros Benjamin olhou para o homem, que andava ligeiramente para longe, como se fosse bem menor, caminhando de modo que aparentava ter saído para um passeio em um domingo. Ele não parecia precisar da bengala e a girou uma vez em círculo.

— Nunca vi aquele homem antes — disse Benjamin.

— Vamos segui-lo?

Ele parecia incerto.

— O que Shiskin está fazendo agora?

— Ainda está lendo o restante do jornal.

Benjamin virou todas as peças de xadrez dentro da bolsa.

— Vamos segui-lo.

Fomos na direção que o homem com a bengala seguira, e olhei novamente para o sr. Shiskin, que me encarou de volta sobre o jornal. Virei-me rapidamente. Benjamin estava à minha frente e, à dele, nosso alvo esperava para atravessar uma rua.

Seguimos a uma certa distância pelas ruas, até um prédio bonito de tijolos com adornos em branco, onde o homem entrou. Em uma placa sobre a porta se lia CONNAUGHT HOTEL. Achei que o porteiro nos olhou desconfiado enquanto hesitávamos do lado de fora.

VOSSA EXCELÊNCIA **55**

— Aja como se fosse rica — disse Benjamin. — Finja que fazemos parte desse lugar.

E ele caminhou a passos largos com um rompante aparente de confiança e direito na direção do hotel.

Eu o segui, precisando dar alguns passos rápidos, e não tão confiantes, a fim de alcançá-lo. Ele cumprimentou cordialmente o porteiro, que abriu a porta para nós. Tentei pensar no que Sarah Pennington faria: sorrir para o homem? Flertar? Ser condescendente? Em minha súbita timidez, olhei para a frente, como se o porteiro não estivesse ali, o que eu sabia não ser nem um pouco certo.

Havia um silêncio no lobby. Um carpete felpudo absorvia o som, as vozes eram baixas e educadas, e envia-me notas altas de copos brindando em um bar, em algum lugar. Uma escada com tapete levava para o segundo andar, à direta do balcão de madeira escura e polida da recepção, e o homem do banco do parque não podia ser visto em lugar algum. Benjamin foi até o balcão.

— Vim encontrar meu tio aqui — disse. — Ele é meio gordo, sempre estou dizendo isso, e usa uma bengala engraçada. Você o viu?

O funcionário narigudo da recepção deu a Benjamin um olhar superficial.

— Muitas pessoas usam bengalas — respondeu. — Posso perguntar o nome do seu tio?

— Ah, eu só o chamo de Tio.

Houve uma pausa.

— Tenho certeza que sim. Mas não deve ser assim que *nós* o chamamos, certo?

— Acho que não.

O funcionário sorriu, sem vontade.

— Não estou em posição de determinar qual de nossos hóspedes é mais corpulento que o restante.

— Bem, não quis dizer isso... — retrucou Benjamin.

— Tenha um bom-dia, jovem.

— Ah! — exclamou uma voz atrás de mim. — É Jane, da Califórnia.

Virei-me para ver Sarah Pennington parada no lobby. Foi como se, ao tentar imitar seus direitos de menina rica, eu a tivesse invocado em carne e osso. Ela usava uma capa de chuva azul, da mesma cor de seus olhos, e estava ao lado de uma versão mais velha de si mesma, uma mulher loura com um chapéu cinza-claro inclinado em um dos lados de sua elegante cabeça.

— Esta é minha mãe — apresentou Sarah. — Jane é aluna nova em St. Beden.

— Como vai? — perguntou a mãe de Sarah.

— Pode me chamar de Janie — gaguejei. — Estou bem. E... esse é Benjamin.

— Eu conheço o Benjamin — disse Sarah, sorrindo para ele e, em seguida, olhando com maldade para mim. — Rápida no gatilho, Janie.

— Sarah! — ralhou sua mãe.

Eu também havia me espantado. Podia me sentir corando até as raízes dos cabelos. E Benjamin não estava mais fingindo ser rico, na presença de pessoas ricas de verdade. Ele parecia muito interessado na fivela de sua bolsa.

— Vocês estão se hospedando aqui? — consegui perguntar.

— Ah, não, estamos apenas fazendo compras — respondeu Sarah. — E paramos para um chá.

— Obrigada, Vossa Excelência — disse o funcionário atrás de nós.

Nós quatro nos viramos para ver quem era tão importante. Notei que Sarah e sua mãe se viraram de forma mais sutil do que

Benjamin e eu e, em seguida, meu coração parou. O homem no balcão, que fora chamado de "Vossa Excelência", era aquele que estávamos seguindo! Ele nos cumprimentou com um aceno e caminhou em direção à porta da frente tranquilamente, balançando sua bengala.

— Você conhece aquele homem? — perguntou Benjamin à mãe de Sarah, enquanto a porta se fechava atrás dele.

— Não conheço — respondeu a sra. Pennington.

— O que significa o funcionário da recepção tê-lo chamado de "Vossa Excelência"? — perguntei.

— Acho que ele deve ser um conde ou um visconde.

Era a primeira vez que ouvia aquela palavra, e parecia algo como "vi-conde". Sei, agora, que é um nível de aristocracia acima de barão e abaixo de conde.

— Talvez ele pudesse se casar com tia Cecilia — sugeriu Sarah.

A sra. Pennington pressionou os lábios, e foi sua vez de corar por trás do pó compacto.

— Já é hora de irmos para casa — disse ela. — Talvez, na próxima, vocês dois possam se juntar a nós para um chá.

— Tia Cecilia é uma velha empregada — comentou Sarah em tom de segredo, de um jeito que eu sabia que era para atormentar sua mãe. — Estamos *desesperadas* para encontrar um visconde adorável para ela.

— Sarah — censurou sua mãe.

— Tchau! — disse ela, acenando por cima do ombro enquanto saía porta afora.

Benjamin se virou para o funcionário da recepção:

— Aquele homem que acabou de sair era um conde ou um visconde?

— Achei que fosse seu tio — respondeu o funcionário.

— Vai ser, se ele se casar com tia Cecilia — respondeu Benjamin. — E ela é uma graça. Parece a Lana Turner.

O recepcionista sorriu afetado e parecia bastante interessado em sua papelada.

— Aposto que ele é um príncipe russo exilado — disse Benjamin.

— Nós protegemos a privacidade de todos os nossos hóspedes, com título ou não. Agora, lamento ter de pedir a vocês, crianças, que se retirem.

Quando cheguei em casa, meu pai olhou por cima de um roteiro que estava lendo.

— Quem ganhou a incrível partida de xadrez?
— Benjamin.
— Bem, da próxima vez você ganha dele.
— Espero que sim. Irei amanhã.

Meus pais se entreolharam.

— Já? — perguntou minha mãe.
— Para uma revanche — respondi. — Tenho o meu orgulho.

A verdade é que Leonid Shiskin, da Embaixada soviética, também ia ao parque aos domingos, e Benjamin queria observá-lo de novo.

— Hmm — disse meu pai, abandonando o roteiro para me olhar com cuidado.

— Hmm — imitou minha mãe.

— Conheceremos o jovem Mestre Coisa? — perguntou meu pai.

— Só se você parar de chamá-lo assim — respondi. — E não amanhã. Irei encontrá-lo no parque.

Eu já estava planejando as coisas que escreveria em meu diário, mas antes peguei o tabuleiro de xadrez. A espionagem de Benjamin podia ser louca, mas ele era elegante e corajoso, um Robin Hood de verdade, não de mentira. Pensei que um pouco de sua ousadia poderia ter passado para mim e não tinha certeza de que fosse algo ruim.

— Vou ter aquela aula de xadrez agora.

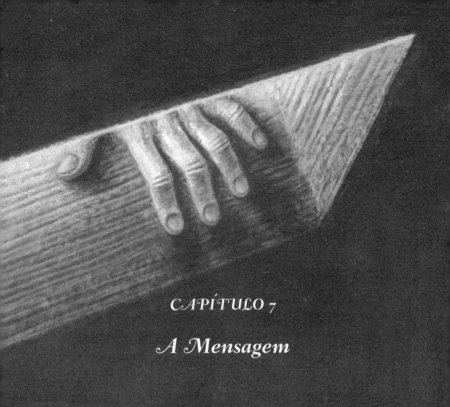

CAPÍTULO 7

A Mensagem

Quando chegamos ao Hyde Park no domingo, o sr. Shiskin já estava sentado em seu banco, com o jornal virado para nós, usando o sobretudo cinza. Benjamin arrumou as peças de xadrez, dando-me novamente as brancas, enquanto eu observava o sr. Shiskin sobre seu ombro.

Movi meu peão do rei para fora e Benjamin, como eu previa, deslizou o peão para a frente de seu bispo. Movi o peão do meu rei, como meu pai me ensinara, e fui agraciada com um dos sorrisos aprovadores de Benjamin.

— Muito bem! — disse.

Ele moveu o peão de sua rainha.

Deslizei o meu, e Benjamin o pegou, e eu capturei o dele com meu rei. Ele assentiu com prazer e moveu seu rei. Olhei para o sr. Shiskin por cima de seu ombro. Outro homem estava sentado ao seu lado. Perdi completamente sua chegada.

— Tem mais alguém ali! — comuniquei. — Um homem.

— Que tipo de homem?

— Só consigo ver a parte de trás de sua cabeça. Ele está usando um chapéu.

Benjamin estudou meu rosto, como se tentasse ler o que eu via.

— O que ele está fazendo?

— Nada. Só está sentado.

O recém-chegado, mesmo de costas, parecia-me estranhamente familiar.

Benjamin olhou para o homem por cima de seu ombro e, então, colocou a cabeça entre as mãos.

— Oh, *não!* — disse.

Então me dei conta. Eu não o havia reconhecido fora de contexto.

— É o boticário! — exclamei. — É o seu pai!

Benjamin fingiu estudar o tabuleiro de xadrez.

— Ele vai estragar tudo — reclamou. — Por que ele foi escolher justamente aquele banco? Com ele ali, Shiskin não vai conseguir passar a informação.

— Talvez ele *seja* o informante.

— Ele *não* é o informante.

Enquanto eu observava, entretanto, o pai de Benjamin pegou parte do jornal do banco, sem olhar para Shiskin. Senti calafrios percorrerem meus braços.

— Seu pai acabou de pegar o jornal — comentei.

Benjamin me encarou.

— Não, ele não pegou.

— Pegou, sim! Agora ele está indo embora. Você pode ver.

Benjamin se virou e observamos o pai dele parar, desdobrar o jornal e ler o que quer que estivesse escrito. Então, toda a postura do homem mudou. Ele rasgou um pequeno pedaço de papel, jogou-o em uma lixeira, junto com o jornal, e correu rua abaixo. Shiskin já havia desaparecido em outra direção, caminhando irregularmente com sua perna de pau.

— Venha — ordenou Benjamin. — Precisamos daquela mensagem.

Corremos até a lixeira que seu pai usara.

— Veja para onde ele vai — pediu, ao colocar o braço dentro da lixeira e puxar o jornal dobrado e alguns pedaços de papel.

Benjamin reagrupou os pedaços no chão enquanto eu assistia por cima de seu ombro. O bilhete estava escrito em letras garrafais:

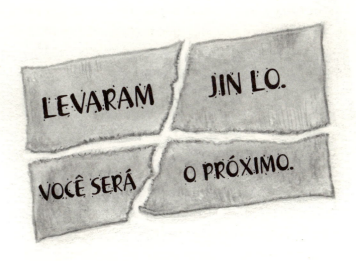

Eu me senti tonta e imaginei se alguém fazia um jogo com a gente — ou se Benjamin e seu pai estavam me pregando uma peça.

— Isso é real? — exigi. — Você está inventando isso?

A expressão desesperada em seu rosto me dizia que não.

— Para qual lado ele foi? — perguntou.

— Do outro lado da rua. Quem é Jin Lo?

— Eu não sei.

Enquanto seguíamos seu pai, olhei para a minha esquerda, em vez de olhar para a direita, de onde os carros vinham, e ouvi o barulho de uma buzina. Benjamin me puxou de volta e me impediu de ser atropelada por um táxi. O motorista se debruçou para fora da janela e me xingou. O pai de Benjamin se esgueirou para dentro de uma cabine telefônica vermelha do outro lado da rua.

— Você sabia que seu pai conhecia Shiskin? — perguntei.

— Como eu saberia disso?

Passamos pelo cruzamento em uma diagonal e ficamos parados em uma fila de pessoas que esperavam por um ônibus, tentando nos ocultar. Nunca me senti tão evidente. O boticário saiu da cabine telefônica sem nos ver.

— Dê a ele uma vantagem de cinquenta passos — disse Benjamin.

— Será que está trabalhando para os russos?

— Não faço ideia.

— Acha que ele conhece aquele visconde? Ou conde?

— Pare de me fazer perguntas!

Seguimos seu pai pelas ruas. O boticário caminhava surpreendentemente rápido e parecia estar a caminho de sua loja. Quando chegamos à rua Regent's Park, nós o perdemos de vista. Paramos em um recuo, observando, mas ninguém entrou ou saiu da loja.

— Vamos entrar — falei. — Apenas pergunte a ele o que está acontecendo.

— Não posso — disse Benjamin.

Ele estava pálido e perdeu toda a coragem.

— Você tem que perguntar.

— E se for um espião para os soviéticos?

— Aí, pelo menos, você vai saber.

Voltei para a rua, dessa vez olhando para a minha direita.

Benjamin cedeu e caminhamos indecisos em direção à loja. Ele olhou sobre o ombro para ver se tínhamos sido seguidos. A porta estava trancada, e ele usou sua chave para abri-la.

A loja estava silenciosa, mas cheirava estranhamente a fumaça. Benjamin trancou a porta atrás de nós e nos movemos sem fazer barulho por entre as prateleiras, em direção a uma luz nos fundos. Tentei andar na ponta dos pés, mas minhas pernas tremeram. Precisei apoiar os calcanhares no chão para que parassem de tremer.

No escritório dos fundos, o boticário estava queimando papéis em uma pequena cesta de lixo de metal, colocando-os no fogo.

— Benjamin! — exclamou. — Você não pode estar aqui! Eles estão a caminho!

— Quem está a caminho?

— Não sei ao certo. Mas você não deve estar aqui!

— Você é um espião para os russos?

Seu pai olhou para ele através dos óculos.

— Claro que não!

— Mas eu te vi no parque! Shiskin te entregou uma mensagem. Ele trabalha para a Embaixada soviética.

O boticário balançou a cabeça.

— Eu não tenho tempo para explicar, Benjamin. Tenho que esconder o livro.

— Que livro?

O boticário respondeu puxando um livro grosso com lombada de couro de um armário. Então ouvimos a porta trancada chacoalhando na parte da frente da loja.

— Eles estão aqui! — disse o homem. — Vocês dois têm que se esconder.

Ele largou o livro para erguer uma grade de ferro no chão, revelando escadas que levavam a um porão.

— Eu não vou entrar aí! — protestou Benjamin.

— Você vai, *agora* — ordenou o pai, com uma aspereza que eu não imaginava que ele fosse capaz de usar.

Como se acabasse de ter o pensamento desesperado, empurrou o livro para as mãos de Benjamin.

— Podemos ficar e te ajudar a lutar contra eles — sugeriu o filho.

— Vão! — ordenou o pai.

— Chamaremos a polícia — falei.

— Nada de polícia! Preciso que protejam a Farmacopeia e a mantenham a salvo. *Por favor*, façam isso por mim.

— Protegê-la do quê? — perguntou Benjamin.

— De qualquer um que venha procurá-la.

— E quanto a você?

— Ficarei bem. Apenas tome conta do livro. Tem pertencido à nossa família por 700 anos.

— Pai, espere!

— Eu tenho um plano. Ficarei bem. Apenas vá.

O boticário abaixou a grade depois que passamos. Alguém batia na porta da frente.

O porão cheirava a terra úmida e nos encontramos, no final das escadas, em um cômodo com piso de concreto. Luz suficiente passava pela grade de ferro para que enxergássemos um pouco do que estava ao nosso redor. Havia prateleiras cheias de potes empoeirados e uma pesada porta de ferro em uma das paredes. Benjamin tentou girar a maçaneta, estava trancada.

Ouvi uma violenta explosão lá em cima, que fez com que nos agachássemos atrás das prateleiras. Havia passos e vozes, falando em uma língua que parecia alemão.

— Você consegue entendê-los? — perguntei.

Benjamin balançou a cabeça.

Prestamos atenção enquanto os homens reviravam o escritório. Eu podia ouvir a respiração de Benjamin no escuro e a minha, que parecia instável. Ele olhou para o pesado livro em seu colo, e eu sabia que imaginava se era mais valioso que a vida de seu pai. Eu podia afirmar que ele queria subir e lutar.

— Há muitos deles — sussurrei. — Seu pai disse para mantermos o livro a salvo.

Esperamos o que pareceu um bom tempo, então, ouvimos um arranhão de metal acima de nós, e Benjamin me puxou mais para dentro das sombras empoeiradas atrás das prateleiras. A grade foi retirada e a cabeça de um homem apareceu no porão. Ele tinha uma grande cicatriz em uma das bochechas e um rosto horroroso, de cabeça para baixo. Parecia estar sorrindo forçadamente ou rangendo os dentes: estavam à mostra na luz fraca enquanto ele vasculhava ao redor. Em seguida, ouvimos o estridente som da sirene de um carro de polícia na rua e alguém gritando em alemão. Claramente, a voz ordenava aos demais que abandonassem o local. O rosto horrível de cabeça para baixo desapareceu e a grade foi posta no lugar novamente.

Benjamin e eu nos agachamos no escuro, quase sem coragem para respirar. Quando o terror imediato foi embora, dei-me conta de que seu braço estava ao redor dos meus ombros e a lateral do

meu corpo colada à dele. Ele pareceu
perceber também e relaxou a pegada em
meu braço. Ambos nos afastamos 2 centímetros, e meu braço formigou no local onde estavam
seus dedos. A sirene da polícia desapareceu a distância:
provavelmente, tinham ido para outro lugar.

Quando a loja sobre nós ficou silenciosa, Benjamin e eu ras-
tejamos de volta para cima, empurrando a fim de abrir a grade
pesada. O lugar havia sido revirado. Papéis foram jogados no chão,
gavetas, abertas, cadeiras, tombadas. Potes de ervas quebrados
enchiam o ar com odores azedos e estranhos. Coisas haviam
sido retiradas das prateleiras na parte da frente da loja: frascos
de remédios, caixas de ataduras, sacos de algodão.

A botica não existia mais.

CAPÍTULO 8

A Farmacopeia

Benjamin e seu pai moravam em um apartamento em cima da loja, e imaginamos que, certamente, seria vigiado. Então, fomos ao meu, no qual meus pais estavam sentados à mesa de cartas que havíamos colocado perto da minúscula cozinha. Percebi que interrompia uma conversa séria, mas não tinha tempo de imaginar o que era. Decidimos não contar o que havia acontecido, porque iriam querer telefonar para a polícia, e o boticário nos pediu que não entrássemos em contato.

Meu pai se virou em sua cadeira e sorriu.

— Como foi a revanche? — perguntou.

— Foi... boa — respondi.

Esqueci completamente o xadrez.

— Quem ganhou?

Nós nos entreolhamos.

— O jogo foi interrompido — falei. — O pai de Benjamin teve que ir para a Escócia visitar a tia dele. Ela está doente.

— Sinto muito — disse minha mãe, preocupada. — Espero que ela esteja bem.

De repente e infelizmente, me senti adulta... não por ter trazido um garoto para conhecer os meus pais, mas por ter contado uma mentira.

— Queria saber se ele podia ficar aqui em casa hoje à noite — disse. — Digo, o pai dele perguntou se podia.

Meus pais se entreolharam.

— Não vejo porque não — disse meu pai, depois de uma pausa que significava que *realmente* não se importava.

Minha mãe, mais uma vez, fez ovos mexidos para o jantar, e comemos na pequena mesa de cartas, onde tivemos de nos sentar muito próximos uns dos outros. Benjamin foi formal e educado, e todos pareciam desconfortáveis.

— Nós ainda não descobrimos como fazer compras — comentou minha mãe. — Então, estamos dependendo demais dos ovos da locatária.

— Estão deliciosos — elogiou Benjamin. — É difícil conseguir ovos.

Fez-se um silêncio estranho.

— Então, o que seus pais fazem, Benjamin? — perguntou meu pai.

— Meu pai é o boticário que fica no final da rua.

Meu pai deslizou a cadeira, fazendo a madeira chiar.

— Não brinca! — disse ele. — A fonte de todo o calor. E sua mãe?

Pelo fato de minha mãe trabalhar, meus pais sempre presumiam ser legal perguntar sobre a mãe das outras crianças. Hoje em dia parece algo totalmente normal de se fazer, mas, em 1952, a maioria das mães ficava em casa e, às vezes, a pergunta era embaraçosa.

— Ela faleceu quando eu era pequeno — respondeu Benjamin.

Olhei para ele. Nunca pensei em perguntar sobre sua mãe, mas ele não disse nada sobre ela ter *morrido*.

— Sinto muito — disse minha mãe. — Como aconteceu?

— Em um ataque de bomba — contou. — Durante a guerra.

— Ah, Benjamin, que terrível!

— Eu era só um bebê — disse ele. — Não me lembro dela, na verdade.

Fez-se um outro longo silêncio. Meus pais, acostumados a ser tão afetuosos e amigáveis, não tinham ideia do que fazer com a trágica notícia e o menino teso e formal. Gostaria que eles o tivessem visto durante o treinamento de bomba, desafiador e forte, e teriam admirado. Agora eu via porque ele não conseguia levar o exercício a sério... ou porque o levou *tão* a sério que não quis ser parte daquilo, como se não fosse ajudar em nada.

A bolsa de couro de Benjamin estava encostada em nosso pequeno sofá, com a Farmacopeia quase saindo, pois a fivela não fechava, por conta do tamanho do livro. Meu pai sinalizou o objeto a fim de mudar de assunto.

— O que é aquele livrão? — perguntou. — É para química?

— De certa forma — respondeu Benjamin.

— Posso dar uma olhada? Gostaria de ver o que ensinam na Inglaterra.

— Estou muito cansado, senhor — disse Benjamin, rapidamente. — E tenho um relatório para terminar. Se importa se eu trabalhasse nisso?

— É claro que não — concordou meu pai. Ele lançou a Benjamin um sorriso largo que usava durante discussões amigáveis ou quando sabia que estavam mentindo para ele. — Se você parar de me chamar de "senhor".

Quando tive certeza de que meus pais estavam dormindo, fui cuidadosamente até sala, onde minha mãe arrumara uma cama para Benjamin no sofá. Ele tinha a Farmacopeia aberta em seu colo.

— Você não me contou que sua mãe estava morta! — sussurrei.

— Onde achou que ela estivesse? — perguntou. — Tombuctu?

— Não tive tempo para pensar sobre isso.

— Bem, eu não tenho tempo para falar sobre isso — disse ele. — Estou dando uma olhada no livro. A maior parte é em latim.

Ele abriu espaço para mim no sofá. Eu me senti balançada com o desaparecimento de seu pai e curiosa sobre o livro, mas nada daquilo desfez meu nervosismo por sentar ao seu lado no meio da noite, no sofá dos meus pais. Era impossível imaginar qualquer garoto da Hollywood High dormindo na sala de estar dos meus pais em Los Angeles e não havia ninguém em casa que fizesse eu me sentir tão instável e estranha.

Olhei para o livro... com a excitação, eu não havia de fato prestado atenção antes. Havia páginas dobradas entre as originais, que pareciam escritas à mão, em um estilo de caligrafia antiga. O papel estava amarelado na parte de dentro, com as bordas marrons e com sinais de queimadura. Parecia uma versão muito velha e importante do pesado livro de minha mãe, *Alegria de Cozinhar*.

— Acho que o latim é bem antigo — disse Benjamin. — Ou pelo menos parte. Eu deveria saber ler em latim para ser um boticário, mas não sou bom nisso.

— Que língua é essa? — perguntei, apontando para algumas palavras formadas por letras que eu não reconhecia.

— Acho que é grego.

Ele virou outra página. Havia símbolos e pequenos desenhos intercalados com o texto. Um parecia uma cobra dentro de um círculo.

— Talvez este seja uma cura para mordida de cobra — falei.

— Por que ele precisaria esconder *isso* daqueles alemães?

— Porque o livro é valioso?

— Eles não eram ladrões comuns.

— Acho que não. — Estremeci, lembrando-me do homem com a cicatriz. — Para onde você acha que o levaram?

— Não sei. Queria saber falar alemão.

— E latim.

— E latim.

— Ou grego.

Ele fechou o livro e estudamos o símbolo gravado na capa. Havia um círculo no centro, com um triângulo de cabeça para baixo. Em volta do círculo, uma estrela de sete pontas, dentro de outro círculo maior, com círculos menores entre as pontas da estrela.

Passei minha mão sobre o símbolo, sentindo os relevos e as reentrâncias no couro macio e surrado.

— Aquele símbolo me parece familiar — disse Benjamin. — Mas não sei o motivo.

— Podíamos pedir ao sr. Danby que traduzisse parte do latim.

— Não podemos simplesmente sair mostrando isso para as pessoas.

— O sr. Danby é um herói de guerra.

— Eu não me lembro do meu pai dizendo que podíamos mostrá-lo para heróis de guerra. Ele disse para o protegermos de qualquer um que quisesse vê-lo.

— Bem... o sr. Danby *não* quer vê-lo — falei. Meus olhos estavam começando a coçar de cansaço e minhas pálpebras ameaçaram se fechar. — É muito ruim o fato de seu pai precisar ser sequestrado para você começar a fazer as coisas que ele pede.

— Você não está entendendo a seriedade disso, Janie.

— Eu estou, sim — respondi. — Só estou cansada demais.

Deitei minha cabeça no braço do sofá para descansar somente por um minuto e a próxima coisa que notei foi Benjamin me sacudindo para acordar. Ainda estava escuro na sala e eu não tinha certeza de onde estava. Lutei para me livrar do sono.

— O símbolo do livro! — sussurrou Benjamin. — Eu sei onde o vi antes!

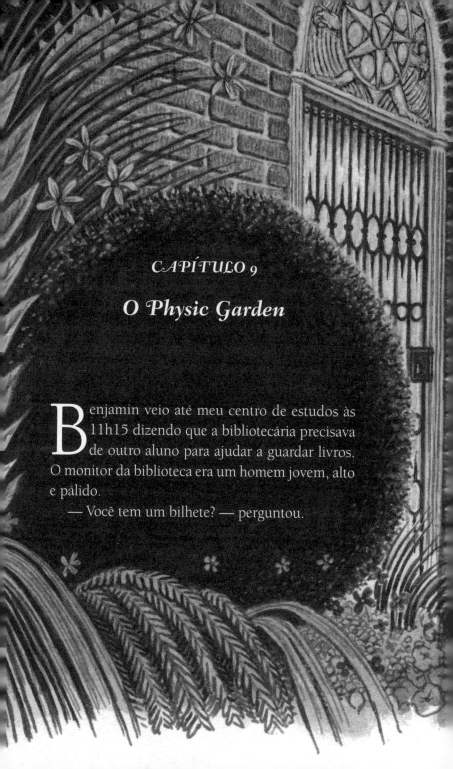

CAPÍTULO 9

O Physic Garden

Benjamin veio até meu centro de estudos às 11h15 dizendo que a bibliotecária precisava de outro aluno para ajudar a guardar livros. O monitor da biblioteca era um homem jovem, alto e pálido.

— Você tem um bilhete? — perguntou.

— A bibliotecária está cheia de livros — disse Benjamin. — Ela perguntou se você se importaria caso ela não mandasse um bilhete só dessa vez.

Levantei minha mão.

— Posso ir? — perguntei. — Eu quero ser uma bibliotecária um dia.

Isso rendeu uma onda de risadas dos outros alunos, que receberam uma expressão irada do monitor. Eu sabia que ele sentia pena de mim, como a menina patética que ficava ali durante o almoço.

— Tudo bem — respondeu ele. — Mas diga a ela que envie um bilhete da próxima vez.

Juntei minhas coisas e, quando tivemos a certeza de que o centro de estudos estava vazio, saímos pela porta principal e descemos as escadas. Benjamin não lembrava onde exatamente o Chelsea Physic Garden ficava, mas sabia que era próximo do Tâmisa, então, caminhamos ao longo do rio.

Sei, agora, que o Physic Garden fora criado no século XVII, como um tipo de museu e um viveiro para plantas medicinais. Botânicos e médicos de navios trouxeram espécimes de todas as partes do mundo, enquanto a Inglaterra expandia seu império, e elas foram plantadas em Chelsea. O jardim ainda está lá, se você quiser visitá-lo. O Império Britânico talvez tenha se dissolvido, mas o Physic Garden é seu fantasma verde, que cultiva um pouquinho da Índia, China, África, Austrália, Nova Zelândia e de ilhas do Pacífico, bem no centro de Londres.

— Costumava ir lá sempre com o meu pai — disse Benjamin. — Ele coletava mudas e eu jogava pedras no laguinho, que era muito pequeno para isso, até que um jardineiro me disse para parar ou eu quebraria uma janela.

— Por que parou de ir?

— Fiz 10 anos e me considerava muito velho para isso. Não queria mais ser vigiado e pensei que não precisava me apegar ao jardim idiota.

Encontramos o portão alto de ferro na barragem e o empurramos para abri-lo. Havia uma pequena guarita de pedra, mas ninguém dentro. O jardim era exuberante, florescente e fazia a Floresta Sherwood de mentira em Riverton parecer o papel-machê que era. Era quase magicamente verde e silencioso, como se as plantas, de alguma forma, absorvessem todos os sons da cidade. Os caminhos eram ladeados por caules folhosos que cresciam até a altura da minha cabeça, árvores das quais pendiam flores amarelas e algo que parecia ruibarbo, com enormes folhas largas.

— Se o *meu* pai viesse aqui a trabalho — falei —, eu viria o tempo todo.

Caminhamos por uma trilha onde as árvores em ambos os lados cresciam juntas, formando uma copa, então, estávamos quase no escuro no meio do dia. A cada 2 metros, uma videira se pendurava, com uma única flor rosa na ponta. Havia sons farfalhantes na vegetação rasteira... aves ou pequenos animais. No final da trilha, encontramos outro portão.

— Ali está! — exclamou Benjamin, e eu segui seu olhar até o topo do metal forjado.

Lá estava o símbolo gravado na capa da Farmacopeia, com os círculos e a estrela. Espiamos além do portão, até um jardim interno murado. Do outro lado de algumas trilhas e canteiros havia uma pequena casa de tijolos com remates brancos. Benjamin tentou abrir o portão de ferro, mas estava trancado.

— Devemos escalá-lo? — perguntei.

Mas, assim que falei, uma figura surgiu da casinha de tijolos. Era um homem, e ele parecia ter sido algum tempo atrás, alto e imponente, mas agora caminhava encurvado. Tinha uma barba grisalha, um rosto gentil e enrugado. Usava um longo casaco marrom de retalhos, galochas, carregava uma cesta e um par de alicates de poda.

— Oi! — chamou Benjamin. — Senhor?

A figura olhou para cima, surpreso em sua solidão.

— Desculpe incomodar o senhor — disse. — Meu pai é membro da Sociedade dos Boticários. Eu tenho uma bolsa de estudos da Sociedade, na verdade. E eu...

O homem dos farrapos olhou para ele.

— Você é Benjamin Burrows?

Foi a vez de Benjamin se surpreender.

— Sim!

O homem se apressou e abriu o portão com uma chave antiga.

— Entre, entre — disse ele, olhando para trás de nós na direção do túnel verde. Em seguida, trancou novamente o portão.

Dentro de sua casinha de tijolos, o jardineiro tirou seu casaco de retalhos, pendurando-o em um cabideiro, e gesticulou para as cadeiras de sua mesa.

— Quem é a jovem moça? — perguntou, com ar de suspeita.

— Minha amiga Janie — respondeu Benjamin. — Ela é americana.

Ele disse aquilo como se minha nacionalidade me tornasse, de alguma forma... inocente.

— Entendo — disse o jardineiro. Em seguida, virou-se para Benjamin. — Lembro-me de você quando era um garotinho, correndo pelo jardim. Eu conhecia seu avô muito bem. Seu pai sempre vem à procura das plantas mais incomuns. Ele está bem?

— Não sei — respondeu Benjamin, olhando-me em busca de coragem.

Eu assenti — o jardineiro parecia totalmente confiável —, então Benjamin sentou-se à mesa, e eu também. Ele contou a história sobre os homens que tinham ido atrás de seu pai e sobre a mensagem passada em um jornal no banco do parque.

O jardineiro pareceu preocupado.

— Eles também levaram Jin Lo?

— Quem é Jin Lo?

— Um químico chinês — respondeu o homem. — Um correspondente de seu pai. Você viu os homens que foram à sua loja?

— Apenas um — respondeu Benjamin. — Tinha uma cicatriz no rosto. Eles falavam alemão.

— E o seu pai... lhe contou alguma coisa? Ou mostrou?

Eu podia ver Benjamin lutando para não mencionar o livro.

— Bem... — disse ele.

O jardineiro suspirou.

— Entendo que só o fato de meramente perguntar já lhe cause suspeitas, mas talvez tenhamos pouco tempo. Você sabe onde a Farmacopeia se encontra?

Benjamin olhou para mim mais uma vez, em busca de auxílio, em seguida, puxou o livro de dentro da bolsa e o deslizou sobre a mesa de madeira.

Os olhos do jardineiro se arregalaram.

— Ah! — disse. O homem pareceu profundamente afetado, como se o livro fosse um objeto secreto. Ele o tocou devagar, em reverência. — Eu não a vejo há muito, muito tempo.

— Viemos aqui porque o símbolo da capa está no portão de seu jardim — mencionou Benjamin.

— Sim — retrucou o jardineiro, passando sua mão nodosa sobre a capa desgastada. — É o Azoto dos Filósofos. O triângulo no centro é Água, a fonte de toda a vida. Os sete círculos menores são as operações da alquimia: calcinação, separação, dissolução... por que você está fazendo essa cara?

— Porque alquimistas são malucos — respondeu Benjamin. — Tolos tentando fazer ouro.

— *Alguns* estavam tentando fazer ouro — defendeu o jardineiro. — Sempre haverá aqueles que são movidos pela ganância. Deram má reputação aos demais. Mas Sir Isaac Newton era um alquimista. Você não estudou calcinação, separação e dissolução?

— Não — respondeu Benjamin, um pouco envergonhado.

— O que diabos vocês estão aprendendo na escola?

— Matemática — respondeu. — Inglês.

O jardineiro franziu o cenho.

— Lendo *romances* — comentou com desdém. — E, agora, a Farmacopeia foi confiada a você, totalmente sem instrução.

— Eu só preciso saber sobre o livro — disse Benjamin. — Eu não leio latim ou grego.

O jardineiro balançou a cabeça.

— Existem centenas de anos de segredos nesse livro, aprendidos durante diferentes vidas de pesquisa e prática. E temos muito pouco tempo.

— Você pode nos falar *um pouco* sobre ele? — perguntei.

O homem considerou nós dois, medindo-nos e, em seguida, abrindo o livro com grande reverência, com cuidado, para não rasgar as páginas antigas.

— Bem... eu não sei como começar. Existem infusões simples, como essa aqui, o Aroma da Verdade. Torna impossível que alguém conte uma mentira. Esse símbolo aqui, com o sol em seu zênite, significa que você deve colher a erva *Artemisia veritas* para a infusão ao meio-dia, que é um pouco diferente do meio-dia no relógio — explicou. Ele virou uma página. — Também existem as tinturas para mascarar, que mudam a aparência das coisas sem mudar a coisa em si. Nessa, por exemplo, a *Aidos Kyneê* confere um tipo de invisibilidade. Recebeu esse nome por conta do disfarce mitológico dos deuses gregos. *Aidos* significa modéstia, então, é um disfarce de extrema modéstia, o que é irônico, porque, é claro...

— O que diz? — perguntei, apontando para uma anotação escrita nas margens, na parte de cima da página, em uma outra caligrafia.

O jardineiro inclinou a cabeça e leu silenciosamente em latim.

— Diz... que, se mais de uma pessoa usar a tintura de mascarar, é melhor deixar parte do corpo de fora, a fim de evitar... bem... baterem uma na outra, suponho. Isso deve ser um conselho de alguém que a usou. O livro é um documento vivo, como podem ver. Novos conhecimentos são sempre adicionados.

— E o conhecimento que é pura bobagem? — perguntou Benjamin. — Podemos incluí-lo? Não é possível tornar pessoas invisíveis!

O jardineiro o ignorou e virou mais uma página. Seus olhos brilharam enquanto ele lia as instruções em latim.

— Aqui estamos — disse. — O mais difícil de todos os elixires de transformação, que na verdade muda a essência. Esse aqui, o elixir das aves, transforma um ser humano em um pássaro.

— É claro que sim — murmurou Benjamin.

O jardineiro ergueu suas grossas e grisalhas sobrancelhas para ele.

— Você deve se permitir as possibilidades, Benjamin. Eu nunca vi, mas ouvi dizer que é um belíssimo processo.

— E quando você se transforma... pode voar? — perguntei.

— Certamente.

— Por que meu pai tem um livro com feitiços mágicos de mentira? — perguntou Benjamin.

— Eles não são *feitiços* — respondeu o jardineiro. — É uma Farmacopeia, um livro de remédios, ou assim era originalmente. Diversos processos do livro começaram como métodos de cura, há muitas gerações: como cicatrizar uma ferida? Como combater doença no corpo humano? Estas eram as perguntas originais, mas, em algumas mentes, elas tomaram direções inesperadas, relacionando-se com os fundamentos da matéria. Assim como os desenhos nas cavernas levaram ao teto da Capela Sistina, a medicina primitiva levou à Farmacopeia. O mundo é feito de átomos, que podem ser influenciados, mascarados e até rearranjados por alguém com as habilidades necessárias. Estou surpreso por seu pai não ter começado a treiná-lo.

Benjamin olhou para baixo.

— Às vezes, ele me pedia para ajudá-lo — disse —, mas eu sempre tinha alguma outra coisa para fazer. Pensava que só queria que eu tomasse conta da loja. Você sabe... vendendo sais de banho e bolsas térmicas.

O jardineiro fez um gesto desdenhoso com a mão.

— A Sociedade dos Boticários não lhe daria uma bolsa de estudos para isso. Eles esperam que você dê continuidade ao real trabalho de seu pai.

— Que é *qual*, exatamente? — perguntou Benjamin. — Por que aqueles homens o levaram?

— Eu não sei — respondeu o jardineiro. — É isso que você deve descobrir. O mais rápido possível.

— Poderíamos perguntar ao sr. Shiskin — sugeri, hesitante. — Foi ele quem entregou a mensagem.

— Mas não sabemos se podemos confiar nele — disse Benjamin. — E por que ele diria alguma coisa para duas crianças?

— Poderíamos usar o Aroma da Verdade — falei. — Do livro.

Benjamin e o jardineiro olharam para mim. Esperei por sua reação de desprezo.

— Quer saber? Não é uma ideia tão terrível — respondeu o jardineiro, finalmente. — Vocês podem entrar em contato com esse homem sem problemas?

— Conhecemos o filho dele, da escola — falei.

— Então, é digno de tentativa — disse o jardineiro. Ele apertou os olhos por conta da claridade que vinha de fora da janela. — Deixe-me checar minhas tabelas. Não podemos fazer muito com um sextante dentro do jardim, considerando que não podemos ver o horizonte.

Ele pegou um livro da prateleira e percorreu uma lista com o dedo.

— O meio-dia será às... 12 horas, 14 minutos e 9 segundos — informou. — Podemos chegar perto disso.

Então ele nos levou para fora, até um relógio de sol, com um ponteiro triangular de cobre verde oxidado sobre uma base de pedra fina. Embora o sol não estivesse brilhante, era possível ver a sombra do ponteiro, e ela caiu logo após o meio-dia.

— Por que importa quando você colhe a erva? — perguntei.

— O livro diz que é porque a luz máxima do dia elimina toda sombra e engano — respondeu o jardineiro. — Muito poético. Mas talvez, na verdade, tenha a ver com algo relativo à fotossíntese e à estrutura molecular da *real* planta. Os alquimistas primitivos sabiam que era necessário colhê-la ao meio-dia, mas talvez não o motivo exato. A erva sempre fora plantada aqui, junto ao relógio de sol.

Ele apontou para alguns ramos, folhas verdes em fileiras meticulosas.

Esperamos, observando o fraco movimento do ponteiro.

— Nada disso faz sentido — disse Benjamin.

O jardineiro olhou para ele, avaliando-o, como se medisse sua habilidade para realizar aquele trabalho.

— Todos nós nos sentimos estranhos, até apreensivos, quando confrontados com nosso próprio destino — falou o homem. — Você precisa encontrar seu pai. Qualquer que seja seu plano, ele vai precisar de você.

— Você pode nos ajudar? — perguntei.

— Ah, não — respondeu o jardineiro. — Sou velho, tenho artrite e raramente deixo este jardim... eu só iria atrasá-los e levantar suspeitas. E o momento é agora.

Ele se abaixou para cortar as folhas com seus alicates.

— Aqui estamos — disse. — Você macera as folhas e as ferve em água, para liberar o aroma. Mas deve ser cauteloso. Pode ser uma ervinha traiçoeira se não estiver pronto para a verdade.

CAPÍTULO 10

O Aroma da Verdade

Deixamos o Physic Garden e caminhamos de volta pelo Chelsea Embankment com a erva da verdade e algum tipo de plano... ou pelo menos eu pensava que tínhamos um, embora Benjamin não tenha gostado nem um pouco.

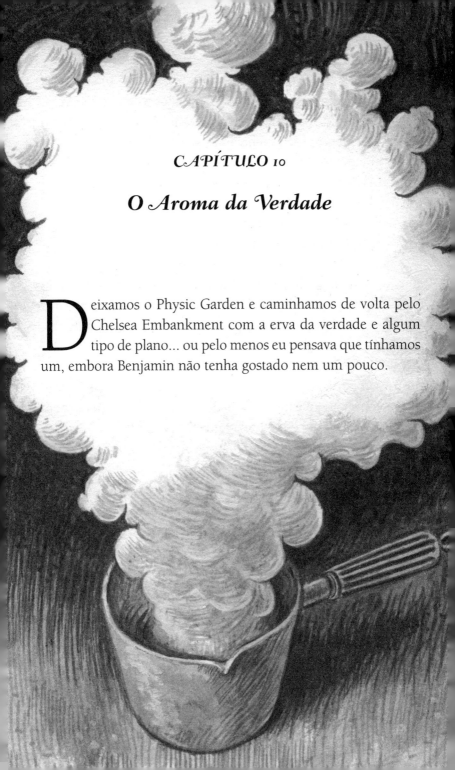

— Isso tudo é besteira — disse ele. — Feitiços de invisibilidade. Ervas que fazem falar a verdade se cortá-las ao meio-dia. Se o jardineiro te dissesse ser o rei das fadas, você acreditaria?

— Não — respondi. — Mas é possível que a erva afete o cérebro de algum jeito, assim como o álcool ou o café.

— Então você só quer entrar *casualmente* na casa de Shiskin e fazê-lo cheirar um pote de folhas. Sabe como um agente soviético é treinado?

— Você sabe? — perguntei.

— Sei que não somos páreo para ele.

Eu não tinha certeza de ter me tornado tão corajosa... possivelmente, estar em outro país tão diferente do meu, talvez tentando combinar o que eu achava ser a coragem de Benjamin. Mas me senti determinada a seguir em frente do único jeito que podíamos.

— Você disse que queria viver uma vida de aventuras — falei. — Vamos testar a erva e ver se funciona.

Benjamin revirou os olhos, mas não tinha argumento algum, então, fomos até o meu apartamento, sinistramente quieto com os meus pais no trabalho. Enchi uma panela com água, de acordo com as instruções do jardineiro, e fervi a erva macerada no fogão da minúscula cozinha-closet. Benjamin sentou-se, ainda relutante, à mesa de cartas, com os braços cruzados. As folhas se tornaram verde-escuro na água quente e o vapor da panela era azedo e mentolado. Parei em frente à panela, respirei um pouco por alguns segundos e me virei para ele.

— Agora é sua vez — falei, sentindo-me estranha e um pouco tonta. Benjamin me olhou.

— Você está bem?

— Um pouco estranha — admiti. — Mas vai. É você quem acha que nada vai acontecer.

— E como sugere que testemos, Madame Curie?

— Temos que pensar em uma pergunta que não gostaríamos de responder.

Ele parou na frente da panela, olhando para as folhas.

— Algo como "De quem você gosta"?

— Pode funcionar — respondi, mesmo que aquela fosse a última pergunta que eu queria responder. Mas seria impossível, de repente, contar uma mentira.

Benjamin inspirou com força o vapor e virou-se para mim.

— Tudo bem — disse. — Então, de quem você gosta?

Hesitei.

— Gostar de *ter sentimentos*, certo? — perguntei, ganhando tempo.

— É claro.

Rangi os dentes contra a resposta prestes a sair, mas não consegui evitar.

— De você — respondi, descontrolada.

— De mim? — perguntou ele, ficando vermelho como um tomate.

Eu tinha certeza de que estava do mesmo jeito. As sardas de Benjamin escureciam quando ele ficava envergonhado.

— *Ah*, isso é embaraçoso — falei. — Odeio isso. Rápido, antes que passe o efeito, de quem você gosta?

— Não quero responder.

— Você tem que responder.

Eu podia vê-lo lutando com esforço.

— Argh — disse. — Eu também odeio isso! Tudo bem! Eu gosto de Sarah Pennington!

Eu estava chocada demais, rapidamente, para me sentir sem graça por não ser eu.

— *Sarah Pennington?* — perguntei. — Ela é horrorosa! Ela é má e arrogante!

— Eu sei — disse ele. Ele parecia genuinamente triste por isso. — Mas também é linda. Eu não *quero* gostar dela. Mas não posso evitar! Ela senta na minha frente na aula de matemática e a curva de seu pescoço, debaixo daquela trança, me deixa totalmente louco.

— *Pare!* — ordenei. — Chega! Funciona.

Nós nos entreolhamos em silêncio.

— De qualquer forma, ela é apaixonada pelo sr. Danby — falei, antes de poder me conter.

Benjamin ficou perplexo.

— O sr. Danby?

— Ela o acha maravilhoso. E está certa! Ele também é inteligente e legal!

Benjamin parecia desconfortável, e houve mais um longo e sombrio silêncio. Eu não sabia se estava feliz por tê-lo magoado ou não, então, cruzei os braços e olhei para fora da janela, para a rua St. George. O triste dono do armarinho do outro lado da rua estava parado na frente da entrada, como sempre, esperando por clientes que nunca apareciam.

— Como você sabe que o efeito passou? — perguntou Benjamin.

— *Eu não gosto de você* — falei, experimentando. — Mas esse não é um bom teste. No momento, é meio que verdade. Diga que não gosta de Sarah Pennington.

— Eu não gosto de Sarah Pennington.

— Prontinho — falei, com uma pontada no coração. — Você consegue mentir. O efeito passou.

— Vamos fingir que isso nunca aconteceu — sugeriu.

— Você ainda acha que isso é besteira?

Ele balançou a cabeça.

— Não — disse. — Funciona.

CAPÍTULO 11

O Samovar

Benjamin, por conta de sua espionagem amadora, sabia exatamente onde Shiskin morava: em um apartamento próximo à Embaixada soviética. A noite caiu fria, e caminhamos em silêncio, nutrindo nossos remorsos sobre o Aroma da Verdade, com cachecóis ao redor dos rostos e as mãos enfiadas nos bolsos.

A casa da família Shiskin ficava em uma fileira estreita de casas de tijolos, todas grudadas umas às outras. Havia uma escada que levava a ela.

— E agora? — perguntou Benjamin.

— Bem — falei. — Diremos que estamos aqui para ver Sergei. Talvez eu tenha uma dúvida sobre latim.

— Você não sabe nada de latim para ter uma dúvida!

— Então, é uma visita social. Queremos mostrar a ele a maravilha que descobrimos.

— Como se *isso* não parecesse suspeito.

— Você tem alguma ideia melhor, sr. Super Espião?

— Não.

— Certo — falei, subi as escadas e toquei a campainha, perguntando-me por que eu estava fazendo isso se ele preferia estar com Sarah Pennington de qualquer jeito?

— Janie, espere! — chamou.

— Você vem ou não?

Benjamin olhou para os dois lados da rua vazia, como se alguém com um plano melhor pudesse aparecer, e em seguida subiu os degraus, atrás de mim.

— Isso é burrice — disse ele.

Sergei abriu a porta. Ele havia tirado o uniforme e usava um suéter e calças de lã cinza, com chinelos de casa. Seus ombros largos pareciam um pouco menos arredondados e protetores de seu torso do que na escola. Ele pareceu surpreso em nos ver e afastou os cabelos dos olhos. O menino emanava solidão como fumaça, então, tentei reunir alguma confiança de que, qualquer coisa louca que eu sugerisse, ele toparia participar.

— Oi, Sergei! — cumprimentei. — Queríamos saber se você está ocupado.

— Para quê? — questionou ele.

— Estávamos pensando em entrar para a competição de ciências na escola — respondi. — Mas precisamos de uma terceira pessoa para a nossa equipe.

— Competição de ciências? — perguntou. — Tem uma competição de ciências?

— Queremos botânica como nosso tema — falei, tentando não corar. — No momento, estamos explorando as propriedades dessa erva em particular.

— Uma erva extraordinária — disse Benjamin, pronunciando o *e* a fim de esclarecer. — Podemos entrar?

Sergei se afastou da porta e entramos em uma pequena antessala cheia de casacos, com uma escada que levava a um segundo andar. Imaginei se seu pai, o agente soviético, estaria lá em cima.

— Temos que fervê-la, como chá — falei. — Podemos usar a sua cozinha?

— Você quer o samovar?

Devemos tê-lo encarado sem expressão alguma.

— É um bule russo.

— Perfeito! — exclamou Benjamin.

Ouvi passos desiguais no andar de cima enquanto Sergei nos levava até a cozinha. Lembrei-me da perna de pau do sr. Shiskin. Então, ele estava em casa, e poderíamos testar a erva nele. A cozinha, claramente, pertencia a dois homens que moravam sozinhos: estava cheia de louças sujas e cheirava a alho.

— Minha mãe está na Rússia com a minha irmã — disse Sergei, em tom de desculpas. — Aqui está o samovar.

Era uma grande urna de prata, meticulosamente decorada em relevos com folhas e vinhedos, com um bule na parte de cima. Parecia fora de contexto na cozinha nojenta.

— Era da minha avó — informou. — Acabamos de tomar chá, portanto, está quente.

— Ótimo — disse Benjamin.

Ouvi um baque no andar de cima, em seguida, mais um e, então, o som cauteloso da perna de pau do sr. Shiskin descendo as escadas. Tentei agir naturalmente, mexendo-me na cozinha, mas meu coração pareceu que ia saltar do peito.

Logo depois o sr. Shiskin estava parado na entrada da cozinha.

— O que você está fazendo com o samovar? — perguntou.

Seu sotaque era mais russo do que o de Sergei, menos britânico, e ele era ainda maior de perto. Seu corpo preencheu todo o espaço da porta e suas mãos pareciam do tamanho de luvas de beisebol.

— Fazendo chá, senhor — respondeu Benjamin. — Perdão por invadir.

— Vocês são amigos de Sergei?

— Sim — confirmei.

Ele desviou o olhar de nós para os pratos sujos na pia.

— Minha esposa está na Rússia — explicou. — Não sou um bom dono de casa.

— Não nos importamos com isso, senhor — disse Benjamin. — Se o senhor e Sergei quiserem sentar-se na saleta, estamos prestes a realizar uma experiência.

O sr. Shiskin cerrou os olhos em suspeita.

— Que experiência?

— Vamos mostrar — disse Benjamin, com ar de um mágico prestes a fazer um truque. — É *ciência*. Por favor, sente-se ali.

Os dois Shiskins se retiraram com relutância para a pequena saleta de entrada, então, Benjamin e eu maceramos as folhas dentro do samovar e o enchemos com a água fervente da urna. Podíamos escutar os Shiskins conversando e ouvi as palavras "competição de ciências" misturadas com russo.

— Acha que vai funcionar com o samovar? — perguntei.

— Não sei — respondeu Benjamin. — Vamos ter que despejar em outra coisa.

Entreguei a ele a única xícara de chá limpa de uma fileira de ganchos e a enchemos com a mistura verde-claro.

— Só não inale — falei. — Ou começaremos a confessar tudo.

Benjamin pegou a xícara com uma das mãos, segurou um pano de prato com a outra e foi em direção à saleta. Eu o segui.

— A coisa mais *fascinante* sobre essa erva — contou Benjamin, com o rosto tapado pelo pano — é o jeito como o aroma muda com o tempo. Começa muito azedo e estimulante. Aqui, experimente, por favor.

Ele entregou a xícara.

O sr. Shiskin se afastou.

— Por que você cobre seu rosto?

— Estou ficando resfriado, senhor. Por favor, cheire o chá antes que mude.

— Você primeiro. Pode ser perigoso.

— Ah, eu já cheirei — disse Benjamin.

— E ficou doente!

— Uma gripe de inverno que não tem nada a ver. Não quero passar para vocês.

O sr. Shiskin cruzou os braços fortes sobre o peito.

— Somos russos. Não ficamos gripados.

Sergei disse algo para o pai, como se implorasse em russo, e o homem mais velho finalmente suspirou, descruzou os braços e se debruçou sobre o vapor cada vez mais fraco que saía da xícara. Ele pareceu surpreso com o cheiro e olhou bruscamente para Benjamin.

— Onde conseguiu essa planta? — perguntou.

— No... no parque.

O sr. Shiskin fez um movimento brusco em sua cadeira, na direção de Benjamin, surpreendentemente ágil apesar de seu tamanho e da sua perna de pau.

— *Chush sobach 'ya!* — disse ele. — *Você*, cheire e depois me diga de novo onde a encontrou!

Dei um passo para trás na direção da cozinha e Benjamin fez o mesmo, segurando a xícara à sua frente como se fosse uma arma. O sr. Shiskin parecia ainda maior e mais poderoso agora que estava com raiva.

Sergei sentia-se envergonhado.

— Deixe-os em paz, Papa! — disse ele. — Eles vão me deixar participar de sua equipe de ciências!

— Eles *não* são sua equipe de ciências! — respondeu o sr. Shiskin.

Sergei se colocou na frente do pai, com os braços abertos, e nos protegeu.

— Há três anos moramos aqui — protestou — e esta é a primeira vez *na vida* que meus amigos vêm me visitar e agora você cisma com eles!

— Eles não são seus amigos — disse seu pai, empurrando-o para o lado. — Inventaram isso para chegar a mim.

Tropecei para trás, em pânico, e minha manga ficou agarrada no bico prateado do samovar. Tentei equilibrar a urna, mas caiu no chão. A água quente espirrou para fora do bule e a cozinha inteira foi tomada pelo forte cheiro mentolado das folhas. Não havia como não o inalar.

— Onde conseguiu essa planta? — perguntou novamente o sr. Shiskin.

A sensação de tontura me tomou: a compulsão para dar a resposta. Mordi minha língua até machucar, mas não pude me conter.

— No Chelsea Physic Garden — falei. — Com o jardineiro.

Ele se virou para Benjamin, que ainda tinha o pano cobrindo seu rosto.

— Isso é verdade?

— Não — respondeu, sua voz abafada. — Não sei do que ela está falando! *Ela* não sabe do que está falando!

— É verdade — falei. — No domingo, você passou uma mensagem para o pai de Benjamin. Em seguida, aqueles homens vieram atrás dele. Quem são eles?

O sr. Shiskin me encarou. Seu rosto se tornou acinzentado enquanto o sangue parecia parar de correr. Então, ligou um rádio no balcão da cozinha e aumentou o volume.

— Crianças idiotas! — sussurrou o homem, em meio ao som de uma música dançante e animada. — Vocês acham que não tem ninguém ouvindo?

Eu sabia sobre casas grampeadas, mas não me ocorreu que aquela poderia ser uma delas. Shiskin estava certo: éramos crianças idiotas. Como presumi que estaríamos prontos para conduzir um interrogatório?

Com o apoio da música, Shiskin sussurrou:

— Foi lá que eu os vi... no parque. Marcus Burrows é seu pai? Tire esse pano ridículo da cara.

Benjamin retirou o pano.

— É.

— Ninguém mais sabe que vocês o conectaram a mim?

— Somente o jardineiro.

— Você viu seu pai ser levado?

— Estávamos escondidos no porão. Escutamos vozes falando em alemão.

— Viram um homem com uma cicatriz?

— *Nós* deveríamos fazer as perguntas aqui! — disse Benjamin.

— Vocês *não têm ideia* do perigo em que se meteram! — sussurrou Shiskin com uma voz rouca.

— O homem com a cicatriz estava lá — falei. — Quem é ele?

— Ele é um membro da Stasi — respondeu Shiskin. — A polícia secreta da Alemanha Oriental. Mas está trabalhando sob o comando da segurança soviética, a MGB. Eles devem ter descoberto o boticário.

Shiskin desmoronou sobre uma cadeira e repousou a cabeça nas mãos. Seu olhar parou no samovar amassado no chão.

— Você sabe o que mais "samovar" significa na Rússia? — perguntou. — É uma palavra para os soldados que perderam seus braços e suas pernas durante a guerra, em bombardeios e minas explosivas. Porque eles parecem um bule, sem braços ou pernas, você vê? Os soviéticos os enviavam para a Sibéria a fim de que as pessoas não os vissem e soubessem o quão terrível era a guerra. Meu irmão foi um deles, até que morreu lá. Eles pegaram seu corpo e, então, puniram-no por isso. Eu poderia aceitar perder minha própria perna, mas não pude perdoar o que fizeram com meu irmão, um herói de guerra. Quando ele morreu, decidi ajudar seu pai.

Houve um silêncio enquanto absorvíamos o horror dessa confissão. A música dançante tocava enquanto isso.

— Ajudar meu pai com *o quê*? — perguntou Benjamin finalmente. — Por que os soviéticos o querem?

O sr. Shiskin lutou contra o desejo de responder; eu podia ver os músculos de seu pescoço se distenderem. Houve um solo alto de trompete no rádio.

— Existem dois outros cientistas trabalhando com o seu pai — respondeu. — Eles vieram para Londres com o intuito de participar do plano.

— Jin Lo é um deles?

O sr. Shiskin estava roxo do esforço para não falar.

— Por favor, pare de fazer perguntas. Eu não quero comprometer o seu pai. Se ele e Jin Lo foram capturados, estou em sérios apuros tanto com os britânicos quanto com os soviéticos. Assim como o seu jardineiro. E vocês também. Eu imploro que fiquem longe do meu filho.

— Mas, Papa, eles não podem! — disse Sergei. — Estamos juntos na equipe de ciências!

— *Não* existe nenhuma equipe de ciências! — gritou o sr. Shiskin. — Eles mentiram para você!

Sergei se curvou por um momento e, então, disse, timidamente:

— Então eles poderiam participar do clube de xadrez.

— Sr. Shiskin, preciso encontrar o meu pai — disse Benjamin. — Diga-nos como fazer isso ou não sairemos do lado de Sergei. Vai ser prática de equipe de ciências o dia inteiro. E faremos parte do clube de xadrez.

Shiskin hesitou, mas a combinação do sérum da verdade e a chantagem pareceu ser demais para ele.

— Eu não sei onde ele está — disse. — Vamos nos encontrar em dois dias, no porto de Londres. Se seu pai não estiver lá, estaremos acabados.

— Acabados, *como*? E qual é o plano?

Shiskin balançou a cabeça, enfiou a mão no bolso e retirou uma pequena cápsula.

— Cianeto! — exclamou Benjamin, pulando para impedi-lo. — Não!

Shiskin derrubou-o no chão com uma braçada poderosa. Em seguida, a colocou entre os dentes e a esmagou.

— Isso não é cianeto — comentou. — Vocês têm lido muitas histórias. Isso só vai me fazer ficar calado por algum tempo. Achei que fosse usar contra a MGB e tortura... não contra um garoto e um bule de chá.

— Só me diga por que a segurança soviética estaria interessada!

— Eu apenas quero paz — disse Shiskin. — Só deixe meu filho em...

Em seguida, sua voz desapareceu. Não havia nem um sussurro. Ele não emitia qualquer som.

— Espere! Eu preciso saber — protestou Benjamin.

A música dançante acabou e o silêncio se fez brevemente no rádio. Ouvi um choro em um canto. Sergei estava sentado no chão molhado da cozinha com o samovar amassado de sua avó no colo e uma expressão devastada. Seu pai estava em perigo, ele não era membro de uma equipe de ciências e ninguém fora até sua casa, em três longos anos, como um amigo. Outra música começou a tocar.

O sr. Shiskin nos pegou pelo cangote, empurrando-nos para o corredor, passando pelas escadas e os casacos pendurados. Ele podia ser eloquente calado: não havia nada de mudo no jeito que nos botou para fora, como dois sacos de lixo, e bateu a porta.

CAPÍTULO 12

De Volta Ao Jardim

A única coisa urgente da qual soubemos pelo sr. Shiskin era que o jardineiro estava em perigo e nós precisávamos avisá-lo. O Physic Garden estava fechado para a noite na hora em que chegamos a Chelsea, e o portão, trancado com um cadeado. Benjamin juntou as mãos para servirem de apoio para o meu pé, a fim de que eu pudesse escalar o muro de tijolos. Eu o puxei em seguida e caímos na grama abaixo.

Estava totalmente escuro e fomos direto ao corredor de plantas com flores penduradas que nos levava ao jardim interno. A exuberância das plantas parecia sinistra no escuro, em vez de verdejantes e com cara de primavera.

Abaixo do Azoto dos Filósofos entalhado espiamos através do portão. Uma luz estava acesa na casinha do jardineiro.

— Olá! — chamou Benjamin.

— Se ele estiver lá dentro, não irá nos ouvir — falei.

Também escalamos aquele portão e fomos até a casa. Quando passamos pelo relógio de sol nas sombras, achei que parecia estranho. O triângulo de metal que indicava o tempo não estava lá. Havia sido arrancado da base. Toquei a borda áspera de cobre não oxidado.

— Como isso pode ter acontecido?

Olhamos para a casa. Parecia tranquila, uma luz acesa em alguma parte do interior. Andamos com cuidado até a porta entreaberta, formando uma linha vertical de luz.

— Devíamos bater? — perguntei.

Benjamin encostou na porta e ela estalou, fazendo-nos pular de susto. A casa estava silenciosa.

— Olá? — chamou novamente.

Ele a abriu e nós entramos.

— Não gosto disso — sussurrei. — Devíamos ir embora.

Uma lanterna com uma proteção de vidro estava acesa sobre uma cadeira perto da porta, como se alguém planejasse levá-la para fora. O casaco de retalhos do jardineiro encontrava-se pendurado no cabideiro. A mesa estava meticulosamente arrumada para uma pessoa, com um descanso de prato, um guardanapo de tecido dobrado e uma tigela branca, nenhum deles usado.

Havia um fogão à lenha do outro lado do cômodo, com uma panela em cima. Benjamin pegou a lanterna e a segurou sobre a panela. Um tipo de sopa esteve cozinhando ali, mas a chama do fogão se apagou e a sopa solidificou nas bordas.

Enquanto me afastava do fogão, meu pé bateu em algo no chão e esbarrei em Benjamin, chacoalhando o vidro da lanterna.

O faixo de luz mostrou a sola de uma bota de borracha, na qual eu havia tropeçado. Então, uma segunda bota. Prendi a respiração na medida em que Benjamin levantava a lanterna,

para revelar duas pernas em calças de lã, esticadas no chão, suspensórios por cima de uma camisa de lã e, em seguida, a barba grisalha do jardineiro.

Um grito se formou em minha garganta. Sua camisa estava escura, com algo molhado. Comecei a ver manchas nos cantos da minha vista, dividindo o cômodo, até que pude enxergar apenas à frente. Naquele pequeno círculo de visão, percebi o ponteiro afiado e quebrado do relógio de sol fincado no peito do jardineiro. Não desmaiei, mas caí ajoelhada ao seu lado.

— Janie! — exclamou Benjamin.

Eu havia aprendido em Primeiros Socorros, para salvamento infantil, que você jamais deveria remover um objeto empalado, porque a pessoa poderia sangrar até a morte, mas parecia impensável deixar aquela coisa horrorosa ali, afinal, de qualquer forma, ele já estava morto. Peguei o ponteiro para retirá-lo, mas uma mão forte e calejada segurou meu punho e o apertou.

Gritei.

— Shh — sussurrou o jardineiro, ainda segurando meu punho.

A palma de sua mão parecia feita de uma casca áspera de árvore, como se tivesse se tornado uma das que ele plantara.

— Você está vivo! — exclamei.

— Vocês devem correr — disse ele.

Sua voz estava fraca e rouca, os olhos fixados em mim, embaçados.

Benjamin havia se agachado ao meu lado, no chão.

— Temos que buscar ajuda.

— *Não* — protestou o jardineiro, tentando manter-se estimulado para fazer o esforço. — Não... confiem na polícia.

— Por que não?

Ele balançou a cabeça.

Pensei no Physic Garden lá fora, todos aqueles remédios trazidos, no passado, de todas as partes do mundo.

— Não existe nenhuma erva que possa fazer com que você melhore? — perguntei. — Podemos ir buscá-la!

Ele apertou minha mão, mas eu podia notar que estava ficando fraco.

— *Veritas* — conseguiu dizer.

O Aroma da Verdade. Viemos falar sobre isso com ele e também que estava em perigo... mas chegamos tarde demais.

— Nós o usamos — falei. — E funcionou. Poderia ajudá-lo agora?

O jardineiro balançou a cabeça novamente.

— Não — respondeu. Ele tinha problemas para respirar e suas sobrancelhas brancas se uniram em um cenho franzido de exaustão. — Lembre-se, você deve... *permitir* as possibilidades — disse.

Então sua mão se relaxou na minha e seu corpo se tornou sinistramente imóvel.

— Espere! — chamei, procurando debaixo de sua barba áspera um espaço à procura de um batimento. A pele de seu pescoço estava flácida e parada, e não senti pulsação alguma, somente a do meu coração acelerado.

— Ele está morto? — perguntou Benjamin.

— Acho que sim.

— Temos que sair daqui.

— Não acho que eu consiga me mover.

— Você *tem* que se mover. Quem quer que o tenha matado, pode voltar.

Ele me puxou pela mão, passando pela mesa na qual o jardineiro jamais jantaria novamente e porta afora. Passamos pelo relógio de sol e pela *Artemisia veritas* plantada em fileiras verdes e limpas.

— Espere! — falei, puxando Benjamin para trás. Eu sabia que o jardineiro não havia aberto mão de seu último suspiro somente para perguntar se o Aroma da Verdade funcionava. — Ele estava tentando nos dizer alguma coisa sobre as ervas.

Ajoelhei-me perto da fileira de plantas folhosas, mas não vi nada, então, caí cegamente entre elas e embaixo delas e, em seguida, minhas mãos tocaram algo liso e duro. Era uma pequena garrafa, escondida debaixo das folhas, com um pedaço de papel amarrado ao seu redor com um barbante.

— Ele nos deixou uma coisa — falei.

— Pegue — respondeu Benjamin. — Vamos!

Coloquei a garrafa em meu bolso e escalamos a cerca para fora do jardim. As árvores pareciam se aproximar e nos alcançar enquanto corríamos em direção ao portão externo, que também escalamos.

Do outro lado, na rua, adquiri um arranhão no lado do corpo, resultado da corrida. Caí contra uma parede de pedras e senti lágrimas brotando.

— Eles o mataram por nossa causa — disse. — Por nos ajudar.

— Levante-se — ordenou Benjamin. — Não sabemos disso.

— É verdade! A casa de Shiskin estava grampeada e eu falei sobre o jardineiro lá. Foi tão idiota!

— Temos que ir.

— Temos que falar com a polícia.

— Não podemos confiar neles.

— Então, temos que contar para os meus pais.

— Obviamente que não — protestou Benjamin. — Houve um assassinato. Eles terão que chamar a polícia. E não podemos fazer isso.

— Mas talvez devêssemos! Um *assassinato*. Ah, Benjamin, é tudo minha culpa!

— Aqui — disse ele, puxando um lenço do bolso do casaco. — Pegue isso.

O lenço era branco, perfeitamente passado e dobrado em um quadrado. Seu pai deve tê-lo feito: o boticário metódico e bondoso. Benjamin estava certo ao dizer que precisávamos encontrá-lo. Ele saberia o que fazer.

Limpei meu nariz e guardei o lenço em meu bolso, onde senti o vidro duro.

— E a garrafa? — perguntei.

— Primeiro, vamos chegar a algum lugar seguro — respondeu Benjamin.

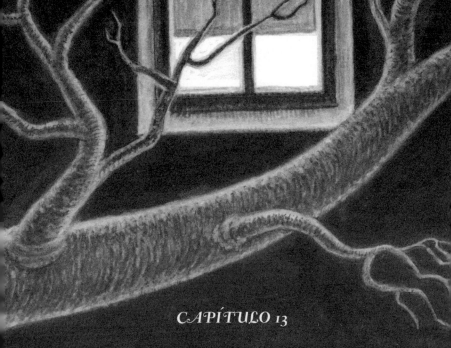

CAPÍTULO 13

A Carta do Jardineiro

Naquelas circunstâncias, eu não teria descrito o apartamento dos meus pais como *seguro*, mas tinha que ir para casa. Eles estavam furiosos.

— Então você simplesmente entra aqui às dez horas da noite? — perguntou meu pai.

— São dez horas? — perguntei de volta.

Eu pensava ser muito mais tarde.

— Você sabe o quão *assustados* estávamos? — perguntou minha mãe.

— Acho que sim.

— Onde *esteve* até tão tarde?

Benjamin e eu concordamos, após um longo debate enquanto caminhávamos pelas ruas, em não contar a eles sobre o assassinato. Tanto o jardineiro quanto o boticário haviam nos dito que não confiássemos na polícia. Mas meus pais podiam perceber que eu estava chateada e que havia chorado, então, precisávamos dizer alguma coisa.

— É uma história muito longa — falei.

— Então comece pelo início — disse meu pai. — E eu quero a verdade!

Ele apontou para Benjamin.

— Sua mãe morreu mesmo na guerra?

— Sim — respondeu Benjamin.

— Tudo bem, isso parece verdade. Seguimos a partir daí. O seu pai foi visitar uma tia doente?

— Não.

— Eu sabia! Onde ele está?

— Eu não sei.

— Então deveríamos chamar a polícia — disse minha mãe.

— Não! — exclamou Benjamin. — Não podemos confiar na polícia.

— Você fez algo de errado?

— Não — respondeu ele.

— Então, por que não pode confiar nela?

— Porque não.

— *Você* não confia nos chefes de polícia — lembrei meu pai. — E *você* não fez nada de errado.

— É diferente.

— Como sabe?

Meu pai odiava quando as pessoas chegavam a conclusões sobre a situação das outras, e eu não permitiria que fizesse o mesmo.

Ele cedeu.

— Não sei — respondeu. — Então me diga. Onde estavam?

— Na casa de um amigo, trabalhando em um projeto de ciência — disse Benjamin. — Nós fizemos... uma bagunça e tanto e o pai do nosso amigo ficou furioso conosco.

Aquilo era bastante verdade.

— Então vocês arrumaram a bagunça, não pensaram em nos *ligar* e o que mais? — perguntou meu pai.

— É isso — respondeu Benjamin. — Levou muito tempo.

— Qual é o nome desse amigo?

Benjamin hesitou.

— Stephen Smith.

— Você está mentindo, Coisa — disse meu pai. — Tenho trabalhado há muito tempo com celebridades e conheço o som de uma mentira.

— Não posso dizer seu nome — confessou Benjamin, com uma dignidade teimosa. Ele havia prometido ao sr. Shiskin que deixaríamos Sergei e ele fora disso, e Benjamin não descumpriria o trato.

— Então quero você fora da minha casa.

— Ele não tem para onde ir! — falei. — Deixe-o ficar só mais uma noite.

— Se me contar a verdade, irei considerar.

— Ele não pode! Foi uma promessa!

— Para quem? — perguntou meu pai. — Estou esperando.

Benjamin estava quieto e abaixou a cabeça em teimosia.

— Para fora, Coisa — ordenou meu pai. — Agora. E, Janie, vá direto para a cama.

Implorei a meus pais que reconsiderassem, mas não adiantou, o que me fez ir para a cama me sentindo impotente e acuada. O jardineiro estava morto, Benjamin, nas ruas, correndo perigo mortal, e não havia nada que eu pudesse fazer. Estava escrevendo furiosamente em meu diário sobre como meus pais não entendiam — não podiam entender — *nada* quando ouvi um barulho na janela. Deslizei a vidraça para abri-la e Benjamin escalou o peitoril, com sua bolsa de couro cruzada sobre o peito, tirando os sapatos antes de seus pés tocarem o chão em silêncio.

— Como chegou aqui em cima? — sussurrei.

Eu estava impressionada demais para me preocupar com o fato de que vestia apenas minha camisola. De qualquer forma, era a de segunda-mão, longa e de flanela, que pertencia à filha de Olivia Wolff e deixava tanto à mostra quanto o hábito de uma freira.

— Escalei aquela árvore para chegar no parapeito.

— Se meus pais te pegam...

— Não vão. Sairei cedo pela manhã.

Tentei pensar nas opções e consequências, mas não tinha argumento algum. Não havia realmente outro lugar para Benjamin ir.

Ele colocou a bolsa no chão com cuidado e viu o diário aberto sobre minha cama.

— Você escreve em um diário?

Eu o fechei e coloquei debaixo do meu travesseiro.

— De vez em quando.

— Não diz nada sobre a Farmacopeia ou o jardineiro, diz?

— Não — falei. Era uma meia-verdade. — Nada que outros possam entender.

— Seria ruim se alguém encontrasse e pudesse entender.

— Não vão — retruquei. Meus olhos se encheram d'água. — Benjamin... o jardineiro.

— Temos que ser fortes — disse ele. — Não chore.

Limpei as lágrimas com as mãos.

— Onde você vai dormir? — perguntei.

Minha cama era muito estreita e, mesmo que não fosse, pensar em dividi-la era embaraçoso demais para levar em consideração.

— No chão.

Então eu lhe dei um dos meus cobertores de lã e ele deitou no chão, usando sua bolsa como travesseiro. Esticou-se de barriga para cima com as mãos sob a cabeça.

— Por que seu pai me chamou de Coisa? — perguntou.

Fui para a cama, debaixo do único cobertor restante, e tentei afastar o jardineiro dos meus pensamentos.

— Porque ele se acha engraçado.

— Mas *Coisa*?

— Quando contei que ia jogar xadrez com você, minha mãe estava brincando comigo sobre eu ter um namorado. Alguém disse, em tom de brincadeira, que era uma coisa da sua cabeça. Foi o suficiente... pegou.

Benjamin estava em silêncio, olhando para o teto.

— É legal que eles brinquem com você — disse finalmente.

— Meu pai é sempre tão sério! Eu imagino como ele seria se minha mãe não tivesse morrido. Se seria mais... não sei. Como seus pais. Capaz de brincar com as coisas.

Eu não conseguia imaginar *não* ter pais que brincassem. Era parte da rotina. Fiquei quieta, porque não sabia o que dizer.

— O que o seu diário diz sobre mim? — perguntou Benjamin.

— Que eu não acredito que meus pais te mandaram embora no frio.

— Só isso?

— Que você é meio metido quando joga xadrez.

— Metido! Isso é uma calúnia!

— A verdade é uma defesa — falei.

Eu não sabia exatamente o que aquilo significava, mas era algo que meu pai gostava de dizer, antes de os chefes de polícia começarem a procurá-lo.

Benjamin sorriu. Em seguida, houve uma batida na porta do meu quarto e nós dois congelamos.

— Para baixo da cama! — sussurrei.

Ele rolou em silêncio para baixo, puxando sua bolsa e o cobertor. Peguei novamente meu diário e o coloquei sobre os joelhos.

— Sim? — falei, em um tom de voz carrancudo.

Meu pai abriu a porta e olhou para dentro do quarto.

— Apague as luzes.

— Ainda estou escrevendo.

— Você precisa dormir.

— Benjamin também, e você o expulsou no frio.

Eu estava tentando agir como se Benjamin não estivesse no cômodo, mas sem atrair meu pai para dentro do quarto a fim de conversar. Foi uma aposta, e eu perdi: ele suspirou, caminhou até minha cama e se sentou. As molas de metal rangeram. Prendi a respiração, esperando que não esmagasse Benjamin.

— Janie — disse meu pai. — Sei que você está chateada. Sua mãe e eu queremos apenas que fique segura. Benjamin parece um menino engenhoso. Provavelmente, está em casa a salvo neste momento.

Eu ia dizer que sua casa não era segura, mas não queria estreitar as opções de onde ele poderia de fato estar.

— Talvez — falei.

— Você realmente gosta dele, não é?

— *Pai* — disse, imaginando Benjamin debaixo da cama.

Mesmo que já tivesse dito gostar dele, pensei que poderia deixar isso de lado, na categoria de Coisas que o Aroma da Verdade nos Fez Fazer. Eu não ia dizer aquilo de novo.

— Tudo bem, você pode me contar — disse ele, cutucando-me.

Eu não falei nada.

— O Coisa é um garoto legal — confessou. — Só um pouco arrogante.

Pensei ter escutado um barulho debaixo da cama. Então, me mexi, fazendo com que as molas rangessem, a fim de disfarçar.

— E não tão responsável quanto eu gostaria. Sua mãe e eu ficamos assustados hoje. Pensamos que algo terrível havia acontecido com você.

— Eu sei — falei. — Mas não aconteceu.

Pensei no jardineiro sangrando em seu chão surrado e imaginei se havíamos deixado pegadas ou impressões digitais.

— O engraçado é que estávamos lhe esperando chegar em casa para dizer que Olivia quer que viajemos para filmar em um castelo. O discurso que preparamos começava com o quão responsável achamos que você é. Mas, então, você não veio para casa para ouvi-lo. Ficou cada vez *mais* tarde, e nos preocupamos. E agora acho que precisaremos levá-la conosco.

Olhei para ele.

— Mas eu tenho aula.

— É só por alguns dias.

— Eu já estou atrasada.

Eu não podia deixar Benjamin procurar o pai sozinho, e tentei freneticamente ter ideias.

— Janie, é um *castelo* — disse meu pai.

— Eu sei! — falei. Em outro momento, eu adoraria faltar à escola a fim de viajar para filmagens em um castelo, mas, agora, estava fora de cogitação. — Qual era o seu plano antes, quando ia dizer o quão responsável eu sou?

Meu pai franziu o cenho.

— Que a sra. Parrish, a locatária, que mora no andar debaixo, iria cuidar de você.

— Perfeito! — gritei.

— Mas, Janie, você chegou em casa às 22h. Não pode fazer isso com a sra. Parrish.

— Não farei! Prometo!

Eu não sabia, naquele momento, o quão verdade aquilo seria.

Meu pai balançou a cabeça.

— Pensamos em dizer a Olivia que não poderíamos ir, mas acabamos de começar a trabalhar para ela — falou ele, fazendo uma pausa e olhando para as mãos. — Não queremos lhe deixar assustada ou chateada, Janie, mas realmente precisamos desse trabalho.

— Eu sei — falei. — Desculpe-me por ter causado dor de cabeça sobre sair de Los Angeles. E por chegar tarde hoje. Mas darei o máximo de notícias possível para a sra. Parrish e ficarei bem. De verdade. Podem ir.

Meu pai ficou sentado na cama, pensando. Então balançou a cabeça.

— Não sei mais o que fazer — disse ele. — Você realmente nos deu um susto. Ficamos tão irritados porque lhe amamos e queremos que fique segura. Entende?

— Sim. Eu também amo vocês.

— Agora apague as luzes, certo?

Quando a porta se fechou com um clique, Benjamin saiu debaixo da cama.

— *Arrogante?* — sussurrou.

— Mas legal — sussurrei em resposta.

— E irresponsável!

— Chegamos tarde em casa — falei. — E você não quis dizer nada para ele!

— Ah, claro, então eu deveria ter contado que alguém sequestrou o meu pai e esfaqueou o jardineiro com um relógio de sol?

— Não — respondi.

Ficamos sentados em silêncio. Em seguida, Benjamin disse:

— Então você vai ficar em Londres.

Olhei para ele... ele estava feliz? Eu havia feito certo em pedir para ficar?

— Sim — falei, com cuidado.

Ele não me olhou nos olhos ou demonstrou algum sentimento.

— O que o jardineiro nos deixou? — perguntou.

O bilhete! Eu tinha esquecido de lê-lo. Meu casaco estava pendurado no pé da cama e apanhei a garrafinha de vidro marrom. O papel estava amarrado ao gargalo com um pedaço de barbante.

Desdobrei o pedaço de papel e o estiquei sobre a cama. Benjamin sentou-se ao meu lado e sua mão esbarrou na minha, tornando a concentração difícil por um segundo, mas, em seguida, prestei atenção na carta.

Crianças,

Depois de muito refletir, começo a pensar que a minha vida talvez esteja em perigo. O homem com a cicatriz no rosto está caminhando pelo jardim enquanto escrevo. Esconderei esta carta entre as únicas plantas que vocês sabem ser úteis. Se voltarem ao jardim na minha ausência, talvez seja aonde irão. Não conheço nenhuma outra forma segura de entrar em contato com vocês.

É claramente importante que encontrem o pai de Benjamin. Estou convencido de que o que ele quer é para o bem. Tenho tentado pensar no que poderia oferecer para ajudá-los a encontrá-lo, quando eu, talvez, tenha tão pouco tempo.

Havia um elixir de transformação de cuja existência vocês duvidaram e tomei a liberdade de fazer um pouco, a partir das instruções contidas em seu extraordinário livro.

Pensei em usar em mim mesmo para fugir, mas sou velho e não tenho para onde ir. Eu estaria perdido fora do jardim. Por favor, dê ao elixir o respeito que ele merece... não use como um brinquedo bobo, mas aborde a transformação *com a seriedade que seu pai sempre teve em seu trabalho. Essa será a maneira mais segura para encontrá-lo.*

Rezo para que não encontrem esta carta em circunstâncias terríveis. Eu preferiria entregar a garrafa diretamente nas mãos de vocês. Mas não tenho esperança. Eu lhes desejo toda a sorte do mundo.

Seu amigo

Peguei a garrafa quando terminei de ler a carta.

— Um elixir de transformação — falei. — É o feitiço do pássaro.

— Ah, que ótimo — disse Benjamin. — O mais louco de todos.

— Você não acha que funciona?

— Não — respondeu. — Se funcionasse, ele o teria usado para escapar.

— Para ir *aonde*? Ele não tinha lugar algum para ir, como disse.

— Só não é possível, Janie. Não é como inalar um sérum da verdade. Existem leis da física... a conservação da massa, por exemplo. Um ser humano não pode simplesmente se tornar algo do tamanho de um pássaro. Teríamos de nos tornar algo do nosso tamanho. Como um bebê avestruz. E isso ajudaria bastante.

— Um condor gigante? — sugeri.

— Um pouco indiscreto no centro de Londres — disse. Ele pegou a garrafa. — Aqui, vamos testar agora e ver.

Peguei a garrafa de volta.

— O jardineiro disse para não usarmos como um brinquedo — falei. — Pense no quão *maravilhoso* seria, caso funcionasse, tornar-se um pássaro e voar.

— Aham! — falou Benjamin.

Realmente parecia um pouco impossível. O cansaço do dia me pegou de jeito e um bocejo pareceu tomar conta de todo o meu corpo.

— Como você vai sair daqui de manhã?

— Do mesmo jeito que entrei.

Ele se deitou de lado, com a cabeça sobre a bolsa, puxando o cobertor.

Estiquei o braço, apaguei a luz e nos deitamos em silêncio por algum tempo. Meu cérebro girava com todas as coisas que haviam acontecido, parando, primeiro, no rosto de ponta-cabeça do homem com a cicatriz, em seguida, em Shiskin, ligando furiosamente o rádio. Depois, na imobilidade fria da garganta do jardineiro enquanto eu tentava sentir seu pulso, a raiva dos meus pais e o fato de eles irem embora, e meus sentimentos conflitantes sobre não contar tudo a eles. E, finalmente, em Benjamin Burrows, deitado no chão do meu quarto. Eu podia dizer que ele ainda não estava dormindo, por sua respiração.

— Benjamin? — sussurrei.

— Sim?

— O que faremos amanhã?

— Não sei.

— Não estou acostumada a ter alguém dormindo no chão do meu quarto.

— Você não tem festas de pijamas com meninas em Hollywood?

— Claro que sim, mas ninguém *dorme* durante as festas — falei. — E, de qualquer forma, você não é muito feminino.

— Vou levar isso como um elogio. É um passo adiante de "arrogante".

— Ele disse "engenhoso" também.

— Eu gosto de "engenhoso". Ei, Janie?

— Sim?

— Estou feliz por você ficar em Londres.

— Obrigada — respondi. — Eu também.

Por um tempo sorri que nem uma boba para o teto e fiquei ouvindo Benjamin respirando compassadamente no escuro, tentando me concentrar em nossos problemas para que meu cérebro pudesse resolvê-los enquanto eu dormia. Era um truque que minha mãe tinha me ensinado, mas eu nunca havia pensado sobre problemas tão grandes assim antes. Por fim, o cansaço venceu, e eu caí no sono.

CAPÍTULO 14

Scotland Yard

Quando acordei, Benjamin já tinha ido embora. Um recado no parapeito da janela dizia que ele me encontraria na escola. Enquanto tomava meu café da manhã, o carteiro trouxe meu uniforme, embrulhado em papel marrom. Eu o vesti e dei uma olhada em mim mesma no espelho do banheiro, em uma saia dura de pregas, uma camisa branca de botões e um blazer azul-marinho. Todas as peças tinham pequenas etiquetas onde se lia: UTILIDADE.

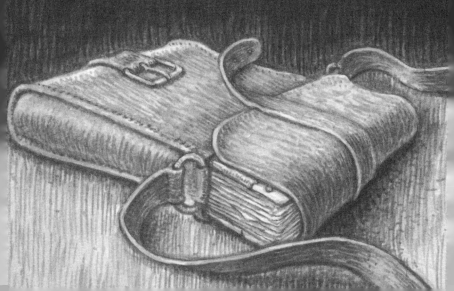

— O que isso significa? — perguntei ao meu pai, mostrando a etiqueta.

— Deve ter algo a ver com o racionamento — respondeu. — Roupas que vêm do governo, sem enfeites, sem tecido extra.

A saia era grande demais e minha mãe providenciou um alfinete para apertá-la.

— Se eles realmente quisessem poupar tecido — disse ela —, enviariam no tamanho certo. E abririam mão de todas essas pregas.

— Você não pode ter uma saia de uniforme sem pregas — retrucou meu pai.

Minha mãe sorriu para ele.

— Isso está escrito na Magna Carta?

— É claro — respondeu. — *Nenhuma aluna do reino deverá atender ao seu local de ensino na ausência de...*

Ele fez uma pausa para pensar.

— *De dobras suficientes de lã de carneiro sobre seus membros inferiores* — completou minha mãe.

— *Pela lei da terra* — disse ele.

Minha mãe riu, e eu também. As coisas pareceram normais com eles de novo e eu estava grata por isso. Então, ela pegou minha mão e ficou séria.

— Janie — disse. — Você dará notícias à sra. Parrish toda manhã e toda noite? E ficará segura?

— É claro! — respondi. — Tenho pregas de lã de carneiro suficientes agora. Ficarei bem.

Descemos para conversar com a sra. Parrish, que concordou com animação e me deu um abraço antes de eu deixar seu apartamento. Senti o cheiro de algo que, a princípio, achei que fosse pinheiro... talvez um estranho produto britânico de limpeza. Mas, então, ela se endireitou de maneira duvidosa e me dei conta de que o cheiro era de gim. Eram 8h da manhã. Eu não queria preocupar meus pais, que esperavam no corredor, então, não disse nada e fechei a porta dela com delicadeza.

Na escola, como não vi Benjamin do lado de fora, entrei sozinha. Já usando meu uniforme, ninguém olhou para mim nos corredores. Era o disfarce perfeito e pensei que, caso conseguisse parecer uma simples aluna, talvez conseguisse isso.

Na aula de latim do sr. Danby sentei-me despercebida em minha cadeira. Sarah Pennington desfilou para dentro da sala e sentou-se no lugar à minha frente. Notei que o garoto ao meu lado tinha as mangas do paletó dobradas e ele havia escrito um *F* na pequena etiqueta, então, ela dizia *FUTILIDADE*.

Sergei Shiskin não estava em sua mesa, mas eu disse a mim mesma que ele, provavelmente, estava apenas atrasado. Tentei não pensar no homem com a cicatriz esgueirando-se para dentro da cozinha dos Shiskin e pegando uma faca. Dei-me conta de que deveríamos ter contado a eles o que acontecera com o jardineiro, para alertá-los.

Havia novas citações de Horácio no quadro-negro. Um garoto com o rosto cheio de espinhas e uma voz estridente e em transição recitou uma passagem, e minha aflição por ele quase me fez esquecer que estávamos em perigo. Enquanto ele gaguejava, observei a nuca de Sarah Pennington por debaixo de sua trança. Sua pele era macia e perfeita, eu tinha que admitir. E os cabelos finos e louros que escapavam de seu penteado ondulavam sedosamente atrás das orelhas pequenas e redondas. Mas, ainda assim, era apenas um pescoço... não me parecia muito abalador.

Finalmente, o sinal tocou, e as pessoas começaram a sair. Sarah Pennington deu um sorriso eletrizante de mil volts para o sr. Danby no momento em que passava pela mesa dele.

— Obrigada, sr. Danby — agradeceu.

Ele assentiu, vagamente.

— De nada, srta. Pennington.

O sr. Danby me entregou cópias em brochuras de *Retrato de uma senhora* e *Daisy Miller*, ambos de Henry James. Embora as moças de vestidos brancos nas capas parecessem muito distantes de qualquer coisa que importava naquele momento, agradeci o gesto.

— Obrigada — falei, e me senti corar.

Sarah Pennington me lançou um olhar rancoroso ao sair.

Os olhos do sr. Danby eram do tipo impossível de não parecer *amável*. Eles tinham profundidades feridas. Se não fosse um herói de guerra, poderia ter sido um astro do cinema. Em Hollywood, seria ambos. Teria sido descoberto em um balcão de restaurante durante o almoço assim que liberado da vida militar, e um estúdio o obrigaria a se casar com alguma celebridade por causa da publicidade. Parecia muito britânico de sua parte ser um simples professor de latim antigo. Dei-me conta de que estávamos sozinhos.

— Você já está achando Londres menos dolorosa? — perguntou ele, apagando o quadro-negro.

Imagens do jardineiro morto e do boticário aterrorizado surgiram em minha mente, mas as afastei.

— A escola é boa — respondi.

— E o resto?

— Está... bem.

— Não acho que eu possa fazer alguma coisa para ajudar.

Passou pela minha cabeça o fato de que, se eu não tivesse contado a Benjamin sobre a paixão de Sarah Pennington, ele talvez concordasse que valeria a pena pedir ajuda ao sr. Danby. E a paixão de Sarah Pennington não tinha nada a ver com nada.

Ele era gentil e sábio, como o jardineiro, mas mundano também. Se fora abatido na Alemanha, obviamente sabia o que significava estar em perigo. E conhecia o sistema na Inglaterra de um jeito que pais não seriam capazes. Respirei fundo.

— Bem, tem um livro — falei.

O sr. Danby parou com o apagador, parecendo intrigado, e, em seguida, disse:

— Sim?

— É um livro muito raro e algumas pessoas estão atrás dele.

— Que pessoas?

— Não tenho certeza.

— E a quem ele pertence?

— Ao pai de um amigo. Mas ele o entregou ao filho, para que o protegesse.

— E onde está o pai dele?

— Achamos que ele deve ter sido sequestrado.

O sr. Danby pareceu preocupado.

— Sequestrado? Vocês falaram com a Scotland Yard?

— Não — respondi. Eu estava indo longe demais. — Nós... meu amigo não tem certeza de que a polícia entenderia.

— Senhorita Scott, isso é... você tem que contar à polícia. Ele fez algo de errado?

— Não! — exclamei. — Parece que alguém talvez esteja atrás do livro.

O sr. Danby perguntou:

— Que tipo de livro?

— Está escrito, em sua maior parte, em latim. E um pouco de grego. Então, pensei que talvez o senhor possa nos ajudar a entendê-lo melhor. Mas meu amigo não quer mostrá-lo a ninguém.

— Entendo.

— Mas talvez eu consiga convencê-lo. Se puder...

— Se você quiser, é claro — disse ele. — Mas eu realmente acho que você deve ir à polícia. Meu Deus, srta. Scott. Achei que só estivesse tendo dificuldade com os labirínticos códigos sociais de St. Beden. Isso parece... bem, muito pior.

Quando contei a Benjamin sobre nosso novo aliado, ele ficou furioso.

— Você fez *o quê*? — perguntou.

— Eu não disse nada específico — respondi, perturbada com sua raiva. — Mas acho que ele pode nos ajudar.

Estávamos sozinhos na mesa vazia onde eu o vi enfrentar a moça do refeitório.

— Não devemos contar a ninguém!

— Seu pai nunca disse isso. Ele disse que você deveria manter a Farmacopeia protegida daqueles que a querem. E precisamos de ajuda para isso. Estamos envolvidos demais.

Benjamin fez uma careta para a comida em sua bandeja e ficou quieto. Então, uma sirene familiar, alta e longa, disparou.

— Treinamento de bomba! — gritou a moça do refeitório. — Todo mundo debaixo das mesas!

— *De novo?* — perguntei, olhando à minha volta.

As pessoas começaram a afastar os bancos.

— É tão idiota — disse Benjamin, seus ombros armados contra o barulho.

— É — falei. — Mas não acho que este seja o momento de fazermos uma cena e ficarmos detidos depois do horário da escola. Ou tê-los tentando ligar para o seu pai.

— É ridículo.

— Estou indo para baixo da mesa.

— Nós seríamos incinerados em um ataque de bomba atômica — disse Benjamin. — Instantaneamente. Seríamos cinzas agora.

— Eu sei — retruquei. — Cinzas. Aqui vou eu.

Fui para baixo da mesa.

Benjamin continuou em seu assento e vi os tornozelos da moça do refeitório em meias-calças brancas de algodão se aproximarem.

— Benjamin? — chamou. — Terei de lhe mandar para o diretor?

Eu o ouvi suspirar e, em seguida, ele empurrou o banco para trás, vindo para debaixo da mesa.

— Obrigada, sr. Burrows — agradeceu ela, e seus tornozelos vestidos de branco se afastaram.

Benjamin se agachou a centímetros de mim sob a mesa.

— Satisfeita? — perguntou.

— Sim — respondi. — Isso foi inteligente.

Quando o treinamento acabou, saímos novamente. Sarah Pennington ria de alguma coisa com as amigas. Os outros alunos ressurgiram de baixo de suas mesas, rindo e conversando.

Então percebi um policial uniformizado e um homem que usava um terno marrom parados na porta, falando com a moça do refeitório. Ela se virou, apontou para nós e eles caminharam em nossa direção.

— Benjamin Burrows e Jane Scott? — perguntou o homem de terno, parado atrás de mim. Ele era alto, tinha o chapéu em sua mão e o cabelo fino e ralo de uma criança ou de um idoso.

— Sou o detetive Montclair, da Polícia Metropolitana. Este é o oficial O'Nan. Vocês terão de vir conosco, por favor.

SCOTLAND YARD   125

— Por quê? — perguntou Benjamin.

— Por favor — disse o detetive.

— Estamos sendo presos?

O detetive olhou para o oficial O'Nan, que era baixo e forte, com o cabelo espetado como se fosse um ouriço. Naquele momento, Benjamin correu em direção à porta.

— Corra, Janie! — ordenou.

Eu me atrapalhei, pega de surpresa, mas os homens estavam atrás de mim e o detetive agarrou meus ombros.

— Me larga! — gritei.

Todos no refeitório, agora, nos olhavam.

Benjamin chegou à porta, fugindo, mas a moça do refeitório, em seu uniforme branco, estava parada na frente, com os braços cruzados. O policial uniformizado atacou Benjamin, derrubando-o.

A bolsa de Benjamin, com a Farmacopeia dentro, deslizou pelo chão e parou nos pés de Sergei Shiskin. Vi um olhar entre ele e Benjamin e Sergei pegou a bolsa calmamente. Colocou-a nos ombros como se fosse sua e me impressionei com sua frieza e tranquilidade.

Benjamin chutou e lutou a fim de manter toda a atenção para si de modo que os policiais não pareceram perceber que ele havia passado a bolsa adiante. Tentei me livrar também, mas o detetive era forte e eles finalmente nos levaram porta afora, sob o olhar de desaprovação da moça do refeitório. Ela olhava como se esperasse tanto... como se resistir ao treinamento de bomba nos rendesse custódia policial mais cedo ou tarde.

Um sedã escuro estava estacionado do lado de fora do prédio.

— Nós não *fizemos* nada — protestou Benjamin, enquanto eles nos arrastavam em direção ao carro.

— Então, por que está resistindo? — perguntou O'Nan.

— Porque não fizemos nada!

Eles nos enfiaram no sedã. Olhei para fora da janela, para os alunos que haviam saído da escola. Sarah Pennington assistia com suas amigas e Sergei ficou parado tranquilamente com a bolsa. O oficial O'Nan sentou-se no banco do motorista.

— Você está nos prendendo? — perguntei, enquanto o carro saía da escola.

— Ainda não — respondeu o detetive Montclair, virando-se no banco do passageiro para nos dar um sorriso. Seu cabelo fino estava bagunçado da luta e ele tinha os dentes tortos. — Apenas temos algumas perguntas.

— Sobre o quê?

— Um homem foi esfaqueado até a morte na noite passada no Chelsea Garden.

— *O quê?* — perguntou Benjamin. — Não sabemos de nada sobre isso!

Eu estava em pânico. Alguém deve ter nos visto saindo do jardim. Precisávamos estabelecer um álibi, mas não podíamos, com os policiais ouvindo.

Seguimos em silêncio pelas ruas de Londres, para longe de St. Beden, e por vizinhanças que pareciam mais sujas e mais decrépitas, os estragos dos bombardeios da guerra mais óbvios e menos restaurados. Minha mente estava à procura de possíveis explicações que poderíamos dar por estarmos no jardim. Talvez nosso projeto de botânica para a competição de ciências... só que essa competição de ciências realmente não existia.

— Por que estamos indo para East End? — perguntou Benjamin.

— Porque é lá onde fica a Corte Juvenil de Turnbull — respondeu o detetive Montclair.

— Pensei que só seríamos interrogados.

— Serão — disse ele. — Nada para se preocupar. Apenas procedimentos de rotina.

— Quero ligar para os meus pais — falei, mesmo que eles estivessem em um castelo no interior.

— Naturalmente.

— Você não pode nos interrogar sem a presença deles — improvisei.

Ele sorriu, exibindo os dentes tortos.

— Ah, sim, nós podemos, minha querida — disse ele. — Essa não é "a terra dos homens livres", você sabe. Fique quietinha.

CAPÍTULO 15

Turnbull Hall

Paramos diante de um prédio de tijolos de três andares com um telhado pontiagudo, semelhante a um orfanato em um livro de Dickens. Turnbull Hall havia sido construído no século XIX como um lugar onde os pobres poderiam viver, comer e receber educação de professores de universidades que eram a favor de reformas, e em algum momento deve ter sido um local bonito, limpo e nobre. Em 1952, no entanto, era sujo e frio, com janelas cobertas de fuligem, guardas rabugentos e possuía uma corte juvenil e um reformatório.

O oficial O'Nan imediatamente levou Benjamin para uma sala e o detetive Montclair me conduziu por um corredor, passando por uma sala de aula cheia de crianças entediadas e pálidas. Havia um cheiro de pobreza, abandono e negligência de gerações de crianças que não tomavam banho nem recebiam amor suficiente.

Chegamos a uma sala de aula vazia e decadente e o detetive Montclair me mandou sentar. Ele ficou à minha frente, apertando-se em uma carteira feita para crianças. Seu cabelo fino ainda estava bagunçado de nossa luta.

— Agora, você prefere Jane ou Janie? — perguntou.

— Jane — falei sem emoção.

Eu não o queria agindo como se fosse meu amigo.

— Você é americana.

Assenti.

— Seus pais trabalham aqui, certo?

A conduta do detetive era muito calma, sua voz tranquilizante, e me lembrei de um encantador de serpentes que tinha visto em um filme uma vez, que hipnotizava suas presas, balançando para trás e para a frente, antes de vir para cima como uma bala de revólver. Assenti.

— O que está achando de Londres?

— Você está me prendendo?

— Não.

— Então, eu gostaria de ir agora.

— Por que você não me conta o que aconteceu no jardim?

Mordi meu lábio. Obviamente, eles haviam me separado de Benjamin para comparar nossas histórias. Mas não tivemos tempo para acertá-las, e nada do que eu dissesse poderia ser diferente de sua versão.

— Se eu estou sendo presa, gostaria de um advogado —
falei.

Meus pais haviam me dito que você *sempre* teria de pedir por
um advogado se fosse acusado de algo, *especialmente* se fosse
inocente.

— Mas você não foi presa.

— Então, eu gostaria de ir embora.

— Então, eu talvez tenha que prendê-la.

— Tudo bem, vá em frente. E eu gostaria de um advogado.

Ele fez uma pausa, inclinando a cabeça.

— Seus pais gostam de seus empregos, Janie? — perguntou ele.

— Sim. E é Jane.

— Bem, *Jane* — disse —, eu posso deportá-la por recusar-se a
cooperar com uma investigação policial e então seus pais teriam
de levá-la para casa. Mas tenho a sensação de que eles não *querem*
voltar para Los Angeles.

— O que faz você pensar isso?

— Eu li suas fichas.

— Eles têm uma *ficha*?

— É claro que têm uma ficha — respondeu. — Não permi-
timos qualquer comunista antigo entrar aqui.

— Eles não são comunistas!

— E agora você tem uma ficha também. Então vamos preenchê-
-la de coisas boas, certo? Coisas, digamos, sobre a estrangeira
cooperativa e tão *prestativa* que você é nas questões de extrema
importância.

— Tenho 14 anos — falei. — Não posso ter uma ficha.

O detetive Montclair olhou ao redor da sala de aula antiga
e sorriu, mostrando os dentes tortos, como se aprovasse com
bondade as mesas surradas e os quadros empoeirados.

— Quando esse edifício foi construído — disse ele —, uma criança poderia entrar na força de trabalho aos 6 anos de idade. Você teria trabalhado por oito anos aos 14. Trabalho difícil também. Trabalho físico. Então, acho que tem idade suficiente para responder a algumas perguntas sobre um assassinato, a fim de ajudar o país que tão generosamente permitiu a entrada de seus pais comunistas e lhes garantiu um emprego.

— Pare de chamá-los de comunistas. Eles não são.

— Onde você estava na noite passada?

— Em casa.

— A noite inteira? Se ligarmos para os seus pais e perguntarmos se chegou em casa tarde, o que eles dirão?

Mordi meu lábio com mais força a fim de conter as lágrimas de frustração. Se ao menos Benjamin e eu tivéssemos combinado nossas histórias com antecedência. Se tivesse avisado meus pais para manterem as bocas fechadas. Eu tinha a sensação de que a Scotland Yard poderia rastreá-los facilmente no castelo no interior.

— Vejo em seu rosto — disse o detetive Montclair — que seus pais devem ter uma história diferente.

Eu não disse nada.

— Sabe, se Benjamin agiu sozinho — falou o detetive calmamente —, você pode me contar.

Olhei para ele. Eu queria dizer que um alemão com uma cicatriz no rosto, provavelmente, havia assassinado o jardineiro, e que eles deveriam estar à procura dele neste exato momento, mas temia contradizer o que Benjamin pudesse contar. E o jardineiro nos disse para não confiarmos na polícia.

— Por que você não pensa um pouco sobre isso? — sugeriu o detetive.

Ele deixou a sala e eu fiquei sozinha. Achei que estivesse indo falar com Benjamin. Eu iria para a prisão por obstrução da justiça, no mínimo, e talvez até por homicídio. Pensei novamente no que havíamos tocado no chalé do jardineiro, deixando impressões digitais. A lanterna, ao menos. Senti-me acuada e com medo, o que acredito ser exatamente o que queriam, mas saber disso não ajudava.

Depois de meia hora o forte oficial O'Nan apareceu, para me levar até uma sala com uma porta em cada extremidade e duas celas que pareciam gaiolas de um lado, uma colada a outra, separadas por uma grossa parede de concreto. Parecia improvisada, erguida bem depois da construção original do edifício. Benjamin estava na primeira cela, segurando as barras, impotente. Havia outro garoto com ele, que parecia pequeno e esfarrapado, mas, quando os policiais me levaram e me colocaram na cela próxima, não consegui mais vê-los. O lugar era frio e úmido, com um banco baixo de madeira.

O'Nan saiu e eu fui até as barras.

— Benjamin? — sussurrei, lembrando-me da cozinha grampeada de Shiskin e dizendo a mim mesma que não falasse nada incriminador ou alto.

— O que você disse a eles? — sussurrou ele de volta, do outro lado da parede de concreto.

— Nada! Eles tentaram fazer com que eu ficasse contra você e dissesse que o matou. Eu os *odeio*.

— Fizeram o mesmo comigo.

Passei uma das mãos pelas barras a fim de ver o quão longe a outra cela estava e encontrei a mão de Benjamin, se esticando em direção à minha. Um choque elétrico de surpresa correu pelo meu corpo. Nossos dedos se entrelaçaram e se apertaram.

— Vai ficar tudo bem, Janie. Eu prometo — disse ele.

Em seguida, a voz do outro garoto surgiu da cela de Benjamin. Era aguda e clara, com um sotaque impossível de se ouvir em St. Beden.

— Então *cês* têm um plano para tirar *nós* daqui ou vou ter que fazer isso eu mesmo? — exigiu.

Soltamos as mãos.

— Esse é Pip — disse Benjamin. — Ele é um batedor de carteiras. E invasor de domicílios.

— Pelo menos eu nunca *assassinei* ninguém — disse a voz do menino.

Meu coração começou a acelerar e pensei nos filmes de prisão a que havia assistido, com informantes plantados nas celas.

— Benjamin — sussurrei. — Eles o colocaram aí na esperança de você conversar com ele.

— Já pensei nisso — disse ele, em alto e bom som. — Ainda bem que não tenho nada a dizer.

— Ah, eles vão acusar você de qualquer jeito — disse Pip, animado. — São bons nisso.

Ouvi um barulho de movimento rápido e me virei para encontrar uma ratazana grande e cinza andando ao longo da parede de minha cela, debaixo do banco baixo de madeira. Parecia estar vindo na direção dos meus pés e eu gritei, mesmo sem querer.

— Janie? — chamou Benjamin.

— Tem uma ratazana aqui!

O bicho parou e se agachou junto à parede.

— Parecia que você estava sendo assassinada — disse o outro garoto.

Senti-me indignada, porque eu *não* era uma florzinha. Nas últimas 24 horas, tinha visto um homem morrer, deixei um menino ficar no meu quarto e fui ameaçada de ser deportada. Achei que pudesse lidar com tudo isso muito bem. Mas uma ratazana gorda e suja correndo aos seus pés era horrível. Ela me olhava com olhos brilhantes e curiosos, aguardando meu próximo movimento.

— Eu quero ir para casa — falei pateticamente.

— Então, me dê uma ramona — disse Pip, do outro lado da parede.

— O que é uma ramona?

— É um, *cê* sabe, tipo um pequeno arame dobrado na metade. Para o seu cabelo.

— Um grampo de cabelo — falei.

— Esse é um nome bobo.

— Eu não tenho um.

— *O quê?* — perguntou Pip. — Você é uma garota, não é?

— Eu não uso! — falei, ainda olhando para a ratazana agachada.

— Ela tem cabelo americano — explicou a voz de Benjamin.

— O que é cabelo americano? — perguntei.

— É... você sabe, tem tipo muitos fios e não é todo amarrado para trás.

— Você está inventando isso.

— Não — disse Benjamin. — Sempre dá para distinguir quem é americano pelos cabelos. E seus sapatos.

— É verdade — concordou a voz de Pip.

Olhei para os meus sapatos e lembrei-me da minha saia, grande demais.

— Espere! — pedi. — Eu tenho um alfinete!

— Bem, por que não disse antes? — perguntou Pip.

Tirei o alfinete de minha saia e entreguei-o junto à parede, esperando que minha saia ficasse no lugar.

— Queria que fosse um pouco maior — reclamou.

— É tudo o que tenho, certo?

Ao pressionar minha cabeça nas barras, pude ver somente as mãos sujas de Pip se remexendo em teste com o alfinete no cadeado. Parecia inútil.

Então, a porta de fora das celas à nossa direita se abriu e as mãos de Pip rapidamente se afastaram. Uma matrona de rosto rosado em um vestido de lã cinza entrou e disse:

— Tem alguém aqui para vê-los.

— Eu? — perguntou Pip.

— Não — respondeu.

Havia passos no corredor atrás dela e, em seguida, o sr. Danby entrou na sala. Eu nunca me senti tão aliviada em ver alguém na minha vida.

— São essas crianças? — perguntou ela. — Não a pequena, as outras duas.

— São elas! — disse o sr. Danby. — Eles a trataram bem, srta. Scott?

Eu queria lançar meus braços ao seu redor, através das barras, mas senti que aquilo poderia deixá-lo envergonhado.

— Não! — respondi. — Ficaram dizendo que não fomos presos de verdade, então, não podemos ter um advogado. E ameaçaram deportar meus pais, está muito frio e tem uma *ratazana* aqui. E não fizemos nada!

Adicionei a última parte em reconsideração.

— Vamos tirá-los daqui, então — disse ele. — E, francamente, minha senhora, pode fazer alguma coisa sobre os ratos? Não é higiênico para as crianças.

— Certamente, senhor — falou a matrona, embora eu pudesse perceber que ela não faria nada.

Ela destrancou as grades e me deixou sair.

Benjamin perguntou:

— E a polícia? Como você tem autoridade para nos liberar?

— Ele é do Ministério de Relações Exteriores — respondeu a matrona.

— Do Ministério de *Relações Exteriores*? — perguntou Benjamin. — Tipo o Ministério de Relações Exteriores do *governo*?

— Sim — respondeu o sr. Danby, parecendo levemente envergonhado.

Eu não sabia o motivo de nosso professor de latim estar lidando com assuntos do governo, mas achei que ele podia lidar com qualquer coisa, então, não dei a mínima.

Pip tentou sair atrás de Benjamin, mas a mulher fechou a porta em sua cara com um barulho alto e a trancou. Ele pressionou o rosto entre as barras.

— Me leve também!

Pensei que Pip fosse mais novo do que nós quando o vi apenas de relance, porque era muito menor que Benjamin, mas, agora, calculei que tivesse uns 13 ou 14 anos, como a gente. Seu cabelo era raspado do mesmo jeito das demais crianças de Turnbull, a fim de combater os piolhos, e seus olhos eram enormes, de um mel-claro, desconcertante. Ele parecia uma lêmure que eu vira uma vez em um zoológico.

— Não me deixem aqui! — gritou.

— Perdão — disse o sr. Danby. — Estou autorizado a apenas levar o sr. Burrows e a srta. Scott.

— Mas eles são meus amigos! — disse Pip.

O sr. Danby se virou para Benjamin.

— É verdade?

Benjamin balançou a cabeça.

— Acho que é um informante.

— Não sou um informante!

O sr. Danby e a matrona nos levaram para fora do corredor.

— Por favor! — gritou Pip atrás de nós. — Me levem com vocês!

O sr. Danby o ignorou.

Passamos pela sala de aula vazia onde eu havia sido interrogada e pela outra, cheia de alunos esfarrapados. Uma briga acontecia e a matrona parou para apartá-la. Senti pena das crianças presas ali.

— Que lugar miserável — disse o sr. Danby quando estávamos no final do corredor e longe do alcance da voz. — Dickens o reconheceria em um segundo. Iremos a algum lugar confortável para um chocolate quente.

— Onde está o detetive Montclair? — perguntei.

— Eu o mandei embora.

— O que você faz para o Ministério de Relações Exteriores? — perguntou Benjamin.

— É difícil explicar, mas tentarei.

— Você é um *espião?*

O sr. Danby sorriu.

— Eu o diria, se fosse?

— Você é! — exclamou Benjamin, animado. — Mas, então, por que dá aulas de latim?

O sr. Danby suspirou.

— Nosso país perdeu muitos homens bons durante a guerra — disse ele. — E agora estamos em outra, de um tipo diferente. Você é esperto, então, tenho certeza de que sabe que sempre enviamos pessoas para nossas melhores escolas para ficarem de olho em... *talentos* emergentes.

Benjamin ficou em silêncio. Eu podia sentir sua animação com a ideia de o sr. Danby ser um espião encarregado de recrutar novos membros. Eu já havia me animado o suficiente e estava pronta para um chocolate quente.

— A verdade é que — disse o sr. Danby — eu fui enviado para St. Beden a fim de ficar de olho em você em particular.

— Em *mim*? — perguntou Benjamin.

— Iremos ao E. Pellicci's, logo adiante na estrada — informou o sr. Danby. — Tenho um motorista esperando e é um café pequeno, muito bom.

A matrona nos alcançou novamente, destrancou a pesada porta da frente com uma argola de chaves e Benjamin a encarou como se fossem velhos amigos.

— Obrigada, madame, pela excelente hospitalidade — disse ele, imitando a educação contrastante do sr. Danby.

A mulher franziu o cenho, mas ficou parada e nos deixou partir.

Nos degraus de Turnbull, havia luz do sol e uma brisa fresca, e me dei conta do quão azedo e infeliz o ar de seu interior tinha sido. Respirei profundamente e me senti quase segura. O sr. Danby ia fazer tudo ficar bem.

— Lá está o carro — disse ele.

Um sedã verde brilhante esperava na curva de entrada. O motorista se virou para nos olhar e nos lançou um sorriso receptivo. Senti Benjamin agarrar o meu braço e o sangue pareceu se tornar gelo em minhas veias.

O motorista do sr. Danby era o homem da cicatriz.

CAPÍTULO 16

O Batedor de Carteiras

Levou um segundo e meio para registrar o que o sorriso e o rosto com cicatriz do motorista significavam. Queria dizer que não iríamos tomar chocolate quente, que Danby não era nosso amigo e que, seja lá o que fizesse para o Ministério de Relações Exteriores — se é que ele trabalhava mesmo para o Ministério —, não era para o nosso bem. Aqueles fatos vieram como uma enchente, como se eu arrancasse uma venda em um cômodo iluminado e cheio de gente. Benjamin e eu tivemos a mesma reação, quase que instantaneamente: corremos *de volta* para o sombrio, fedorento e frio Turnbull Hall.

A matrona deveria estar nos vigiando pela porta quebrada, porque quase a derrubamos na entrada. Benjamin bateu a porta atrás de nós e a segurou com o ombro.

— Me dê as chaves! — ordenou, segurando a maçaneta para que ela não girasse. — Prenda-nos novamente! Só me dê as chaves!

Danby esmurrou do outro lado.

— Abra esta porta! — gritou sua voz abafada.

A matrona hesitou.

— Mas... ele é do governo.

— Não é não... ele é um espião soviético!

Eu ainda não tinha juntado as informações a ponto de chegar a essa conclusão, mas me dei conta de que Benjamin estava certo. Shiskin havia nos dito que o homem da cicatriz trabalhava para os soviéticos, e Danby estava com o Cicatriz, então, aquilo significava que Danby também obedecia aos soviéticos. Se ele tem vigiado Benjamin, era por conta do boticário, *não* porque parecia um talento cru para o Serviço Secreto Britânico.

— Isso não faz sentido! — disse a mulher, recompondo-se.

Ela se moveu na direção da porta como se fosse abri-la e eu agarrei a argola de chaves de sua mão. A mulher puxou o meu cabelo com uma força surpreendente, dando um tranco com a minha cabeça para trás. Joguei as chaves para Benjamin, virando-me em seguida e empurrando-a. Caí com força no chão e resisti ao ímpeto de pedir desculpas.

Benjamin trancou a porta da frente e corremos de volta para o corredor, passando pela matrona no chão. Ele colocou a cabeça para dentro da sala de aula cheia de crianças.

— Tem um espião russo nos perseguindo! — disse ele. — Onde é a porta dos fundos?

As crianças estavam surpresas demais para falar, até que um menino pequeno disse:

— Pela cozinha!

Saímos correndo e todas as crianças pularam de suas carteiras e vieram atrás de nós. Elas tomaram conta do corredor, bloqueando a passagem como um rebanho de ovelhas. Ouvi a matrona gritar para saírem do caminho.

Passamos apressadamente pela porta que levava às celas e Benjamin encontrou a chave para trancá-la. Pip ainda tentava abrir o cadeado de sua cela com o meu alfinete e olhou para nós dois, surpreso.

— Onde está o amigo de vocês? — perguntou.

— Ele não é nosso amigo — falei. — Você nos ajuda a fugir se o soltarmos?

Pip deu de ombros.

— Quase consegui abrir isto aqui.

Benjamin afastou as mãos dele e destrancou a cela com as chaves.

— Eu quase consegui! — exclamou Pip, batendo o pé no chão. — É um cadeado danado de difícil!

— Tem uma saída pela cozinha — falei. — Você sabe onde fica?

— Por aqui — disse Pip, guiando-nos pela porta do outro lado da sala.

Corremos por um corredor pintado com cal, por mais outro, e deparamos com um cheiro forte e azedo de sopa. Finalmente, chegamos a um cômodo enorme, cheio de vapor, com panelas no fogão e três cozinheiras usando aventais manchados. Sem diminuir o passo, Pip pegou um pão francês de uma bandeja e o mordeu. Atrás das cozinheiras havia uma porta que parecia se abrir para o lado de fora.

— Lá está! — exclamei.

Mas, então, ela se abriu e Danby entrou na cozinha.

— Voltem! — gritou Benjamin.

Corremos de volta pelo corredor estreito.

— Para cima! — disse Pip, com a boca cheia de pão.

Viramos à direita, subimos um lance de degraus de madeira, com Danby atrás de nós. No topo das escadas havia um baú antigo, e Benjamin o empurrou para deslocá-lo e fazê-lo descer as escadas, com um barulho surpreendente. O sr. Danby deu um pulo para trás quando o baú bateu contra a parede. Pip jogou o que restava de seu pão francês na cabeça de Danby com destreza, atingindo-o bem acima do olho.

Corremos por um longo e estreito corredor, subimos mais um lance de degraus e uma escada de mão que nos levou a um alçapão no sótão. Pip abriu o alçapão e subiu para o escuro. Benjamin e eu o seguimos, da forma mais desastrada. Estávamos em um espaço sem luz e empoeirado, debaixo do telhado, cheio de carteiras quebradas e colchões empilhados.

— Aqui! — chamou Pip de algum lugar na escuridão.

Benjamin e eu arrastamos um colchão velho e mofado para a entrada do sótão a fim de mantê-la fechada. Então, ficamos de quatro, para chegarmos até Pip, tentando não bater nossas cabeças no teto baixo. Ele havia encontrado uma janela suja e pequena, cuja vidraça estava bloqueada com uma velha fita isolante, e tentava abri-la.

— O que tem lá fora? — perguntei.

— O telhado.

— E depois?

— Eu não *sei* ainda — respondeu ele. — Se importa em esperar aqui?

A vidraça não abria, então Pip se apoiou nas mãos e chutou o vidro com os calcanhares. A fita impediu que se quebrasse facilmente e foram necessários alguns golpes.

— Ah, isso é discreto — disse Benjamin.

Pip o ignorou e retirou os cacos de vidro da moldura.

— Por que está com fita isolante? — perguntei.

— Para evitar que as bombas quebrassem as janelas durante a guerra — respondeu Benjamin.

Pip se debruçou para fora, olhou ao redor e agarrou alguma coisa que estava na parte de cima da janela, no exterior. Ele era ridiculamente gracioso e ágil, e observamos suas pernas magricelas desaparecerem enquanto se levantava e saía.

Coloquei a cabeça para o lado de fora, olhei para baixo e vi, bem distantes, cacos vidro no chão. Ninguém parecia ter percebido ainda a janela quebrada, mas olhar para baixo me fez ficar terrivelmente tonta. Ouvi um barulho no alçapão. Alguém — provavelmente Danby — tentava abri-lo, mas o colchão fazia peso contra. Olhei para Pip no telhado, que parecia alto demais acima da janela.

— Não consigo subir aí! — falei.

Pip estava calmo.

— Apoie sua mão esquerda na parte de cima do peitoril — disse ele — e alcance o telhado com a direita.

Fiz o que ele sugeriu, certa de que cairia.

— Agora fique de pé no peitoril e me dê sua mão.

Segui a instrução e Pip me puxou com surpreendente força. Consegui subir. O telhado de ardósia era íngreme demais, corroído e escorregadio, e eu me agarrei ao topo. Alguma coisa na boca do meu estômago tinha *extrema* repulsa a altura.

Pip ajudou Benjamin a subir, depois de mim.

— E agora? — perguntei.

— Procuramos por uma calha — respondeu Pip. — Um cano. Algum jeito para descer.

Ele foi até a beira do telhado para olhar e, só de vê-lo, meu estômago se contraiu e revirou. Se encontrar uma calha significava descer daquele topo íngreme, não achei que seria capaz. Benjamin não parecia tão melhor do que eu... agarrava o topo do telhado como se fosse um cavalo arisco.

Um grito veio de lá de baixo. Todas as crianças tinham ido para os fundos da casa e nos olhavam do chão, com a matrona de rosto rosado.

Pip escalou em nossa direção parecendo uma aranha.

— Eles estão bem debaixo do cano da calha — disse. — Não podemos descer.

— Que plano incrível — ironizou Benjamin.

— Certo, então você pense em um melhor!

— O elixir! — exclamei. Coloquei a mão no bolso do blazer da escola. O jardineiro nos disse para usá-lo somente por um bom motivo e escapar desse telhado me parecia um ótimo motivo. Mas meu bolso estava vazio. Apalpei o outro. — Sumiu — lamentei. — Tenho certeza de que estava aqui.

— O que é um xilir? — perguntou Pip.

— Um *elixir* — corrigiu Benjamin. — Um tipo de poção.

Eu estava paralisada demais pela perda para mentir. Baixei o volume de minha voz para que as pessoas lá embaixo não pudessem ouvir.

— Deveria, bem... nos transformar em pássaros — falei. — Pelo menos pensamos que iria. Mas eu o perdi.

— Como você pôde *perdê-lo*? — perguntou Benjamin.

Aquilo me deixou indignada.

146 O BOTICÁRIO

— Você nem ao menos achava que funcionaria!

— Mas você, sim! — disse ele. — Então deveria tê-lo guardado!

Em seguida, ouvimos um grunhido de esforço e vimos a mão de Danby agarrar o telhando onde havíamos escalado ao sairmos pela janela quebrada. Olhei para Pip em pânico e ele segurava a pequena garrafa marrom entre o polegar e o indicador.

— É isso? — perguntou.

— De onde tirou isso?

— Do seu bolso — disse ele. — Quando você saiu com aquele seu amigo.

Ele apontou com a cabeça para os dedos pálidos que agarravam a beira do telhado.

Inseri a mão no bolso do blazer e tentei pensar em quando Pip poderia ter feito aquilo. Parecia impossível. Houve um outro grunhido e uma segunda mão apareceu no telhado, ao lado da primeira. Em seguida, o rosto do sr. Danby, exausto pelo esforço. Ele ainda não tinha descoberto como subir de fato no telhado.

— Benjamin — chamou ele. — Janie. Por favor. Aquele homem que vocês viram no carro é um amigo. Ele trabalha para a Inglaterra. Posso lhes dar provas.

— Você está mentindo! — falei. Virei-me para Pip. — Você tem que me entregar a garrafa.

Pip se afastou ao longo do pico do telhado.

— Para me deixarem novamente? — perguntou. — E se eu beber e deixar *vocês*?

— Não *podíamos* levar você conosco antes — falei, rastejando em sua direção. — Mas agora podemos. Todos iremos juntos.

— Quanto tempo dura?

— Não sabemos.

— Tem o suficiente para nós três?

— Provavelmente.

— Você não sabe!

Danby colocou uma das pernas na beira do telhado com um baque. Pip ficou parado, bem no topo, e fugiu sem esforço. Benjamin e eu tentamos segui-lo, mas meus pés continuavam a escorregar nas laterais.

O telhado gótico de Turnbull tinha dois picos, como o desenho de uma criança de duas montanhas triangulares, uma ao lado da outra, e uma torre redonda além. Pip deslizou com facilidade para o vão entre os dois picos e subiu no segundo. Eu hesitei em segui-lo.

— Vai! — ordenou Benjamin.

Então, deslizei com esforço atrás de Pip e comecei a subir. Benjamin me seguiu.

Danby ainda estava escorregando junto ao primeiro pico, com seus sapatos de couro com solas não aderentes.

— Não seja ridícula, srta. Scott — disse ele. — Estamos do mesmo lado!

Pip desceu do segundo pico, que terminava em um espaço vazio, com exceção da parte em que se juntava à torre cilíndrica. A multidão no chão havia se movido, então, continuava bem abaixo. Ele se esgueirou para a base da torre e começou a escalá-la. Benjamin e eu o seguimos. Os tijolos na parede eram desnivelados e funcionavam como pontos de apoio para os pés e para as mãos, tornando possível a subida. Até comecei a me acostumar com a altura. As crianças torciam, pareciam felizes e animadas, como se assistissem a um filme.

Assim que chegamos ao topo da torre, era como se estivéssemos em uma guarita. Não parecia ter possibilidade alguma de voltar para dentro da casa. Talvez, algum tempo atrás, existisse acesso, mas, agora, havia apenas uma calha para escoar a água da chuva. A guarita tinha muros de quase 1 metro de altura, então, as pessoas lá embaixo não conseguiam nos ver, a não ser que ficássemos de pé e olhássemos por cima do muro, o que fizemos.

As crianças, imediatamente, vibraram, e a matrona parecia séria.

— *Desçam* agora — ordenou. — Vocês não têm para onde ir.

— Chame os detetives! Diga a eles que voltem! — falou Benjamin. Ele apontou para Danby, sentado no pico mais próximo, descansando. — Aquele homem é um espião russo!

Danby, com suas meias listradas, que ficaram à mostra por baixo das bainhas de suas calças por estar com os joelhos dobrados, secou sua linda testa com um lenço.

— Benjamin — disse ele, exausto. — Eu sou um espião russo tanto quanto você.

— Pulem! — gritou uma das crianças esfarrapadas. — Nós pegaremos vocês!

— Sim, pulem! — reforçaram algumas outras, rindo e saltitando, demonstrando como devíamos fazer.

Danby começou a descer o telhado na direção da base de nossa torre.

Agachei-me atrás do muro e virei-me para Pip.

— Abra a garrafa — falei. — Cada um beberá um pouco.

Mas Pip hesitou, e Benjamin perdeu a paciência. Ele tirou a garrafa de sua mão, abriu a tampa e bebeu.

Logo em seguida uma expressão perplexa tomou seu rosto e ele pôs a garrafa no chão. Por um segundo nada mais aconteceu. Olhei por cima do muro e vi Danby tentando escalar nossa torre. Seus pés escorregaram e ele xingou.

Quando me virei novamente para Benjamin, ele havia começado a encolher. Sua cabeça se tornou mais longa na frente, fundiu-se com os ombros, e seu corpo se inclinou para a frente, sobre os quadris. Uma cauda de penas surgiu em sua parte de trás e ele continuou a encolher com rapidez. Suas mãos desapareceram e asas tomaram o lugar de seus braços. Depois disso, tudo que eu reconhecia em Benjamin não existia mais.

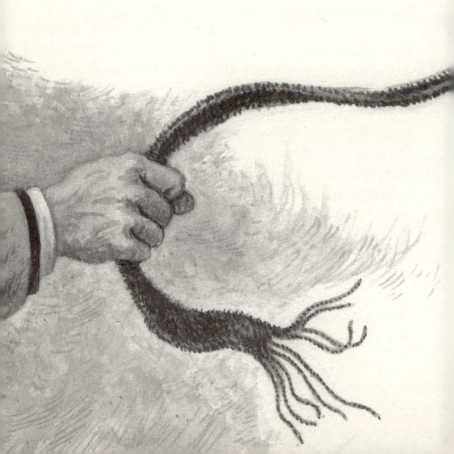

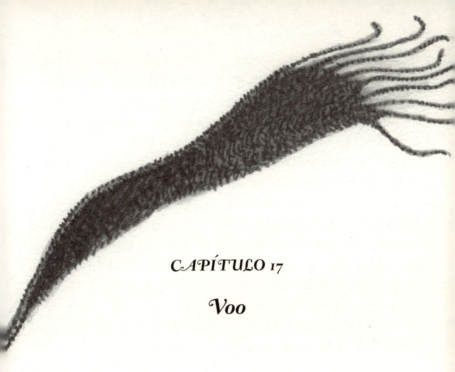

CAPÍTULO 17

Voo

Onde Benjamin estivera, no piso de pedras da torre de Turnbull Hall, havia um pássaro com o peito estufado, da cor de areia, com uma crista de penas. Desde aquele dia tenho me perguntado porque não fiquei mais impressionada vendo Benjamin se tornar uma ave. Mas é muito *difícil* não aceitar seu amigo virando uma quando você testemunha isso ocorrer na sua frente, podendo alcançar e tocar sua cabeça cheia de penas se quisesse. Eu não reconheci que tipo de ave ele era na época, mas aprendi mais tarde que era uma calhandra, bastante desmazelada e energética, tal como ele.

— Eu não sei exatamente o que você é — falei. — Mas, definitivamente, é algo que voa. E não é do tamanho de um condor gigante.

— Isso foi incrível — exclamou Pip. Ele pegou a garrafa, bebeu metade do que havia restado e a entregou para mim. Seus olhos se arregalaram. — Ah, isso é estranho — disse.

Depois de alguns segundos ele começou a encolher também, sua cabeça se inclinou e se alongou em um bico e, em seguida, ele era uma minúscula andorinha, de penas escuras. Balançou as asas curvas como se testasse sua extensão.

Eu estava tão preocupada com suas transformações que não percebi o rosto exasperado de Danby aparecendo sobre o muro da torre. Ele olhou para mim e, logo depois, para os dois pássaros. Examinou o outro lado da torre, procurando os meninos, que não estavam ali.

— Aonde eles foram? — perguntou.

— O que houve, senhor? — chamou a voz da matrona ansiosamente de lá debaixo. — O que aconteceu?

— Só a menina está aqui — respondeu Danby. — E dois pássaros.

— Dois o quê?

— Dois *pássaros* — disse ele.

Ele começou a tentar passar pelo muro da torre em nossa direção, e eu me afastei.

Pip, a andorinha, deu dois pulinhos e levantou voo calmamente para o céu.

Ele não parecia uma criança que havia se tornado um pássaro sem preparação... voou como se fosse uma ave a vida inteira, mergulhando e pairando no ar. Benjamin, a calhandra, também observava.

A voz fina e animada de uma criança surgiu do terreno dizendo:

— Talvez eles tenham se transformado nos pássaros!

Uma menina mais velha disse, de modo brusco:

— As pessoas simplesmente não se transformam em *pássaros*!

Lembrei-me do jardineiro nos dizendo que tínhamos de nos *permitir as possibilidades* e me senti mal pela menina mais velha, que não conseguia dar espaço em sua mente para algo que uma criança menor havia imaginado.

Danby pareceu subitamente abrir espaço em sua imaginação e tentou agarrar a calhandra, mas Benjamin pulou na hora para perto do muro. Logo depois, estava no ar. Ele deu um trinado de surpresa, avançou e gorjeou de um jeito que parecia uma risada. Não era tão gracioso quanto Pip, mas voava. Havia a torcida das crianças, que agora estavam todas se permitindo a possibilidade.

Enquanto Danby assistia Benjamin voar, bebi o restante da garrafa. O elixir tinha a textura de um xarope e seu gosto era amargo e musgoso.

Senti uma sensação estranha e rápida em minhas veias e entendi o motivo de Benjamin e Pip parecerem tão surpresos. Eu nunca percebi cada vaso sanguíneo em meu corpo daquele jeito e o sangue correndo dentro deles. Em seguida, senti meus batimentos cardíacos acelerarem e meus ossos ficarem mais leves. Derrubei a garrafa, ela caiu no chão. O som distante de vidro se partindo abaixo de mim pareceu libertar Danby de seu devaneio, e ele veio em minha direção.

Meu crânio pareceu mudar de forma e peso e pensei: *permita-se as possibilidades*. Depois, saltei, ainda humana, do telhado. Danby pegou a ponta do meu lenço, e foi bom não tê-lo amarrado, ou teria quebrado o meu pescoço. Ele deslizou pelo meu ombro enquanto eu pulava e o lenço ficou em sua mão.

Despenquei, é claro, mas sabia por Benjamin e Pip o quão rápido me transformaria. Minhas mãos se tornaram asas no ar e minhas pernas, patinhas de pássaro. Abri minhas novas asas com hesitação e subi, enquanto elas terminavam de crescer.

Subi até as janelas do segundo andar e, depois, para o terceiro. Olhei para mim mesma e vi uma barriga, macia e redonda, com penas vermelhas. Eu era um pintarroxo! Mas parecia haver algo de errado com a parte de cima das minhas asas, ao redor dos meus ombros de pássaro. Então me lembrei de Danby puxando meu lenço enquanto eu me transformava e me dei conta de que elas deveriam estar com penas faltando.

Benjamin e Pip voavam acima, em círculos, chamando-me, e eu investi, sem jeito, até eles. Comecei a pensar no que deveria fazer para chegar aonde estavam, mas, assim que dei início à análise de todos os movimentos necessários, me senti caindo.

— Pegue o pintarroxo! — ordenou o sr. Danby.

— Vou pegá-la! — disse a matrona.

O chão ficou vertiginosamente próximo, e as crianças gritaram:

— Voe! Voe para longe!

Ouvi um chamado de pânico da calhandra. Desejei querer estar perto dela, parei de pensar e imediatamente voei para cima. As crianças vibravam enquanto eu subia, livre. Estávamos muito acima de Turnbull Hall, olhando para baixo, para os adultos boquiabertos e enfurecidos, e para as crianças, risonhas e triunfantes. E, então, voamos para longe.

Antes daquele dia, eu já havia sonhado sobre voar, mas sonhos não têm *nada* a ver com o que é a realidade. Pairamos bem alto sobre as ruas de East End, e as pessoas lá embaixo pareciam minúsculas. Podíamos ver onde as bombas caíram durante a guerra e onde alguns prédios permaneceram intactos. Pip girou, planou e, em seguida, mergulhou, com a velocidade de um foguete, na direção do chão, antes de subir novamente, com uma alegre risada de pássaro.

Eu não conseguia fazer acrobacias com minhas asas incompletas. Perguntei-me se Danby ainda teria meu lenço ou se o objeto havia se transformado em penas nas mãos dele. Olhei para trás, na direção de Turnbull, e vi o sedã verde sair da passagem de carros. Dei-me conta de que Danby e Cicatriz deveriam saber onde o pai de Benjamin estava e, caso o seguíssemos, talvez nos levassem até ele.

Benjamin deve ter pensado a mesma coisa. Quando investi para seguir o sedã pelas ruas, os meninos me seguiram. Passamos por alguns pássaros de verdade enquanto voávamos e todos se distanciaram de nós, não confiando em uma calhandra, uma andorinha e um pintarroxo viajando juntos. Um corvo curioso se aproximou para investigar, mas pareceu detectar algo de sobrenatural em relação a nós, então, soltou um grasnado e foi embora.

O sedã verde foi para o sul, oeste e, depois, parou em uma vizinhança comum de Londres, com fileiras de casas germinadas. O carro estacionou em uma rua paralela e nenhum dos homens saiu.

Desci na direção do teto do sedã parado, tentando pousar suavemente, mas quase bati na beirada. A janela do passageiro estava aberta, deixando sair uma onda de fumaça de cigarro, e me empoleirei bem acima. Benjamin aterrissou ao meu lado e, em seguida, Pip. Minha audição de pintarroxo estava melhor do que de costume, e pude ouvir o Cicatriz, fora do campo de visão, no banco do motorista, dizer, com um pesado sotaque britânico:

— Crianças não se transformam em pássaros assim.

— Eu concordaria — disse Danby —, só que vi acontecendo.

— Elas não podem encolher também.

— Mas encolheram! — exclamou Danby. — É por causa daquele livro. O do boticário. Aquela menina Scott, a americana, estava prestes a entregá-lo para mim.

Benjamin virou-se para mim. Seus olhos brilhantes de pássaro estavam luminosos e ele posicionou o bico em um ângulo significativo. Você não imaginaria que o rosto de uma calhandra poderia expressar um *Bem que eu te disse*, mas estou aqui para lhe dizer que sim. Fiquei feliz por Danby não ter descoberto que Sergei estava com a bolsa com a Farmacopeia dentro.

— As crianças, sem dúvida, já o viram antes — continuou Danby. — O que significa que não tem sido cuidadoso.

A voz do alemão era fria e clara.

— Nunca sou descuidado.

— Elas devem tê-lo visto na loja — disse Danby. — Ou no jardim. Alguém *cuidadoso* teria notado que estavam lá.

O Cicatriz resmungou algo que não consegui entender.

— E agora voaram embora — constatou Danby. — Não confiam mais em mim e é impossível obter respostas quando seu prisioneiro tomou aquelas malditas pílulas do silêncio.

Benjamin e eu nos entreolhamos. O prisioneiro mudo deveria ser o pai dele. Ele havia tomado uma pílula como a de Shiskin, tornando-o incapaz de falar. O cigarro de Danby apareceu através da abertura da janela e ele bateu as cinzas para caírem no chão. Perguntei-me como eu havia achado atraentes suas mãos pálidas e compridas. Pareciam muito sinistras agora.

— *Eu* poderia conseguir respostas — disse o Cicatriz.

Danby suspirou.

— A droga impossibilita a fala. É muito inteligente.

A porta do passageiro foi aberta com uma determinação repentina e eu voei, em pânico, para a árvore mais próxima. Benjamin e Pip saíram de perto também. Danby não pareceu nos ver. Saiu do carro e apagou o cigarro com o calcanhar, então, ajeitou a gravata e caminhou pela esquina.

Nós três deixamos nossas árvores e voamos atrás dele, mantendo distância, e vimos Danby ir até o final do quarteirão. Parou na frente de um edifício que parecia uma caixa, virou uma chave na porta e desapareceu ao entrar.

Havia uma árvore enorme do lado de fora, que parecia um sicômoro, e aterrissei em um galho folhoso e baixo ao lado de Benjamin e Pip. Eu não sabia o que poderia ser aquele edifício, mas tinha certeza de que era ali que mantinham o pai de Benjamin.

Não conseguíamos nos comunicar verbalmente, mas eu sabia que Benjamin queria entrar, voando em forma de calhandra, assim que alguém abrisse a porta, e que Pip considerava aquela uma ideia ruim. Agora, não posso explicar como sabia de tudo isso, mas estava claro nos olhos e no movimento das cabeças e asas deles.

Em algum momento durante essa batalha de vontades de pássaros, uma gata tigrada de laranja deve ter furtivamente subido em nossa árvore. Estávamos distraídos, pensando apenas sobre a porta trancada e se deveríamos entrar ou não.

Em seguida, um homem abriu a porta do bunker e saiu. Benjamin abriu suas asas para alçar voo e entrar, mas Pip gorjeou e se balançou, a fim de pará-lo. Então, a gata tigrada alcançou nosso galho e agarrou as costas de Benjamin. Ele chiou, com a voz fina de pássaro, e tentou se livrar, mas ela o tinha em suas garras.

Eu estava paralisada de medo, ao contrário de Pip. Ele voou direto nos olhos enormes e amarelos da gata com seu bico afiado. O animal uivou de dor, deixando Benjamin cair no chão. Em seguida, bateu com violência em Pip, com sua pata, prendendo--o no galho.

O homem que saiu do prédio parou para observar a briga por um momento, mas era apenas um gato atrás de alguns pássaros em uma árvore, e foi embora, acendendo um cigarro com a mão em concha.

Agarrei a orelha macia da gata com as minhas garras enquanto ela pegava o pescoço de Pip com os dentes brancos e afiados. Apertei sua orelha e seu berro de dor se transformou em surpresa, enquanto Pip começou a crescer sob suas unhas. Ele perdeu as penas, recuperou as roupas e, de repente, a gata tinha um garoto em tamanho natural em suas garras, abaixando-se sem estabilidade no galho.

Ela recuou em pânico e caiu da árvore. Eu a vi se virar no ar e aterrissar com força nas patas. Não parava de contemplar o que tinha dado errado, mas saiu correndo pela rua, deixando um rastro laranja.

Benjamin também havia se transformado de volta em menino e estava sentado no chão. Pip desceu do galho e se soltou da altura que faltava. Ambos pareciam um pouco atordoados, e Pip esfregava a nuca, onde tinha quatro pequenos furos dos dentes da gata. Pensei que o medo do ataque tivesse causado a transformação dos corpos deles. Eu não havia mudado ainda, mas tinha me tornado um pássaro por último e não fora atacada por um felino. Voei e pousei na grama, onde Benjamin sentia as próprias pernas.

— Nenhum osso quebrado — disse. — Acho eu.

— A gata me deixou com buracos! — exclamou Pip.

Voei até seu ombro para vê-los. Benjamin os examinou também.

— São minúsculos.

— Você está dizendo!

— Ainda temos que entrar naquele prédio — disse Benjamin. — Janie poderia voar lá para dentro quando aquele homem voltar.

— Ela não pode! — afirmou Pip. — Tentei te dizer: é um bunker secreto. Ela vai ser pega caso se transforme em humana de novo e não vai conseguir carregar seu *velho* em suas asinhas.

Benjamin o encarou.

— É um bunker secreto?

— Claro. É um abrigo militar antibomba subterrâneo. Para Churchill e outros, caso haja outra guerra.

— Como você *sabe* disso? — perguntou Benjamin.

Pip ergueu os ombros estreitos, quase me derrubando.

— *Todo mundo* sabe. Para colocar um maldito bunker gigantesco bem debaixo da Bethnal Green você precisa de construtores, certo? E todos eles dizem que o trabalho é *altamente secreto*, que não é da sua conta, até que comecem a ficar insatisfeitos. Então, botam a boca no trombone. Eles pedem segredo a todas as mulheres que servem bebidas.

— O quão grande é?

— O quarteirão todo, subterrâneo.

Eu tive uma ideia, mas não conseguia falar. Então, ela foi interrompida por uma sensação esquisita que me tomou. Veio como uma onda, e não pude controlá-la. Saltei do ombro de Pip quando meus batimentos cardíacos começaram a diminuir e meus braços formigavam, nas milhões de partes onde as penas desapareciam, entrando em minha pele. Recuperei todos os dedos, dos pés e das mãos, e meu crânio ficou mais denso e se expandiu, com os cabelos crescendo em minha cabeça.

E, então, eu estava sentada na grama com meu uniforme da escola.

— Certo — disse Pip. — Que bom. Ela não pode entrar voando.

Em meio à confusão em minha cabeça humana, lembrei-me de minha ideia.

— E se pudéssemos ficar invisíveis? — perguntei.

— Isso resolveria um monte de coisas — respondeu Pip, como se eu estivesse brincando.

— Precisaríamos da Farmacopeia — falei.

— Da farma o quê?

— É um livro — respondi — e está com Sergei.

— *Esperamos* que ainda esteja com ele.

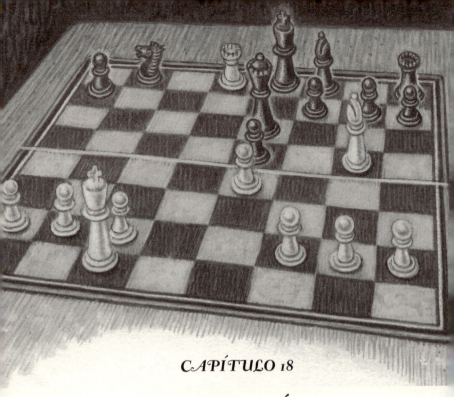

CAPÍTULO 18

A Partida da Ópera

O horário das aulas havia terminado quando retornamos a St. Beden para recuperar a Farmacopeia e os alunos saíam do prédio na tarde cinzenta, liberados para o restante do dia. Estavam prontos para seguir com suas vidas, dirigindo-se ao campo de hóquei para praticar ou ao ensaio do coral, e senti que um enorme e inconectável abismo havia se aberto entre nós. Usar as roupas erradas e não saber latim pareciam invejáveis problemas de se ter.

Pip parou na subida das escadas, olhou para o edifício vitoriano alto e imponente e estremeceu.

— Vou esperar aqui fora — disse.

Pareceu-me engraçado que Pip não tinha problemas em correr em um telhado com picos três andares acima do solo ou atacar um gato monstruoso como um pássaro minúsculo mas, quando confrontado com uma escola, mesmo depois de horas, parecia assustado. Era como se alguém pudesse vir atrás dele com uma rede de borboletas, colocando-o em uma caixa.

— Mas as aulas já acabaram — disse Benjamin. — É seguro.

Pip pareceu em dúvida.

— Eles não vão te sequestrar e fazer você ir embora — falei. — Ninguém vai notar uma criança a mais.

Benjamin e eu começamos a subir os degraus de pedra, mas Pip continuou atrás.

Em seguida, Sarah Pennington saiu pela porta da frente e as nuvens de fevereiro momentaneamente se abriram... de verdade. Não estou inventando isso. Um raio de sol atingiu-lhe os cabelos dourados quando ela parou no topo da escada.

Pip olhava, boquiaberto, para esse paradigma de beleza da aluna. Algumas mechas haviam se soltado da longa trança de Sarah e brilhavam em volta de seu rosto. Ela piscava os longos cílios devido à inesperada luz.

Então seus olhos encontraram os brilhantes e castanhos de Pip. Duvido que pudesse evitá-los, dada a intensidade de seu olhar indiscreto. Ela parecia surpresa com o que via e olhou para mim, para Benjamin e de volta para Pip. Estávamos parados nos degraus abaixo, como acólitos diante da rainha. Pensei que seria bom para Pip o fato de ela não conseguir ver o quão baixo ele era.

— Olá — disse Sarah.

— Oi — respondeu Pip, como se estivesse sonhando.

— Como vai? — perguntou.

Ele assentiu, paralisado de amor.

— Esse é Pip, nosso amigo — falei.

— Pip? — perguntou, inclinando a cabeça de maneira conquistadora. — Como em *Grandes esperanças*?

— Por que não? — respondeu ele.

Ela sorriu.

— Você tem grandes esperanças?

— Agora tenho.

— Estuda aqui?

— Ainda não — disse Pip. — Mas, se você estuda, eu também estudarei.

Notei que ele havia pronunciado o *vo* em "você" e imaginei o quanto mudava seu sotaque para se adequar às situações todo dia.

Sarah ficou corada, agitada. Embora tivesse começado o flerte, não parecia saber como prosseguir.

— Meu carro está esperando — disse.

Ela passou suavemente por nós, saltitando pelos degraus, me ignorando e a Benjamin, mas olhando mais uma vez para Pip.

Pip a olhou quando ela desceu. Em seguida, correu até o carro preto que esperava no meio-fio, meteu-se na frente do motorista e abriu a porta para ela, dizendo algo que não consegui ouvir.

— Aquilo é uma limusine? — perguntei a Benjamin.

— Um Daimler — disse ele. — Vem buscá-la todos os dias.

Enquanto o Daimler se afastava, com Sarah a salvo em seu interior, Pip fingiu agarrar seu coração e cambaleou para trás, com a com a brincalhona expressão de um artista de vaudeville. Então, subiu as escadas de volta.

— Acho que eu deveria estudar aqui — anunciou.

— O que ela disse? — perguntei.

— Seu nome. Sarah Eleanor Pennington!

Pip suspirou.

— Ela te disse seu nome *do meio*? — perguntou Benjamin.

— Benjamin gosta dela também — expliquei.

— Não gosto não!

— Gosta, sim. Você sabe como ela vai embora todos os dias da escola.

— Eu não *gosto* dela — disse. — *Gostava*.

Pip mediu seu novo rival e deu de ombros.

— Que o melhor homem vença — disse.

Benjamin seguiu para o interior do edifício, deixando a porta balançar até se fechar atrás dele, e me perguntei se ele estava fingindo não gostar de Sarah por invejar o sucesso de Pip ou se era realmente verdade.

— O que foi aquilo que ela disse sobre grandes esperanças? — perguntou Pip.

— É um romance — respondi. — *Grandes esperanças*. Sobre um garoto pobre chamado Pip que se apaixona por uma menina linda e rica.

— E ela se apaixona por ele também?

— Não posso contar o final.

— Hmm — disse. — Então, vou saber depois de ler.

Encontramos com Sergei no clube de xadrez em uma das salas de aula de história. Seis garotos despretensiosos sentavam-se de frente para tabuleiros arrumados em três mesas. Sergei estava de frente para o menino cheio de espinhas de nossa aula de latim, prestes a fazer seu primeiro movimento, mas ficou em pé assim que nos viu.

— Benjamin! Janie! — exclamou. — Estou com a sua...

Ele percebeu o olhar preocupado de Benjamin.

— Ah! — disse. — Perdão! Mas é só o clube de xadrez. Eles são meus amigos!

Benjamin o levou para o fundo da sala, onde ninguém poderia ouvi-los, e Pip sentou-se no lugar vago.

— Esse jogo é como damas? — perguntou ao garoto espinhento.

Ele revirou os olhos.

— Não. Bem, apenas superficialmente.

— O que é superficialmente?

O garoto pensou sobre a resposta.

— Na superfície.

— Certo — disse Pip. — Por que você joga isso?

— Por nada — respondeu o menino. — Por diversão.

— *Diversão* — retrucou Pip. — Isso é ridículo. Vamos apostar 30 centavos. Posso mover este aqui com a cabeça redonda?

Eu os deixei com seu jogo e segui Benjamin e Sergei para o fundo da sala.

— Tenho o livro bem aqui! — sussurrou Sergei. — Fiquei com ele! Estava preocupado. Para onde a polícia os levou?

Seu rosto ficou corado de animação.

— Alguém perguntou sobre o livro? — indagou Benjamin.

Sergei pensou na resposta.

— Não! O que devemos fazer agora?

— *Nada* — respondeu Benjamin. — Eu só preciso dele de volta.

Sergei, relutante, entregou a bolsa de Benjamin.

— Eu nem ao menos consegui dar uma olhada — reclamou.

— Também preciso do seu livro de latim emprestado.

Ele enfiou a mão na bolsa e pegou o *Kennedy's Latin Primer*.

— Posso ajudá-los? Por favor? Sou bom em latim.

— Prometemos ao seu pai que não o envolveríamos nisso — disse Benjamin.

— Ele não precisa saber!

— Seu pai está bem? — perguntei a Sergei. — Digo, teve algum problema pelo que dissemos em sua casa?

— Acho que não — respondeu. — E já pode falar de novo.

— Você deve dizer a ele para ser cuidadoso — falei. — Está correndo um sério perigo.

— É mesmo? — perguntou Sergei.

Do outro lado da sala Pip exclamou:

— Xeque-mate!

Seu espinhento adversário encarava o tabuleiro. Olhou para mim em sinal de protesto.

— Ele perguntou se o jogo era parecido com *damas*!

— São 30 centavos, por favor — disse Pip, convencido.

— Eu não *tenho* 30 centavos.

— Tudo bem — respondeu. — Vou levar seu marcador. Acho que vai ficar bem sem ele.

Ficamos parados em frente ao seu tabuleiro, e Sergei o analisou por um momento, olhando para Pip em seguida, com respeito.

— É a Partida da Ópera?

— É *o quê*?

— É roubalheira descarada! — disse o espinhento.

— A Partida da Ópera foi criada com 16 movimentos — falou Sergei — por um especialista americano contra dois amadores em um camarote de ópera. Onde você estuda xadrez?

— Eu não *estudo* — respondeu Pip. — Meu tio me ensinou, no bar.

— Você quer entrar para o nosso clube de xadrez?

— Não o deixe entrar! — disse o garoto. — Ele me enganou!

— Pip não pode fazer parte do clube de xadrez — respondeu Benjamin. — Ele não estuda aqui.

— Estudarei em breve!

— Vamos — disse Benjamin, empurrando Pip na direção da porta.

Sergei agarrou meu braço.

— Por favor, me leve com vocês.

— Sinto muito, Sergei — respondi, e gentilmente liberei meu braço. — Não podemos.

Então, como podem ver, não éramos muito bons em sermos discretos. Havíamos interrogado nosso próprio aliado em uma casa grampeada, nos transformamos em pássaros na frente da população inteira de Turnbull Hall e, agora, tumultuamos o clube de xadrez de St. Beden em um espaço de cinco minutos. Deixamos Sergei parecendo magoado e o resto do clube sem saber o que os havia atingido. Se fôssemos fazer qualquer coisa despercebidos ou escondidos, precisaríamos de ajuda.

CAPÍTULO 19

Invisível

O laboratório de química do sr. Gilliam estava trancado, mas Pip levou apenas alguns segundos para abrir a porta com um clipe de papel retorcido. A sala estava vazia, então Benjamin a trancou novamente e colocou uma cadeira debaixo da maçaneta.

Lembrei-me de que o feitiço de invisibilidade que o jardineiro havia nos mostrado na Farmacopeia estava na página seguinte à do Aroma da Verdade e tinha as letras gregas Αιὸος no topo. Lembrei porque invisibilidade me agradou... muito mais do que voar. Encontramos a página, e as instruções estavam em latim, então Benjamin começou a traduzi-las com o manual de Sergei.

— *Balineum* significa banho — disse. — Acho que devemos preparar um.

— Um *banho*? — perguntou Pip. — Não é só beber um lixir?

— Talvez nesse você tenha que mergulhar para ser invisível — falei.

Consideramos a pia do laboratório, que não era funda o suficiente.

— E aquilo ali? — sugeriu Pip, apontando para uma grande lata de lixo no canto.

Retiramos os papéis amassados e carregamos a lixeira até o livro. Era grande o suficiente para entrarmos e não estava tão nojenta.

— E agora? — perguntou Pip.

— *Liquefac aurum* — leu Benjamin. Ele folheou o manual. — *Liquefac* significa derreter. Temos que derreter alguma coisa. Precisaremos do bico de Bunsen. Aqui, pegue o dicionário, Janie, e eu vou arrumar um. O que é *aurum*?

Pesquisei.

— Ouro! — falei, o coração apertado. — Não temos isso.

— Se fôssemos alquimistas decentes, poderíamos fazê-lo — disse Benjamin.

— Precisamos de 2 dracmas.

Benjamin olhou para o teto, calculando... havia adquirido ao menos algum conhecimento sobre combinações de remédios da época em que trabalhara com o pai.

— Acho que dá aproximadamente 7 gramas. Não é muito.

— Janie tem brincos de ouro — disse Pip.

Toquei minhas orelhas e senti as tachas pequenas e redondas.

— Eram da minha avó — falei. — Ela morreu.

Houve um silêncio na sala. Minha avó Helen era mãe da minha mãe e tentou agir de maneira elegante e sofisticada quando foi nos visitar, porque pensava que Hollywood fosse assim, mas não conseguia evitar ser afetuosa e boba, pois essa era a sua natureza. Os brincos eram a única lembrança que eu tinha dela.

Benjamin pareceu desconfortável.

— Você não tem que abrir mão deles — disse.

— Sim, eu tenho — falei, tirando um dos brincos. — Aqui. Derreta-os.

— Tem certeza?

— Sim — respondi. E eu *estava* quase certa, agora que havia oferecido. — Ela gostaria de que encontrássemos seu pai.

— Obrigado — agradeceu Benjamin, segurando-os por um segundo, indeciso, antes de colocá-los dentro de um caldeirão de argila que estava sobre o bico de Bunsen.

Desviei o olhar.

Havia outros ingredientes, e ajudei a traduzir o restante das instruções, mas não consigo dizer quais eram, porque estava pensando na promessa que havia feito para vovó Helen de que esperaria até meus 20 anos para furar as orelhas. Prometi, mas só porque pensei que ela viveria para me ver adulta, bem depois dos 20. Ela morreu quando eu tinha 12 anos, e aquilo parecia injusto. Em uma festa do pijama, no mesmo ano, deixei Penny Meadows anestesiar o lóbulo da minha orelha com gelo e furá-lo com uma agulha e fio dental, usando a metade de uma batata como apoio. Eu quase desmaiei... não pelo furo, que não doeu tanto quanto o gelo, mas pela sensação do fio dental sendo puxado, lentamente arrastado pelo lóbulo da minha orelha. Deixei Penny furar o outro também, porque eu ficaria elegante como minha avó Helen sempre quis ficar. Minha mãe se aborreceu, mas superou. "Uma agulha de costura?", ela perguntou, inspecionando os furos perfeitos. "E você não desmaiou? Puxou ao seu pai."

Benjamin triturou o ouro derretido com alguma outra coisa até que a mistura se tornou um pó, que ele adicionou a uma solução despejada na lata de lixo e diluída com água da pia do laboratório de química do sr. Gilliam.

— E agora? — perguntei.

— *Lava vestibus depositis* — leu Benjamin. — Essa é a última coisa na página.

Folheei o dicionário.

— Ah, não — falei.

— O que isso quer dizer? — perguntou Pip.

— É uma ordem para lavar... hmm, assim que as roupas forem tiradas — falei. — Acho que significa "entrar no banho sem roupa".

Nós nos entreolhamos.

— A coisa de pássaro funcionou com as roupas — disse Benjamin em um tom de protesto, como se ficar pelado fosse ideia minha.

— O jardineiro disse que existem maneiras diferentes de se transformar em alguma coisa — falei. — Acho que ele chamou o elixir dos pássaros de um processo transformador e disse que esse é apenas um processo de camuflagem. Talvez só funcione no corpo.

— Então, se o efeito passar, estaremos nus dentro de um bunker militar — disse Pip.

— Talvez o sintamos passar — concluiu Benjamin. — E tenhamos algum tempo.

— O que, três segundos? — perguntou Pip. — Tempo para cobrir seu pinto com as mãos?

Benjamin balançou a cabeça, negando as objeções.

— Tenho que encontrar meu pai — disse. — Você não tem que fazer isso, mas eu, sim.

Ele tirou o paletó da escola e começou a afrouxar a gravata.

— Nós iremos com você — falei.

— Talvez queira se virar, Janie.

— Espere! — disse Pip. O sr. Gilliam tinha um cavalete de quadro, negro na sala, do tipo face dupla, que se move sobre rodinhas, e Pip o posicionou entre a lata de lixo e nós. — Temos uma divisória assim em casa — informou. — Porque o banheiro é na cozinha.

Benjamin foi para trás do quadro-negro móvel e podíamos vê-lo apenas dos joelhos para baixo. Sua camisa branca caiu no chão, ele chutou os sapatos e tirou as meias. Seus pés eram pálidos e pareciam vulneráveis. As calças azuis de lã caíram e ele entrou na lata de lixo derramando um pouco da água.

— Benjamin! — chamei, para lembrá-lo. — A nota na margem disse para deixar parte de seu corpo do lado de fora!

— Qual parte?

— Tive uma ideia engraçada — respondeu Pip.

— Isso *não* é engraçado — disse Benjamin. — E já não dá mais tempo.

Fiquei corada. Pip riu.

— Talvez parte da sua mão — sugeri. — Algo que você possa ver para que saiba quando outras pessoas também estão vendo.

— Minhas mãos já estão molhadas.

— Um ombro? — sugeriu Pip.

— Vou tentar — disse Benjamin. — É estranho aqui dentro.

Houve mais água derramada e ouvimos o barulho de um joelho ou um cotovelo contra o metal da lata de lixo. Então, uma pegada apareceu no chão de concreto ao lado das roupas de Benjamin, seguida de outra. Não havia nenhum pé produzindo as pegadas.

— Benjamin! — exclamei. — Funciona! Não podemos ver os seus pés!

Houve um silêncio do outro lado do quadro-negro, com exceção de gotas.

— Benjamin? — chamei.

— É tão estranho! — respondeu. — Não consigo me ver.

— Sai daí e nos mostre — ordenou Pip.

— Mas estou nu.

— Mas não podemos vê-lo!

As pegadas molhadas apareceram lentamente ao lado do quadro-negro. Uma mancha pálida de pele rosada flutuava a 1 metro e meio do chão. Eu sabia que deveria ser parte do ombro de Benjamin, mas não teria percebido se não estivesse procurando. A mancha rosada se moveu e uma marca úmida de mão apareceu na poeira branca de giz no quadro-negro. Não havia outro sinal de Benjamin.

— É como se eu não estivesse aqui — disse ele, pensativo.

— Demais! — exclamou Pip. — Vou entrar!

Ele sumiu atrás do quadro-negro.

— Não consigo descrever o quão estranha é a sensação — disse a voz de Benjamin, bem acima da mancha flutuante de pele.

Nós dois ficamos ali parados de um jeito esquisito. Eu estava mais impressionada pelo fato de ele estar nu do que pela invisibilidade. Água foi derramada enquanto Pip entrava na lata de lixo.

— Lembre-se de deixar alguma parte de seu corpo para fora — falei.

— Certo — assentiu Pip.

— Não sei se consigo fazer isso — confessei. — Deve ser embaraçoso demais.

— Você acha que não é embaraçoso para mim? — perguntou Benjamin.

Houve mais um esguicho d'água do outro lado do quadro--negro e as pegadas molhadas de Pip surgiram, correndo pela lateral. Ele estava rindo, animado.

— Eu *amo* isso! — exclamou. — Sempre *quis* isso!

De primeira, não consegui notar o que estava visível nele, mas então vi uma orelha flutuando. Era mais identificável como parte do corpo do que o ombro de Benjamin, mas também era menor e mais difícil de se perceber, principalmente quando estava de frente para nós e não víamos a orelha de perfil.

— Quero ir a todos os lugares! — disse Pip. — Podemos invadir o cinema! E um cassino! E as corridas!

— Primeiro temos que ir até o bunker encontrar meu pai — lembrou Benjamin. — Sua vez, Janie.

Fui para trás do quadro-negro e olhei para as duas pilhas de roupas no chão. Com o intuito de testar, mergulhei parte da minha manga no banho. Saiu encharcada, mas sem nenhuma transformação. Se mantivesse minhas roupas, eu ficaria invisível, mas em um uniforme molhado e à vista.

— Vai logo, Janie — disse a voz de Benjamin. — Antes que o sr. Gilliam volte. Não podemos te ver.

Olhei mais uma vez para dentro da lata de lixo cheia de solução e pensei que, se os brincos da minha vó haviam sido derretidos para isso, eu deveria fazer bom uso deles. Tirei minhas roupas e entrei. Decidi deixar de fora o dedo mindinho da mão direita, já que parecia pequeno e fácil de esconder. A água estava gelada, prendi minha respiração e dobrei meus joelhos para que pudesse molhar a cabeça e os cabelos. Aguardei alguns segundos, levantei-me, pingando, e olhei para baixo. Não havia nada ali. Era desorientador! Quando toquei meu braço, parecia escorregadio e molhado, mas eu não podia vê-lo: a única coisa perceptível era água pingando no formato de um braço. O choque entre o que eu sabia e o que via me deixou tonta. Saí da lata de lixo, observando a água ocupar o espaço no qual meu corpo estivera, e vi reveladoras pegadas aparecerem no piso da sala de aula.

— Funcionou? — perguntou Pip, e sua orelha apareceu ao lado do quadro-negro.

— Ei! — exclamei. — Você não deve voltar aqui!

— Mas você está *invisível*!

As roupas de Benjamin pareciam se levantar sozinhas do chão e eu podia ver seu ombro rosado, debruçando-se.

— Eu não bisbilhotei vocês, meninos!

— Nós não sabemos quanto tempo vai durar. Temos que ir — disse a voz de Benjamin. Um armário pequeno que ficava debaixo da pia se abriu e suas roupas pareceram se atirar lá dentro. — Devemos jogar o banho fora.

— Queria que pudéssemos guardá-lo para depois — lamentou Pip, melancólico.

— Não podemos deixar nenhum rastro — disse Benjamin.

Coloquei minhas roupas no armário, querendo levá-las comigo, embora fossem parecer uma trouxa flutuando bizarramente pela rua. A pesada lata de lixo parecia levitar enquanto Pip e Benjamin a levantavam e esvaziavam na pia do laboratório.

Foi então que ouvimos um baque do outro lado da sala: o som de madeira sendo empurrada enquanto alguém tentava abrir a porta contra a cadeira escorada.

— Quem está aí? — perguntou a voz do sr. Gilliam.

Benjamin e Pip jogaram os papéis novamente dentro da lata de lixo. Coloquei no lugar o bico de Bunsen, o caldeirão e os béqueres que tínhamos usado. Em seguida, vi a Farmacopeia sobre a mesa do laboratório.

— O livro! — exclamei.

Nós não poderíamos carregá-lo sem que ele fosse visto.

O professor sacudiu a maçaneta mais uma vez.

— Abram essa porta!

A Farmacopeia pareceu flutuar nas mãos de Benjamin até uma prateleira alta, com outros livros pesados de química. Percebi a lógica: parecia pertencer àquele lugar e se misturava aos demais.

O sr. Gilliam golpeava a porta agora. Nos movemos com cuidado em sua direção.

— Vou tirar a cadeira — sussurrei. — Vocês saem depois que ele entrar.

Ficamos em posição e cheguei à cadeira. Era como ir de encontro a algo no escuro, sabendo mais ou menos onde está. Mas era o oposto: eu sabia exatamente onde a cadeira estava. Eram minhas próprias mãos que eu não conseguia ver. O dedo mindinho, pelo menos, era reconfortante. Quando consegui uma boa pegada, liberei a cadeira.

O sr. Gilliam, tão perfeitamente redondo que seu cinto parecia dividir uma bola de praia, entrou irritado na sala e ficou olhando à sua volta. Vi a orelha de Pip e o ombro de Benjamin saírem do laboratório. Fiquei imóvel.

— Eu sei que vocês estão aqui! — disse o homem.

Desviei dele enquanto se aproximava. Passou por mim, procurando os alunos marotos que certamente estavam agachados atrás das mesas do laboratório, e eu saí.

A escola estava vazia — até o clube de xadrez já havia encerrado suas atividades —, e corremos pelo corredor, descalços. Era desorientador correr sem poder ver minhas próprias pernas. Quase me fez esquecer do fato de estar nua, mas não completamente. A secretária com cachos de ovelha saiu de seu escritório e diminuímos o passo, para que não fizéssemos barulho. Deslizei meu dedo mindinho na parede, mas ela não pareceu notar. Percebi que Pip mantinha seu clipe de papel para abrir portas. Mas ninguém espera ver um dedo ou um clipe flutuando no corredor, então, nada foi visto.

Abrimos as portas da frente da escola, saímos para o dia de fevereiro, e era *congelante,* considerando que estávamos molhados e sem roupas. Cruzei os braços. Eu havia antecipado a vergonha da nudez, mas me esqueci completamente do frio. Pip deixou escapar uma série chocante de palavras, a grande maioria desconhecida por mim.

— Tem algum truque para aquecer? — perguntou.

— Só conheço um — respondeu Benjamin.

— Então?

— Correr para Bethnal Green — disse Benjamin.

A mancha de um ombro rosado disparou degraus abaixo como um foguete, e Pip e eu a seguimos. Tentei pensar como resgataríamos seu pai das forças malignas, e era *aquilo* que importava... não que o concreto gelado parecia pinicar meus pés e que estávamos correndo nus, congelando, no vento.

INVISÍVEL **177**

CAPÍTULO 20

O Bunker

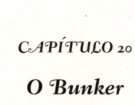

Nós corremos, invisíveis, pelas ruas de Londres, esquivando-nos de pessoas com gorros quentes, cachecóis e sobretudos, que não podiam nos ver e teriam nos dado um encontrão. Benjamin estava certo sobre correr e ficar aquecido: no momento em que chegamos ao bunker, eu estava sem fôlego, mas não sentia mais frio.

A orelha de Pip foi direto para o cadeado da porta do bunker e seu clipe de papel parecia um minúsculo verme contorcendo-se no ar enquanto trabalhava. Benjamin e eu prestávamos atenção nos pedestres.

— Ah, vai logo — disse Pip para o cadeado. — Certo... *agora sim.*

A porta se abriu e sua orelha entrou.

Esbarrei no ombro nu de Benjamin enquanto tentávamos passar ao mesmo tempo.

— Perdão! — falamos.

— Shh! — fez Pip.

Do outro lado da porta, havia uma sala pequena com um elevador, mas, em vez de um botão para chamá-lo, tinha um orifício no qual uma chave deveria ser inserida.

— Pode cutucar isso aí? — perguntou Benjamin.

— Sei não — respondeu Pip. — É um interruptor para o elevador.

No momento em que deu a resposta, ouvimos os cabos do elevador trabalhando e demos um passo para trás. Escondi meu dedo mindinho visível atrás das costas, sem a certeza de que adiantaria alguma coisa. Então o pressionei contra a parede, assim não estaria flutuando. As portas se abriram e o sr. Danby saiu, com um jovem que parecia confuso.

— Ficar lá fora e prestar atenção nos *pássaros*? — perguntou o jovem.

— Três, pequenos e juntos — disse Danby. — Um é um pin-tarroxo americano de peito vermelho. O capitão Harrison acha que viu um gato os atacando. Não entendo o porquê de não ter reportado logo em seguida.

— Perdoe-me, senhor, mas... não acho que também teria reportado algo do gênero.

— É por isso que você é apenas um tenente — reclamou Danby.

Senti a mão de Pip agarrar a minha e ele me puxou ao redor dos dois homens, em direção à porta aberta do elevador. Nós três entramos na ponta dos pés.

— Então, caso eu veja três pássaros, devo chamá-lo? — perguntou o jovem.

— Tente capturá-los primeiro — respondeu Danby.

O tenente, que não usava um uniforme — imaginei que por conta do "sigilo" do bunker —, saiu, desanimado. Estava claro que pensava que Danby havia enlouquecido.

Danby virou uma chave na ignição e voltou para dentro do elevador, conosco, olhando para os cantos superiores. Ele procurava por pássaros, imaginei. As portas se fecharam e começamos a descer para o subsolo.

Lá embaixo o elevador se abriu para uma sala pequena, na qual uma fileira de capacetes cor de laranja estavam em ganchos, pendurados sobre macacões de lona marrom. Botas pesadas estavam organizadas debaixo de um banco ao longo da parede. Danby saiu da sala na direção de um corredor e virou à direita. Nós o seguimos, passando descalços por retratos emoldurados da Rainha Elizabeth, da Princesa Margaret e da Winston Churchill.

De repente, logo depois, Danby parou e se virou, como se sentisse alguém atrás dele. Escondi meu dedo mindinho atrás de uma moldura e prendi a respiração. Danby observou o corredor.

Outro homem saiu para fora de uma porta e o chamou.

— Danby! Por favor.

— Sim, general — respondeu, dando uma última olhada no corredor.

Nós o seguimos para dentro do escritório do general, onde ele se sentou. O general tinha cabelos grisalhos e um ar de autoridade, mas, assim como os demais, não usava tipo de uniforme militar. Havia um mapa-múndi na parede, com tachinhas espetadas. Algumas, azuis, no que parecia ser o Novo México, e outras, vermelhas, na Rússia. Uma azul estava presa em uma ilha do Pacífico e uma branca, na costa da Austrália.

— Alguma sorte com a pessoa que prendemos? — perguntou o general.

— Ainda não, senhor — respondeu Danby. — O silêncio deve acabar em breve.

— Você tentou conseguir respostas escritas?

— Sem sucesso, senhor.

— Soube que questionou o capitão Harrison sobre pássaros.

Danby ficou vermelho como um tomate.

— Sim, senhor.

— Algo a ver com sua investigação sobre o boticário e seus feitos?

— Sim, senhor.

— Estou certo de que tem seus motivos, Danby, mas os homens estão começando a comentar.

— Mas eles... — iniciou Danby e, em seguida, pareceu pensar melhor. — Certamente, senhor.

— Apenas para que saiba: você é um dos nossos melhores homens, não quero que se comprometa.

— Obrigado, senhor.

— E o seu contato do Alemanha Oriental? O que ele relata?

— Que o boticário não trabalha para os soviéticos, senhor. E também que Leonid Shiskin, um contador da Embaixada soviética, vem atuando como mensageiro, mas parece trabalhar por conta própria, baseado em crenças pessoais. Ele não está no comando da rede.

— Entendo.

— Sabemos que os soviéticos estão à procura do boticário. Esperam que os conspiradores se encontrem em breve e acreditam que Leonid Shiskin talvez os leve até o grupo. Mas, como aparenta, não acredito que o grupo possa prosseguir sem o boticário.

— Não?

— Não, senhor. Ele é seu... seu Oppenheimer, digamos.

Eu estava certa de que Oppenheimer era o físico que havia criado a bomba atômica. Tentei olhar para Benjamin para ver o que ele achava da comparação e me dei conta de que a coisa mais estranha sobre estar invisível não era estar nua em um bunker militar. Era o fato de não podermos fazer contato visual. Não havia maneira alguma de dividir toda a informação que eu havia me acostumado a dividir com ele por meio de um olhar. Não sabia onde seus olhos estavam e ele não podia ver os meus.

O general ergueu uma sobrancelha.

— Entendo — disse. Ele olhou para o seu relógio. — Acha que o efeito do silêncio já deve ter terminado?

— Irei conferir, senhor — respondeu Danby, levantando-se. Ele parecia ansioso para sair do escritório.

— Danby — chamou o general.

— Sim, senhor?

— Tem certeza de que o seu Chucrute está totalmente do nosso lado?

— Sim, senhor — respondeu Danby. — E ele é extremamente brutal.

O general sorriu para si mesmo.

— Que bom — disse. — Queria que pudéssemos trazê-lo aqui para fazer algumas perguntas. Podíamos usar um pouco dessa brutalidade.

Danby sorriu, desconfortável.

— E sabemos quem matou o pobre e velho jardineiro? — perguntou o general.

— Ainda não, senhor — respondeu Danby. — Mas descobriremos.

Eu sabia que ele sabia que havia sido o Cicatriz e pensei no bom mentiroso que era. Parecia completamente convincente.

— Que coisa estranha — disse o general. — Bem, prossiga.

— Sim, senhor.

Nós seguimos Danby pelo corredor, na ponta dos pés. Quando penso atualmente o quanto ouvimos por trás das portas, me dou conta de que ter 14 anos nos preparou para isso. Ser adolescente é ser invisível, ouvir e interpretar coisas que não são, necessariamente, para serem ouvidas... porque, senão, como você deve descobrir o mundo?

Passamos por uma enorme mesa telefônica, com cadeiras vazias à espera de operadores que se sentariam e fariam conexões, e me perguntei se ela deveria fazer todas as ligações de Londres caso houvesse uma bomba atômica... e se haveria alguém para executar as chamadas.

No final do corredor, Danby bateu em uma porta. Uma jovem, em um vestido verde e arrumado, saiu e a fechou em suas costas.

Ela tinha cabelos ondulados castanho-claros, com um corte curto ao redor das orelhas.

— Então? — perguntou Danby.

— Estou tão entediada! — reclamou a moça. — Pensei que aquela coisa iria passar. Mas estamos apenas sentadas *olhando* uma para a outra.

— Achei que fosse gostar disso — disse Danby. — Você poderia falar o dia todo sem ninguém para a interromper.

A jovem fez cara de chateada.

— Não é brincadeira — protestou. — Preciso de um café.

— Então vá — disse Danby.

A garota lançou um sorriso grato para ele e saiu com pressa pelo corredor.

O sr. Danby entrou na sala e nós, em silêncio, o seguimos, prontos para resgatar o pai de Benjamin... de alguma maneira. Eu estava tão ocupada tentando encontrar um lugar para ficar onde não esbarrasse em Danby ou em mais ninguém que, quando finalmente olhei para a pessoa ali, fiquei chocada.

Não era o boticário.

O prisioneiro era uma mulher, e ela parecia chinesa. Era jovem, talvez por volta de seus 20 anos, com os cabelos em uma trança negra e brilhosa, e usava uma blusa e calças pretas. Eu poderia jurar que ela olhou para o meu dedo mindinho visível, mas apenas por um instante, e então fixou os olhos no sr. Danby. Ela era linda, de um jeito austero, e estava nervosa. Sentou-se com as costas eretas em uma cadeira, de frente para uma mesa de metal presa ao chão.

Danby sentou-se na mesa, com um dos pés no chão, assumindo uma postura descontraída.

— Você gostaria de um café? — perguntou. — Ou chá?

A prisioneira balançou a cabeça.

Ele fez uma pergunta em uma língua que imaginei ser chinês, a mulher o olhou com desdém.

— Meu mandarim está enferrujado, eu sei — disse Danby.
— Mas estou curioso... o silêncio não durou tanto assim com Shiskin. Talvez seja por você ser bem menor?

A mulher deu de ombros.

— Eu traduzi as coisas que escreveu para mim, em uma caligrafia chinesa tão elegante — contou ele, batendo com os nós dos dedos na mesa. — Alguns dos palavrões eram um tanto primitivos, aqueles sobre cães e porcos, por exemplo, mas outros eram bem legais. Gostei do que insultava meus ancestrais até a 18ª geração.

A mulher o encarava.

Ele se debruçou e colocou uma das mãos na garganta pálida da chinesa, como se fosse um médico, examinando-a.

— Sugeriram que eu a machucasse, a fim de fazê-la falar — disse. — Não faz o meu estilo, mas estou sob forte pressão.

Ele pressionou um dos dedos e o polegar nas reentrâncias macias do pescoço delas, de um jeito que parecia muito profissional e muito doloroso ao mesmo tempo.

Os olhos da mulher lacrimejaram e ela piscou, mas manteve o silêncio. Eu não podia acreditar que já havia considerado Danby *um sonho*. Agora sua beleza apenas o tornava mais horrível.

Ele soltou o pescoço.

— Incrível o quanto a pílula tem durado — disse. — Mas é apenas uma questão de tempo antes que o efeito passe. Voltarei mais tarde.

Danby deixou a sala e nós ouvimos a porta se trancar assim que ele saiu. A postura da prisioneira mudou imediatamente, ela tossiu, colocou uma das mãos na garganta e, em seguida, virou-se para onde eu estava.

— Por que você está aqui? — perguntou roucamente.

Pip já tinha seu clipe de papel retorcido a postos e estava trabalhando na fechadura.

— Você pode falar! — disse Benjamin.

— É claro que sim.

— Conhece meu pai, Marcus Burrows?

A mulher fez uma pausa, como se não tivesse certeza de poder confiar na gente e, então, assentiu.

— Onde ele está?

— Não sabemos — respondeu Benjamin. — Pensamos que estivesse aqui.

— Você é a química! — falei, lembrando da mensagem de Shiskin e do jardineiro. Perguntei-me se eles sabiam que ela era uma mulher. — Seu nome é Jin Lo!

— Há quanto tempo consegue falar? — perguntou Benjamin.

— O tempo todo. Eles acham que eu tomei a pílula. Então, eu finjo.

— Você pode ficar invisível? — perguntei.

Era uma chance quase nula, mas ela *era* uma química. Parecia válido questionar.

A mulher balançou a cabeça, a trança serpenteando sobre o ombro.

— A porta está destrancada — anunciou Pip.

Jin Lo franziu o cenho.

— Isso não é armadilha?

— Acha que é o tipo de armadilha que os militares britânicos normalmente usariam? — perguntou Benjamin. — Três adolescentes invisíveis?

— Só precisamos de algum jeito para escondê-la — falei.

Jin Lo parecia considerar o problema, então soltou a barra da blusa de dentro da calça e retirou alguns minúsculos frascos de vidro da dobra da costura da bainha da camisa, pressionando-os para fora do espaço no tecido, um a um. Ela escolheu dois e colocou o restante no bolso. Um deles continha algo laranja e o outro, um líquido claro.

— Sinal de fumaça — disse. — Para sinalizar avião. Vai encher o bunker todo.

O BUNKER **185**

Ela derramou o líquido claro dentro do frasco laranja, bloqueou-o com o polegar e sacudiu. Quando afastou o dedo, uma espessa fumaça laranja começou a sair do vidro. Em alguns segundos havia tomado a sala. Prendi a respiração para não tossir.

— Abre a porta — disse ela, e Pip obedeceu.

Não havia guardas no corredor quando checamos... apenas a Rainha Elizabeth, a Princesa Margaret e Winston Churchill nos olhando da parede. Jin Lo ergueu o frasco e a fumaça laranja encheu o corredor, escondendo os retratos. Eu nunca tinha visto tanta fumaça sair de um frasco tão pequeno. Ela nos envolveu enquanto caminhávamos silenciosamente pelo corredor.

Estávamos quase chegando à mesa telefônica, com a fumaça crescendo atrás de nós, quando Pip sussurrou:

— Vejam!

Ele esticou o braço e eu o vi fazendo, pois havia uma camada laranja sobre sua pele invisível. Pude perceber sua cabeça também, como se estivesse engessada em uma névoa laranja. A fumaça grudava na gente e estávamos nos tornando visíveis, como fantasmas alaranjados. Olhei para mim mesma e vi minhas mãos e meus antebraços, quase transparentes, mas delineados em pó laranja. Cruzei meus braços laranja sobre meu peito nu. A camada começava do alto, onde a fumaça era mais densa. Eu conseguia ver a cabeça e os ombros de Benjamin também.

— Temos que conseguir roupas! — sussurrei.

Estávamos do lado de fora do escritório do general, onde ouvimos Danby conversando, e dei uma espiada. Não havia ninguém lá dentro. Um sobretudo longo de lã estava pendurado perto da porta, eu o peguei e o vesti. Era enorme, mas não me importei.

Havia vozes no corredor, além da cortina de fumaça.

— Veja essa *fumaça*! — exclamou a jovem que saíra para um café.

— É um incêndio? — perguntou uma voz masculina.

Corremos em silêncio na direção dos elevadores, a fumaça crescendo atrás de nós. Benjamin pegou um paletó de uma das cadeiras da mesa telefônica e o vestiu assim que suas pernas se tornaram visíveis e cor de laranja.

Um alarme soou, fazendo-me pular. Havia tosse e gritos no corredor escuro às nossas costas.

Chegamos ao lobby do elevador e Pip pressionou o botão de chamada. Não precisava de uma chave para subir. Peguei dois macacões cáqui e dois capacetes dos ganchos na parede. Jin Lo ainda sacudia o frasco na direção do corredor, espalhando fumaça.

— Pegue isso — falei, entregando-lhe um dos macacões. E ponha sua trança para dentro do capacete. Pip, fique com o outro.

Ela começou a vestir o macacão por cima das roupas.

— Você parece o homem invisível — disse Benjamin para mim, olhando o meu sobretudo.

— Bem, você parece a menina invisível — falei. O paletó que ele havia roubado era, na verdade, uma capa de chuva feminina azul-claro, amarrada na cintura, e com uma saia armada.

Pip, ainda nu e invisível pela metade, estava ocupado espanando o pó laranja de sua pele.

— Isso sai! — disse ele. Seu braço desapareceu de novo. — Limpem-se e tirem esses casacos idiotas! Rápido!

Nós nos esfregamos até ficarmos limpos o mais rápido possível — o pó laranja saía com facilidade —, e entregamos nossas roupas para Jin Lo enquanto o elevador se abria. Ela ainda possuía o frasco de fumaça em uma das mãos.

Ouvi um guincho emitido pela guarda no corredor.

— A prisioneira fugiu! — gritou ela.

Mas as portas do elevador se fecharam e estávamos a caminho da saída.

CAPÍTULO 21

O Óleo Mnemônico

O elevador nos levou para o lado de fora e Jin Lo deixou o frasco de fumaça laranja na porta da frente do bunker, para que se alastrasse pela rua. Ela parecia um menino com o macacão cáqui, a longa trança escondida debaixo de um capacete, e caminhava para longe, decidida, carregando sua trouxa de roupas, como se fosse um trabalhador procurando por ajuda para controlar aquele estranho incêndio químico.

Algumas pessoas saíram de suas casas, para observar a fumaça laranja, mas ninguém deteve Jin Lo, estávamos depois da esquina antes de ouvirmos berros vindos do prédio e a voz alta de um homem perguntando se alguém havia visto uma garota chinesa vestida de preto. A resposta foi negativa. Pip, Benjamin e eu continuávamos invisíveis.

Um ônibus se aproximou, parou, e nós subimos a bordo. Jin Lo cumprimentou o motorista e passou por ele com os braços cheios de roupas.

— Você tem que pagar! — disse o motorista, mas Jin Lo o ignorou. Nós três seguimos invisivelmente atrás dela.

Havia sete ou oito pessoas no ônibus, incluindo uma mulher de cabelos brancos com um cachorro de pelo cacheado, da mesma cor, em seu colo. O animal começou a latir, histérico, enquanto passávamos, então ela murmurou e o abraçou mais forte.

— Meu anjo, é apenas um homem chinês vendendo roupas — ouvi a mulher dizer.

O cachorro continuava a latir... tive certeza de que sentia o cheiro de nós quatro.

Encontramos um local perto da traseira do ônibus, o motorista desistiu e seguiu viagem, perplexo com o chinês e atrasado em sua viagem. A idosa conseguiu acalmar o cão, mas ele olhava por cima do ombro delas, arfando.

Jin Lo derrubou a pilha de roupas ao seu lado e sentou-se.

— Então, quem é você exatamente? — sussurrou Benjamin, em meio ao intenso barulho do motor do ônibus. — Como conhece o meu pai?

— Apenas cartas — disse Jin Lo. — Eu venho da China para encontrá-lo.

— E tem muitas garotas cientistas na China? — perguntei. Afinal de contas, estávamos em 1952.

Jin Lo franziu o cenho, como se a pergunta nunca tivesse passado por sua cabeça.

— Eu sou aprendiz, muito jovem, de química, em Xangai. Não tenho outra escola. Quando ele morre, eu termino seu trabalho, escrevo para colegas.

— Qual era o trabalho dele? — perguntei. — Não era um químico tradicional, certo? Era um alquimista?

Jin Lo deu de ombros, como se a ideia de normalidade não fosse importante.

— Todo mundo trabalha diferente. Quando viu o boticário pela última vez?

— Em sua loja — respondeu Benjamin. — Ele recebeu uma mensagem dizendo que você havia sido sequestrada e ele seria o próximo, então, nos escondeu no porão. Alguns alemães invadiram o local e, quando fomos ao andar de cima, meu pai fora levado.

— Alemães... o que diziam?

— Não sabemos — disse Benjamin. — Era em alemão.

Jin Lo franziu o cenho.

— Por que você não falar alemão?

— Não sei — sussurrou ele. — Acho que por causa da guerra. Ninguém quer que falemos. Você fala japonês?

Algo que não pude identificar passou por seu rosto e me lembrei de que regiões da China haviam sido ocupadas pelo Japão.

— Sim — disse ela. — Quando soldados vêm, melhor saber o que dizem.

— Ah! — lamentou Benjamin, envergonhado. — Bem, eu não falo alemão.

— Você me leva para loja — pediu Jin Lo.

O cachorro à frente deu um latido petulante para nós e a idosa olhou disfarçadamente para o chinês que vendia trapos. Então, seu olhar pareceu passar para mim e eu olhei para os meus dois dedos visíveis, que estavam agarrados a um balaústre. Não eram mais apenas os meus dedos, mas uma boa parte da minha mão e do antebraço estava visível... *de verdade*, não apenas coberta em laranja. Meu outro braço estava visível em algumas áreas também, assim como parte do meu joelho esquerdo.

— Jin Lo! — sussurrei. — Olhe para a mulher com o cachorro, rápido.

Jin Lo olhou, encarando-a com tanta ferocidade que a idosa se virou para a frente, envergonhada e confusa, puxando o cachorro para o colo. Peguei a capa de chuva azul, do topo da pilha, e me enrolei, amarrando-a na cintura. Ela me cobria até os joelhos, e eu me agachei no assento, tentando me envolver com o monte de roupas.

— Você vai chamar atenção sem uma cabeça — sussurrou Benjamin.

— Não tanto quanto você, daqui a um segundo.

Ele olhou para si mesmo e viu que a área de seu ombro estava aumentando, passando pelo bíceps e chegando ao cotovelo. Metade de seu peito, pálido e macio, havia aparecido: o relance de uma clavícula, um mamilo rosado e seu umbigo, que era um furinho bem-costurado. Ele pegou o casaco do general e o vestiu.

Olhei para Pip e metade de seu rosto também estava visível, se expandindo de sua bochecha até a orelha.

— Ah!, todos os *bolsos* que eu poderia ter roubado. Mais uma hora e eu estaria rico! — sussurrou. Ele pegou um macacão extra e dobrou os punhos e as pernas.

No momento em que saltamos do ônibus, perto do Regent's Park e da loja do boticário, estávamos totalmente visíveis e vestidos. O vendedor chinês de trapos parecia ter dado à luz três crianças chinesas, com roupas esquisitas, todas sem pagar passagem. O cachorrinho latia loucamente para nós e a senhora e o motorista nos observavam partir, desconfiados.

$$⚕$$

Observamos a porta da loja do boticário do outro lado da rua. Jin Lo estudou todas as janelas vizinhas de onde se poderia ter vista da porta da frente. Ninguém parecia vigiar o prédio, mas, ainda assim, eu estava com medo de entrar. Os alemães poderiam voltar, ou Danby e os oficiais britânicos.

A porta da botica estava destrancada, o trinco, forçado pelos alemães, e meu coração batia forte enquanto Jin Lo a empurrava para abri-la. Nós todos entramos e paramos no caos escuro, ouvindo. Havia coisas reviradas e quebradas, do jeito que os intrusos as tinham deixado. A sedosa trança de Jin Lo balançou sobre seu ombro como uma serpente quando ela tirou o capacete e o dispensou. Imaginei se ela poderia fazer o mesmo com uma cobra de verdade, mantendo a mesma calma desinteressada.

A loja parecia vazia, então Benjamin correu para o seu apartamento, no segundo andar, a fim de pegar algumas roupas e trocar o sobretudo do general. Trouxe para mim um par de calças dele, uma camisa, um suéter, e eu fui para trás de uma prateleira bagunçada para trocar a capa de chuva azul-claro. Gostei de usar calças novamente, mesmo que fossem grandes e eu precisasse usar o cinto bem apertado. Nunca havia me sentido muito bem em saias pregueadas.

Jin Lo terminou sua inspeção na botica.

— Então... você escutar vozes — disse ela.

— Sim — respondeu Benjamin.

— E ver alemão com cicatriz.

— Isso.

— Mas não os vê levando o boticário.

— Não, estávamos no porão.

— Vamos descer agora para ver — disse ela.

Voltamos ao escritório e Benjamin abriu a grade de ferro que levava ao porão. Todos descemos. Mostramos a Jin Lo e Pip onde ficamos escondidos, contra a parede. Jin Lo olhou para a grade.

— Então você os ouve dizer "Ah! Peguei você agora, boticário!" — perguntou.

Benjamin e eu nos entreolhamos.

— Não — falei. — Ouvimos uma explosão.

— Que tipo? Pequena? Grande?

— Média.

— Você ver explosão?

Benjamin pensou sobre o assunto.

— Não. Também havia uma sirene de viatura policial! Foi o que fez com que eles fossem embora. Mas a polícia nunca apareceu.

— Sente-se — disse ela. — Espere.

Jin Lo correu escada acima e ouvimos seus passos leves na loja e o ruído dos potes. Em seguida, voltou ao porão, com um braço na escada, carregando um monte de coisas no outro, incluindo um almofariz e um pilão.

Sentou-se com as pernas cruzadas à nossa frente e botou um pouco de três ervas de três frascos diferentes em um almofariz de pedra. Com o pilão de madeira, Jin Lo as macerou, juntas, em seguida derramou um óleo claro sobre elas e repetiu mais um pouco a ação na mistura. Mergulhou o dedo no óleo e o aplicou sobre minha têmpora esquerda. Quando comecei a me afastar, ela disse:

— Não! Fique.

Em seguida, mergulhou o dedo novamente, besuntou minha têmpora direita e os meus punhos.

— O cheiro é forte — falei.

Ela se virou para Benjamin e aplicou o óleo da mesma maneira: dos dois lados de sua testa e na parte de dentro dos punhos.

— Agora — disse ela. — Você se lembrar mais.

— Posso usar um pouco? — perguntou Pip. — Preciso lembrar de coisas também!

— Que coisas?

— Dicas de corrida! Estratégias de pôquer!

Ela balançou a cabeça.

— Muito perigoso lembrar demais — disse ela.

Jin Lo pegou uma das minhas mãos e uma de Benjamin para que as partes de dentro de nossos punhos ficassem pressionados contra os dela. Seus braços eram duros e fortes.

— Vocês seguram também — ordenou, gesticulando com a cabeça para nossas mãos livres.

Benjamin pegou meu punho, e eu, o dele. Era macio, quente e eu sentia sua pulsação batendo através da pele. Nós três nos encontrávamos agora sentados em um triângulo no chão do porão, de pernas cruzadas e conectados pelos punhos. Pip estava sentado do lado de fora, amuado e entediado.

— Fechem olhos agora — disse Jin Lo. — Pensem.

Cerrei meus olhos e senti o óleo nos meus punhos e nas têmporas. Formigava levemente. Imaginei se Benjamin conseguia sentir minha pulsação também.

— Boticário diz esconder — disse ela. — Vocês vão porão.

Senti-me um pouco tonta e desorientada, como se algo estivesse acontecendo com a parte do meu cérebro bem atrás dos meus olhos e também no interior de minhas pálpebras. O presente começou a esvanecer e eu estava vividamente no passado. Não era como uma memória normal, sobreposta ao presente, capaz de coexistir com outros pensamentos e experiências. Era mais como um sonho intensamente real, daqueles que nos acordam, de um tempo e lugar em que eu estivera antes. Lembro-me do terror daquela noite no porão e do nervosismo de estar com Benjamin, esse estranho garoto. Senti seu ombro roçar no meu enquanto ele tentava abrir a fechadura trancada. E, em seguida, ouvi vozes, muito distantes para serem entendidas, na parte da frente da loja, e a explosão. Depois, as vozes dos alemães estavam mais próximas.

— *Wo ist er?* — um deles perguntou.

— *Ich weiss nicht* — respondeu outro. — *Er ist verschwunden.*

— Então? — perguntou Jin Lo, ao meu lado, trazendo-me do passado.

Abri meus olhos, pisquei e tentei repetir as palavras que os alemães tinham dito. Jin Lo escutou.

— Eles não veem boticário — informou. — Dizem "Onde está ele?". Volte. Antes.

Fechei os olhos, senti a estranha sensação de desmaio e novamente descia as escadas do porão com Benjamin, no escuro, antes de os alemães chegarem. Assim que ele tocou meu ombro, ouvi um sussurro rouco, vindo de cima, em inglês. Eu não o escutara antes, em meio à confusão.

— *O abrigo, Benjamin* — sussurrou seu pai. — *Estarei no abrigo.*

Em seguida, vozes distantes, a explosão e sons de coisas derrubadas. A voz alemã perguntou *"Wo ist er?"* mais uma vez.

Abri os olhos.

— Você ouviu? — perguntei a Benjamin.

— O abrigo! — disse.

— Será que não é... o porão?

— Não — respondeu. — Tem um abrigo antiaéreo antigo lá em cima, da época da guerra. Meu pai usa como mesa.

Subimos a escada correndo e Benjamin foi até um canto do escritório. Havia uma mesa baixa e larga, com uma toalha de mesa cobrindo-a e livros e papéis espalhados sobre ela. Benjamin puxou a toalha. A mesa que estava embaixo era, na verdade, uma enorme jaula de metal, com laterais de malha de arame e um tampo de metal plano.

Pip sussurrou:

— Você tem isso na sua *casa*? — perguntou. — Meus pais tinham que lutar para chegar no metrô.

— O abrigo não aguentaria um ataque direto — disse Benjamin. — Mas deveria evitar que as paredes desmoronassem sobre a gente caso, você sabe, um dos V-1 atingisse o seu quarteirão. Meu pai e eu costumávamos entrar e dormir dentro dele durante a noite. Ele fez disso um jogo — fez uma pausa e achei que Benjamin estivesse pensando sobre sua mãe. — Mas não está aqui dentro agora — disse finalmente.

— Ele disse que estaria no abrigo — falei.

— Talvez estivesse nela, e foi embora. Talvez tenhamos ouvido errado. De qualquer forma, os alemães o teriam encontrado aqui.

Procurei por Jin Lo e me dei conta de que ela não havia subido conosco. Voltei para a grade de metal, olhei para baixo e a vi agachada no portão, olhando para a escuridão com uma expressão terrível nos olhos.

— Jin Lo? — chamei.

Ela recuou com a minha voz, parecendo assombrada.

— Você está bem?

Ela sacudiu a cabeça e disse algo que não consegui entender. Desci as escadas e vi que estava tremendo. Sentei-me ao seu lado.

— O que aconteceu?

Jin Lo abriu as mãos em frente ao rosto e olhou para punhos. Estavam brilhando com o óleo do braço de Benjamin e do meu. A força austera em seu rosto havia ido embora e foi substituída por algo selvagem e vulnerável.

O ÓLEO MNEMÔNICO **197**

— Coisas que não quero lembrar — respondeu.

Pip e Benjamin estavam no top da escada, olhando para baixo.

— Ela está bem? — perguntou Benjamin.

— Está tremendo — informei.

— Soldados vêm — disse ela, com uma voz de garotinha. — Exército japonês. Eu tenho 8 anos. Eles matam todo mundo. Pai, mãe, irmão bebê. Acham que estou morta. Tantas armas! À noite, tudo calmo. Eu saio debaixo do corpo, nosso vizinho, e vejo. Cidade inteira... — interrompeu, e seus ombros estreitos se mexeram e tremeram. Pressionou as mãos sobre os olhos, como se fosse bloquear o que vira, espalhando o óleo nas bochechas.

Eu não sabia o que dizer para ajudar. Coloquei minha mão sobre seu ombro e senti o quão exausta ela estava. Eu não sabia se ela conseguiria se mexer.

— Janie — disse Benjamin, depois do que pareceu um longo período de tempo. — Não podemos ficar aqui. Eles podem vir.

Coloquei a mão dentro do bolso de minha calça... calça do Benjamin... e encontrei mais um dos lenços dobrados que seu pai realmente deveria ter passado. Gentilmente, peguei uma das mãos de Jin Lo que estavam sobre o seu rosto e removi o óleo da delicada pele da parte de dentro dos punhos dela.

— Temos que ir — falei. — É perigoso ficarmos aqui.

Peguei seu outro punho e limpei o óleo, em seguida secando as lágrimas e o restante que ficara em seu rosto. Ela deixou, como se fosse uma criança pequena. Seus olhos ainda lacrimejavam.

— Lamento muito sobre a sua família — falei. — E sua cidade.

Ela piscou, inexpressiva.

— Nós precisamos de sua ajuda — continuei. — O boticário disse que estaria no abrigo antiaéreo e nós o encontramos, mas ele não está lá.

Pensei ter conseguido ver seus olhos voltando lentamente ao presente, de um passado distante. Podia sentir que eu estava voltando ao foco.

— Venha e olhe — falei, e a ajudei a se levantar. Ela parecia instável em pé, como se toda força tivesse sido drenada de seu corpo. — Você consegue subir a escada?

— Eu tento — respondeu.

Fiquei atrás dela, a fim de me certificar que seus pés estavam nos degraus, e Benjamin e Pip a ajudaram a sair quando chegou no topo. No andar de cima, ficamos todos de frente para o abrigo antiaéreo e Jin Lo se agachou para olhar através da malha de arame.

— A gente abre — disse e, juntos, retiramos uma das longas laterais do abrigo de seus ganchos.

Jin Lo olhou para dentro novamente. Havia uma tábua plana como piso na parte de baixo do abrigo e eu imaginei um Benjamin pequeno e seu pai dormindo sobre ele.

— Veja isso — disse ela, apontando para uma pilha de poeira branca em formato de cone no piso do abrigo. — Japoneses chama de "Morijio". Como oferenda xintoísta. Mas inglês diz "esposa de Ló"... você sabe o significado?

— Ló é aquele que tinha todo o azar? — perguntou Benjamin.

— Não, esse é Jó — respondi.

— A esposa de Ló se transformou em uma coluna de sal — disse Pip.

Olhei para ele, surpresa.

— Como você sabe disso?

Pip deu de ombros.

— Tive que ir para a aula de religião uma vez, para roubar. Mas as histórias eram legais.

— Esse sal é o seu pai — disse Jin Lo.

— *O quê?* — perguntou Benjamin.

— Encontre agora um béquer de vidro — ordenou ela. — *Limpo.*

CAPÍTULO 22

A Coluna de Sal

Jin Lo entrou no abrigo antiaéreo e juntou todo o sal em um pedaço de papel, catando cuidadosamente cada grão solto com o dedo, mesmo depois de eu ter certeza de que tinha todos. Ainda não acreditava que o sal era o boticário, mas pude notar que ela não queria deixar uma perna inteira para trás. Dobrou o papel e derramou tudo dentro do béquer limpo. Em seguida, levou-o para fora do abrigo. Ela ainda tinha sinais das lágrimas no rosto, mas estava firme novamente.

— Onde ele trabalha? — perguntou.

Benjamin olhou ao redor do escritório cheio de papéis bagunçados e levantou as mãos, oferecendo um lugar.

— Aqui — informou ele.

— Não — disse Jin Lo. — Trabalho *de verdade*. Laboratório.

Benjamin sacudiu a cabeça.

— Não sei.

— Deve ser em casa.

— Não é no andar de cima. Lá é onde moramos.

Olhei ao redor do cômodo, que não tinha nenhuma porta, a não ser a que dava para a loja.

— E a porta que está trancada no porão? — perguntei.

Todos nós descemos a escada em direção à escuridão e Pip pegou seu arame para começar a trabalhar na fechadura da pesada porta de ferro.

— Sem tempo — disse Jin Lo. — Segure, por favor.

Ela me entregou o béquer, moveu Pip para o lado e chutou a porta, que se abriu com o que eu acho que você chamaria de um golpe de kung fu. A porta balançou nas dobradiças, Jin Lo passou calmamente por ela e acendeu uma luz. Benjamin e Pip assistiam, impressionados.

Nós a seguimos para dentro do que era um laboratório, como ela havia prometido. Enquanto o porão parecia empoeirado e em desuso, o local era imaculado e organizado, com fileiras de garrafas e jarros brilhantes. Havia um forno em uma parede, uma pia e uma fila de bicos de gás. Béqueres, frascos, caldeirões, almofarizes e pilões de tamanhos variados: alguns eram feitos de madeira e, outros, de mármore branco, mas uma tigela parecia de ônix negro e, outra, de jade verde.

Jin Lo começou a se mover pelo laboratório como um chef em sua própria cozinha, pegando uma caçarola enorme de cobre. Esvaziou o líquido branco de uma garrafa grande dentro dela, um líquido claro de outra e acendeu o bico de gás na parte de baixo.

— Você não vai colocar meu pai aí dentro — protestou Benjamin.

— Nós esperamos muito — disse ela, derramando sementes pretas no almofariz de jade verde —, mais difícil de mudar. Quer ele assim? — perguntou. Jin Lo me entregou o almofariz e o pilão. — Amasse — ordenou.

— Mas e se fizermos algo errado? — insistiu Benjamin.

Jin Lo observou as prateleiras novamente e deu um tapa na mão de Pip, afastando-a de um frasco que dizia RAIZ DE ALCAÇUZ.

— Só um pouquinho? — implorou ele.

Ela o ignorou. Comecei a moer as sementes pretas com o pilão pesado.

— Preciso de um minuto com o béquer — disse Benjamin.

Jin Lo olhou para ele.

— É *sal* — falou ela.

O maxilar de Benjamin estava contraído.

— Ainda assim, quero — disse ele. — É meu.

Jin Lo suspirou para aquele sentimentalismo e o deixou ter o béquer. Benjamin o segurou com ambas as mãos e se afastou de nós. Ele estava dizendo algo para o pai, mas, mesmo no cômodo pequeno, não consegui entender.

O líquido na caçarola havia começado a ferver, Jin Lo adicionou um pó vermelho-escuro e, depois, uma pasta amarela, que mediu em colheradas, de um pote. Pegou o almofariz e inspecionou meu trabalho, em seguida, deu mais algumas moídas enfáticas com o pilão e botou as sementes dentro. Mexeu a caçarola e levantou a colher de madeira, experimentando: enquanto fervia, a solução começava a ficar mais densa, em um destilado marrom-esverdeado. Caiu da colher de volta dentro da panela. Ela se inclinou e sentiu o aroma.

— Agora — disse a Benjamin.

Ele olhou para a caçarola.

— Não posso — respondeu, agarrando o béquer.

— *Agora* — ordenou Jin Lo. — Será muito tarde, muito grosso.

— Você já fez isso antes? — perguntou ele.

— Não — respondeu. — Eu ler como.

— E se lembrar errado?

Jin Lo deu de ombros.

— Então ele fica sal.

Eu podia sentir o medo de Benjamin em largar seu pai e nunca mais vê-lo. Finalmente, ele entregou o béquer a Jin Lo e se virou, incapaz de assistir enquanto ela derramava seu pai dentro da gororoba.

Pip puxou um banco de pé para ver dentro da caçarola e eu fiquei na ponta dos pés. Enquanto Jin Lo mexia, a mistura adquiriu uma consistência mais grudenta ainda. A princípio, nada aconteceu. Percebi que eu não estava respirando. Acho que Pip também não estava. Pensei nas bruxas de *Macbeth*, debruçadas sobre o caldeirão, esperando que sua magia maligna acontecesse. Era "olho de salamandra e língua de sapo"? Algo do gênero.

Jin Lo retirou a gororoba de dentro da caçarola com a colher, mexendo-a e esticando como bala puxa-puxa. Cada vez que fazia isso, parte permanecia esticada por algum tempo. Benjamin não conseguiu suportar e se virou para olhar. Pensei ter visto algo como um joelho se formando enquanto Jin Lo puxava. Aquilo manteve o formato por um segundo antes de afundar de volta na caçarola. Pisquei, pensando ter imaginado. Então, tive certeza de ver parte de um braço, antes de afundar novamente.

Em seguida, a mistura inteira começou a borbulhar, até a borda: o formato da cabeça do boticário apareceu, e afundou de novo. Depois, sua cabeça voltou, com ambos os ombros. Duas mãos grudentas agarraram as laterais da caçarola e puxaram seu torso, e, então, suas pernas saíram da gororoba. Ele saiu para cima do balcão, elevando-se sobre nós, e Jin Lo lhe entregou uma toalha de linho para cobrir a nudez que se revelaria quando toda a mistura saísse. Ele a enrolou em volta da cintura automaticamente, como um homem na praia, e ela lhe entregou uma segunda toalha, para limpar o rosto e os braços. Pip assistia boquiaberto. Tenho certeza de que eu também. Jin Lo havia reconstituído o boticário de uma minúscula pilha de sal e ele estava parado à nossa frente, inteiro e vivo.

O homem observou à sua volta, atordoado, e esticou as mãos à frente do corpo, olhando para elas. Em seguida, viu seu filho encarando-o de baixo.

— Benjamin! — exclamou.

Pip desceu de seu banco de pé e o ofereceu para o boticário, que desceu do balcão. Ele limpou de seu peito pálido a mistura, que caiu no chão. Benjamin atirou os braços ao redor do pai e o homem pareceu surpreso, em seguida abraçando-o também. Eu me lembrei da briga na loja, como Benjamin não queria ser um boticário e me perguntei se há muito tempo eles não se abraçavam assim. Benjamin era tão alto quanto o pai, mas apoiava sua cabeça no ombro dele com os olhos fechados, como uma criança. Senti uma pontada de emoção, pensando em meus próprios pais, que estavam no interior sem saber nada sobre onde eu estava.

Quando Benjamin e o pai se soltaram, Jin Lo deu um passo à frente e estendeu a mão.

— Eu sou Jin Lo.

O boticário piscou ao vê-la.

— Você é?

— Não seguro aqui — disse ela. — Vamos agora. Você tem roupas?

— Sinto muito — respondeu ele. — Em nossas correspondências, eu pensava que você era... bem, um homem.

Jin Lo deu de ombros, como se ouvisse aquilo o tempo todo. Ela era extraordinariamente bonita, em especial quando parava de parecer irritada e aparentava estar aliviada, assim como agora, que o boticário havia retornado.

O sr. Burrows se deu conta de todos nós agora.

— Você é a menina americana — disse para mim.

— Sim — falei. — Janie. Esse é Pip.

— Pip — repetiu ele, ainda atordoado, e se virou para Jin Lo. — Quanto tempo tem isso? Perdi o teste?

— Não — respondeu ela. — Nos encontramos no barco amanhã.

— Que teste? — perguntou Benjamin.

O boticário esfregou a testa grudenta.

— Eu não terminei de preparar.

— Você ter coisas que precisa? — perguntou Jin Lo.

— Sim, é claro — respondeu o sr. Burrows, limpando o rosto.

A maior parte da mistura, agora, havia saído de seu corpo e caído no chão. Benjamin encontrou para ele óculos sobressalentes. O boticário pegou uma muda de roupa dobrada de um armário e rapidamente se vestiu; em seguida, olhou para as suas prateleiras. De outro armário, pegou uma maleta de médico de couro preto e começou a enchê-la com seus frascos. Jin Lo o ajudou, sugerindo itens.

— Tenho que ir até o Physic Garden — disse o sr. Burrows.

Dei-me conta de que ele não teria como saber.

— O jardineiro está morto — informei.

Ele olhou para mim.

Foi logo então que Pip olhou para cima, com um ramo de raiz de alcaçuz na boca.

— Shh! — disse. Ele apontou para o teto.

Nós ouvimos. Passos no andar de cima.

— Existe uma saída aqui embaixo? — sussurrei.

O boticário balançou a cabeça. Pegou um pote de pó cinza da prateleira e o entregou para Jin Lo, que o abriu e assentiu, como se tivesse entendido. Ela pegou um longo tubo de ensaio de uma prateleira de ferramentas e o enfiou dentro do pó, como se fosse um canudo de beber.

O sr. Burrows pegou sua maleta de médico em silêncio.

Jin Lo subiu a escada primeiro, carregando o pote de pó, e eu a segui. Vi as costas de dois homens agachados na loja, inspecionando o abrigo antiaéreo remexido. Eu não conseguia ver o rosto deles, mas sabia, por suas silhuetas, que eram Danby e o Cicatriz.

Jin Lo caminhou silenciosamente em direção à porta, em silêncio. Eu saí do porão, mas não era tão discreta quanto ela. Uma tábua do chão rangeu, os homens me ouviram e se viraram.

O Cicatriz veio para cima de mim, mas Jin Lo puxou o canudo do pote e soprou uma nuvem de pó cinza no rosto dos homens. Ambos levaram as mãos aos olhos. Danby gritou e o Cicatriz disse algo em alemão. Ele tocou em Jin Lo, tentando agarrá-la às cegas, mas ela conseguiu se esquivar.

Nós corremos pela frente destruída da loja e saímos, seguidas por Benjamin, seu pai e Pip. Danby e o Cicatriz tentaram nos seguir, mas se chocaram contra as prateleiras que estavam de pé, incapazes de enxergar.

— Aquela coisa é permanente? — perguntou Benjamin enquanto caminhávamos apressadamente pela Regent's Park Road, mas não rápido o suficiente para atrairmos atenção.

— Ah, não — respondeu seu pai. — Seria uma coisa horrível cegar alguém.

— Não seria tão terrível cegar *esses dois* — retrucou Benjamin.

— Ah, sim — discordou o sr. Burrows. — Até eles.

CAPÍTULO 23

O Plano do Boticário

O sangue pareceu ter sido drenado do rosto do boticário quando ele soube como o jardineiro havia sido assassinado. Não achei que seria seguro voltar ao jardim, mas o sr. Burrows insistiu que precisava ir. Benjamin e Jin Lo o ajudaram na esquina até o apartamento dos meus pais, onde entrei correndo para avisar a sra. Parrish que iria passar a noite com minha amiga Sarah para fazermos nosso dever de casa de latim juntas.

— Seus pais não se importarão? — perguntou a sra. Parrish.

— Não, de forma alguma — respondi.

— Na minha época, uma menina com o mínimo de beleza nunca se preocupava com latim — disse ela. — Garotos não gostavam de uma menina que fosse *muito* inteligente.

— As coisas de fato mudaram! — falei, sorrindo com animação e um pé fora da porta.

Eu conseguia sentir o cheio de gim em sua respiração de onde estava. Esperava que ela não percebesse que eu estava usando roupas de Benjamin.

— Ah, bravo mundo novo — disse a sra. Parrish. — Susan, o nome de sua amiga é?

— Sarah — respondi.

— Certo — disse ela. — Sarah. Melhor eu anotar isso.

— Até logo, sra. Parrish! — disse, e fechei a porta do apartamento.

Contamos ao boticário, enquanto pegávamos os becos de trás para Chelsea, no escuro, como havíamos sido sequestrados e levados para Turnbull e, depois, quase capturados pelo sr. Danby, nosso professor de latim, que parecia um espião, e seu amigo da polícia secreta alemã.

— Danby nos disse que o Cicatriz é um agente duplo trabalhando para a Inglaterra — contou Benjamin. — Mas nós achamos que *Danby* é o agente duplo, trabalhando secretamente para os soviéticos.

— Entendo — disse seu pai, mas eu não tinha certeza disso.

Chegamos ao Chelsea Physic Garden e o boticário olhou para o portão trancado.

— Preciso ver onde o jardineiro morreu — disse ele.

Eu tremi com a ideia de ir até o chalé, mas o ajudamos a pular a cerca. Pip e Jin Lo a escalaram sozinhos com facilidade e aterrissaram do outro lado.

O jardim estava quieto e caminhamos pela grama que ladeava o passeio, a fim de evitar o ruído do cascalho. Mostramos o relógio de sol quebrado e ele olhou através da janela para o chão onde encontramos o jardineiro. Ainda havia uma mancha escura, que eu sabia que deveria ser de sangue. Não parecia uma boa ideia invadir o cenário de um crime.

— Não havia necessidade alguma de o matarem — falou o boticário. — Era o homem mais gentil que conheci.

— Eles o mataram porque estava nos ajudando — afirmei. — A culpa é nossa.

— Não — discordou. — É minha.

Nós mostramos a ele onde o elixir das aves havia sido escondido: entre as fileiras verdes de *Artemisia veritas*.

— Vocês...? — perguntou o sr. Burrows.

— Eu fui uma calhandra — respondeu Benjamin. — Foi assim que escapamos de Turnbull.

Seu pai sorriu de um jeito triste.

— Meu pai me mostrou o elixir das aves para me convencer a ser um boticário. Eu planejava fazer o mesmo com você.

— Teria funcionado — disse Benjamin.

— Sim, vejo isso agora. Eu ia lhe contar quando achasse que estivesse pronto. Mas você... bem, parecia muito inclinado a seguir uma direção diferente.

— Se você tivesse me contado a verdade, talvez eu não estivesse. Ficar perto do chalé me deixava nervosa.

— Eu não acho que deveríamos ficar aqui — falei. — Alguém irá nos encontrar. Quanto tempo Danby e o Cicatriz permanecerão cegos?

— Isso depende da dosagem e da exatidão do sopro — respondeu o boticário.

— Muito exato — disse Jin Lo. — Dosagem completa.

— Então, talvez, a noite inteira — especulou o sr. Burrows. — Mas preciso estar no jardim assim que amanhecer.

— Podemos nos esconder na amoreira branca — sugeriu Benjamin. — Eu costumava brincar lá dentro.

Ele nos levou para longe do chalé e fora do jardim interno, até uma árvore com longos galhos que caíam até o chão. Segurou um deles para o lado e entramos, em um espaço oco que parecia uma caverna verde, com área suficiente para nós cinco sentarmos no tronco.

— Que esconderijo! — exclamou Pip.

Ele se jogou no chão, de barriga para cima, a fim de olhar para a copa de folhas.

— Então, conte-nos por que o Exército britânico e a segurança soviética estão atrás de você — pediu Benjamin ao pai.

O sr. Burrows sentou-se no chão e pareceu organizar os pensamentos.

— Seu avô, seu bisavô e gerações de nossa família, até a Idade Média, estavam engajados em um estudo da matéria, que começou por meio das tentativas de curar o corpo humano — disse. — O trabalho tem sido sempre secreto e com frequência considerado uma ameaça por várias autoridades... com exceção de Henrique VIII. Ele era muito interessado em medicina e aberto às soluções criativas para seus diversos infortúnios. O problema foi que ele mudava de ideia muito rápido sobre quais soluções deveriam ser adotadas. Assim como fez com as esposas.

— Nossos ancestrais conheciam o *rei*? — perguntou Benjamin.

— Favores reais sempre aconteceram — respondeu seu pai.

— Os segredos, enquanto isso, eram mantidos na Farmacopeia — disse. Ele pareceu ansioso repentinamente. — Você tem o livro?

Pude perceber pelo rosto de Benjamin que ele havia esquecido a Farmacopeia.

— Está a salvo — respondeu.

— A salvo onde?

— Na escola.

O boticário pareceu perplexo.

— Onde o seu sr. Danby trabalha?

— O sr. Danby está cego e não sabe que está lá — falei.

— Espero que você esteja certa — disse o sr. Burrows, e continuou: — Com o tempo, na medida em que as viagens e as correspondências se tornaram mais fáceis, nós começamos a procurar pessoas em outros países que fossem engajadas em estudos similares. O trabalho sempre foi acelerado, pelos tempos de guerra, quando os ataques ao corpo humano são maiores. Quando métodos novos e inovadores para ferir são descobertos, nós encontramos métodos novos e inovadores para combater os ferimentos e a dor. E é claro que existem ramificações da prática e descobertas que não têm relação alguma com medicina. Alterações temporárias.

— Como se transformar em pássaros — disse Pip.

— Exatamente — confirmou o boticário. — Diga-me de novo quem é esse garoto.

— Ficamos presos em Turnbull juntos — respondeu Benjamin. — Ele nos ajudou a escapar. É um amigo.

— Então eu lhe devo meus agradecimentos.

Pip assentiu.

— Continue com a história.

— Quando você era muito pequeno, Benjamin, a guerra começou — disse ele. — Crianças eram enviadas para o interior aos milhares, com etiquetas amarradas em torno do pescoço. Você era muito novo para ir sozinho. Algumas mães as acompanhavam, é claro, mas a sua me ajudava em meu trabalho. Ela não queria ir com você e eu... bem, eu não sabia o que faria sem vocês dois. E por um longo tempo nada aconteceu. Recebemos uma máscara infantil de gás para você e sua mãe carregava aquela coisa horrorosa para todos os lugares, mas nunca tivemos de usá-la.

"Então, a blitz começou, e as bombas vinham todas as noites. Centenas de aviões alemães carregando centenas de toneladas de explosivos e bombas incendiárias. Finalmente, decidimos que você não poderia ficar em Londres, que sua mãe teria de tirá-lo da cidade. Estávamos acertando tudo para ambos irem embora quando uma bomba caiu, uma noite, sem explodir, no meio da Regent's Park Road."

O boticário fez uma pausa e olhou para as mãos.

— Sua mãe tinha habilidades com enfermagem e trabalhou para o Serviço Voluntário para Mulheres. Ela estava fora depois que o ataque aéreo acabou, ajudando a ver quem fora ferido, quando a bomba, de repente, explodiu e a lançou contra uma parede. O pescoço de sua mãe quebrou e ela morreu instantaneamente.

Sob a amoreira, houve um silêncio que parecia encher meus ouvidos e afastar todos os sons.

— Pessoas estavam apagando incêndios — disse ele. — E eu estava lá sentado na rua, no caos, com a minha esposa morta nos braços. Nunca senti tamanha dor! Fui atingido pela estupidez do bombardeio. E o medo. E todos aqueles jovens morrendo na França, Itália, Grécia, África e Alemanha, em nome da vitória... Eu estava em meio a um tipo de pesadelo durante aqueles anos. Um tipo de choque.

"Depois, as bombas foram lançadas em Hiroshima e Nagasaki, para acabar com a guerra no Pacífico. E houve grande comemoração e alívio. Parecia... monumental. Os americanos tinham um poder grandioso. Eu fiquei ciente, por meio da minha correspondência com outros cientistas, que os experimentos nucleares estavam acontecendo, mas não me sentia preparado para a bomba. A primeira coisa da qual me recordo pensar é que a dor excruciante que senti quando sua mãe morreu espalhava-se por aquelas duas cidades japonesas, centenas de milhares de vezes pior, em duas nuvens pavorosas. Na verdade, por todo o país."

Jin Lo havia começado a chorar em silêncio, e o boticário se virou para olhá-la. Achei que ela estava lembrando dos soldados japoneses na China e tentei pensar em como explicar aquilo para ele. Ela pareceu ler minha mente.

— Estou bem — disse Jin Lo, e limpou os olhos. — Conte história.

— Havia tanta raiva, dor, escândalo e perda — disse o sr. Burrows. — E agora havia essa bomba terrível, com a qual pessoas agressivas podiam simplesmente eliminar outras do mapa. Eu tinha esse menino pequeno, veja você, sendo criado na dor e nos escombros, e não conseguia imaginar deixá-lo crescer com tal medo. Não era um mundo que merecia ter uma bomba tão medonha.

Ele fez uma pausa.

— Então, comecei a trabalhar — disse. — Eu sabia, de maneira geral, o que os cientistas atômicos estavam fazendo, e sabia como rearranjar os átomos, manipulá-los para fazer de uma coisa, uma outra. Era o trabalho do meu pai e do meu avô. E, enquanto eu trabalhava, rumores se espalhavam. Os soviéticos estavam criando a sua própria bomba e os americanos construíam outras, maiores ainda. Ambos os países se armavam com recursos que poderiam destruir o mundo. As pessoas diziam que, contanto que ambos tivessem armamentos tão terríveis, ninguém nunca os usaria. Mas eu achei que sabia alguma coisa sobre pessoas e suas armas. Elas *querem* usá-las.

— É claro que querem — disse Pip, prestando atenção com as pernas cruzadas sob o corpo, o queixo nas mãos, como uma criança ouvindo um livro de contos.

— Eu queria desenvolver um jeito de tornar uma cidade inteira segura — continuou o boticário. — Mas isso é algo difícil de se fazer. Primeiro, pensei em criar um tipo de escudo... uma área na qual seria impossível a um átomo se dividir. Um pequeno escudo era possível, mas um em grande escala, o suficiente para uma cidade, era muito difícil.

"Então, pensei em algum tipo de contenção, algo que pudesse ser feito *depois* de a bomba ser lançada, desde que muito rapidamente. Eu sabia, por ter feito parte da Air Raid Warden, grupo que organizava as manobras de defesa durante os ataques aéreos, que haveria algum aviso quando um avião fosse visto. Então, talvez, se eu não conseguisse manter um escudo para proteger uma cidade, poderia, pelo menos, controlar os danos e a radiação causados pela bomba.

"Comecei a escrever para as pessoas que estavam fazendo esse tipo de trabalho em outros países. E comecei a me corresponder com Jin Lo." Ele olhou para a jovem mulher, com sua longa trança escura. "Que eu imaginava ser bastante diferente: um homem eminente e grisalho."

Jin Lo deu de ombros.

— Isso não é importante.

— Você desenvolveu a rede mais elegante — disse ele. — Gostaria de descrever?

— Você contar *tudo* para eles? — perguntou ela.

— Apenas os termos gerais.

Ela deu de ombros.

— A rede cria um polímero.

O boticário esperou que Jin Lo continuasse, mas ela não o faria.

— A ideia é brilhante em sua simplicidade — explicou ele. — Ela insere partículas no ar que reagem com radiação a fim de criar, como diz, um polímero extremamente forte, que em seguida se contrai, enquanto se solidifica. A contração faz com que a explosão volte para si mesma de uma maneira firme. Se funcionar, será algo de uma beleza enorme.

— E, se não, nós morremos — disse Jin Lo.

O sr. Burrows a ignorou.

— Meu papel era absorver a radiação que seria liberada, mesmo se a rede contivesse a explosão — falou ele. — Eu estava convencido de que a solução era botânica. Assim como as plantas filtram nosso dióxido de carbono nós, eu tinha certeza de que poderia encontrar uma que absorvesse radiação. Tentei vários métodos, e finalmente optei pela flor da árvore jaival, uma flor de lótus branca trazida da Índia por comerciantes no século passado. O ar ao redor dela é particularmente rico em Quintessência — explicou. O sr. Burrows esperou, como se fôssemos capazes de entender o que ele disse e responder maravilhados.

— E... o que é a Quintessência? — perguntei.

— O quinto elemento! — exclamou, pasmo com a minha ignorância. — A fonte de toda vida. Uma força vital para combater uma força mortal, veja você. Mas a jaival desse jardim, aqui, é a única na Inglaterra, e tem um ciclo de vida muito longo e lento. Floresce apenas uma vez a cada sete anos. Não o fará até 1955, daqui a três anos. Eu pensava que isso não importaria, da mesma forma que achava que teríamos tempo. Mas, então, a Rússia começou a testar suas próprias bombas, e a Inglaterra começou a desenvolver capacidades atômicas. Eu não tinha escolha a não ser tentar fazer com que florescesse à força... o que se tornou muito difícil.

O boticário ficou em silêncio, aparentemente preocupado com todas as complicações do ciclo de vida da árvore jaival.

— E então? — insistiu Benjamin.

— Sim, então — continuou o sr. Burrows —, Leonid Shiskin, nosso contato na Embaixada soviética, trouxe notícias dizendo que a União Soviética estaria testando uma nova bomba no Norte, em um arquipélago chamado Nova Zembla. Então tivemos de acelerar nosso plano. Jin Lo e nosso físico húngaro, o conde Vilmos, que vivia em Luxemburgo, viriam para Londres.

Benjamin e eu nos entreolhamos... um conde húngaro! O homem do hotel!

— Mas, então, Jin Lo foi capturada ao chegar — continuou o boticário —, e eu quase fui também. As autoridades britânicas devem ter interceptado nossas cartas e descoberto nosso código. Nós os subestimamos. Se o conde Vili está a salvo, então o barco talvez permaneça um segredo. Nunca fora mencionado nas cartas. Mas não temos meio algum de saber se ele está seguro.

— Ele é um pouco gordo e tem um estilo meio dândi? — perguntou Benjamin.

O boticário se animou.

— É ele! Você o viu?

— Vimos Shiskin passar uma mensagem para ele em um jornal — falei. — No dia seguinte em que lhe entregou uma. Nós o seguimos até um hotel, mas não conseguimos descobrir seu nome.

O sr. Burrows franziu as sobrancelhas.

— Por que estavam me espionando?

— Não estávamos, espionávamos *Shiskin* — respondeu Benjamin, irritado. — Achei que ele estava espionando a *Inglaterra*.

— Mas você deve ter sabido que aquelas pessoas eram meus colegas.

— Eu não sabia de nada, porque você não me *contou* nada!

— Conte-nos mais sobre o conde Vili — pedi, a fim de evitar que os dois tivessem a mesma discussão novamente. — Ele não é um físico comum, certo? Ele é um físico tal como você é um boticário.

— Seu nome é conde Vilmos Hadik de Galántha — ele respondeu. — Tornou-se órfão durante a Primeira Guerra e foi enviado a Luxemburgo com um tutor alemão e uma boa quantia em dinheiro. Seu tutor não era, como você diz, um físico normal e fez do menino seu aprendiz. Vili tinha um grande talento para o trabalho.

— Assim como você — falei, virando-me para Jin Lo.

Ela havia soltado a trança e penteava com os dedos as mechas sedosas que chegavam à sua cintura. Sempre que eu soltava meu cabelo, ele mantinha o formato de cada parte da trança, até que eu o lavasse, mas o de Jin Lo parecia uma cascata de água preta e lisa.

— Encontrei Vili quando ele veio para a Inglaterra a fim de ir a Cambridge — continuou o boticário. — Ele era imaturo e não tinha foco algum. Gostava de passar todo tempo bebendo e navegando em chalanas pelo rio. Meu pai o considerava uma desgraça para nossa arte. Mas, como muitos homens, ele por fim encontrou seu propósito e caminho. E conquistou o que nenhum de nós considerava possível. Descobriu uma maneira de parar o tempo.

— Isso é impossível — disse Benjamin.

— Bem, sim — prosseguiu seu pai. — É mais preciso que ele *congele* o tempo, da forma que resfriamos acima do recomendável algumas reações químicas para que aconteçam em um ritmo bastante lento. Ele cria um atraso temporal ao seu redor imediato, do qual se isenta, a fim de poder se mover com rapidez. É impressionante. Os húngaros são adeptos à física, matemática e música. Sempre pensei que deve ser porque pouquíssimas pessoas falam seu idioma. Encontraram meios extralinguísticos de interação com o restante do mundo.

O boticário sorriu com aquele pensamento.

— Então, ele congela o tempo — disse Benjamin, trazendo-o de volta para sua história.

— Bem, obviamente, seria muito útil — continuou o sr. Burrows. — Você poderia organizar bem suas coisas, de alguma forma. Ele também tem uma grande fortuna, o que é mais útil de imediato. Encontrou um barco de pesquisa quebra-gelo para nos levar ao Norte. Ele conhece e confia na tripulação norueguesa e tem fretado o barco para cruzeiros do Norte para os fiordes. É nossa única esperança de chegarmos perto de Nova Zembla.

— Mas, primeiro, precisamos da árvore jaival — lembrou Jin Lo.

Ela havia trançado o cabelo novamente, com dedos rápidos e ágeis, em uma corda sedosa.

— Sim, é claro — concordou o boticário. — Começaremos pelo amanhecer, à luz do sol. Por enquanto, acho que devemos ficar aqui e dormir.

— Mas não bebemos nenhum *chá* — disse Pip.

O sr. Burrows parecia perplexo. Ele podia se transformar em sal, acreditava que conseguiria parar uma bomba atômica, mas não seria capaz de fazer um jantar, de repente, para três crianças, sob uma amoreira.

— Tomaremos café pela manhã — disse ele. — Não podemos arriscar sair do jardim. Todos vocês sabem demais.

Pip semicerrou os olhos de lêmure para o boticário e disse:

— Olhe, senhor, faça o que quiser, mas eu não vou dormir no chão sem o meu chá.

Em seguida, houve um farfalho de galhos e ele saiu, como se nunca tivesse estado ali.

Ninguém foi atrás de Pip... ninguém poderia tê-lo pego... mas o boticário se virou para nós, em tom de acusação:

— O que sabem sobre aquela criança? — perguntou. — Como sabem que não foi infiltrada naquela cela com vocês?

— Pensamos ter sido, a princípio — falei. — Mas não foi.

— Você se responsabiliza por ele?

— Sim.

— Eu também — disse Benjamin.

— É possível que ele seja pego lá fora?

— Quase impossível — respondeu seu filho.

— Ainda assim, foi inconsequente trazê-lo conosco — disse o pai.

— Inconsequente não — discordou Jin Lo. — Eu responsabilizo também.

Então ela amarrou seu macacão bem apertado em volta do corpo, jogou a trança sobre o ombro e se deitou como se dormisse debaixo de árvores o tempo todo. O boticário, em minoria, deitou de barriga para cima com a cabeça sobre a maleta médica. Aquilo deixou uma área de mais ou menos 1 metro quadrado para mim e Benjamin.

Estiquei a capa de chuva azul roubada no chão e dobrei o braço para fazer de travesseiro. Não havia jeito algum de eu poder pegar no sono. Uma coruja piou do lado de fora, na noite, e fiquei feliz que, pelo menos, eu não era mais um pequeno pássaro e uma presa. O chão estava frio e comecei a tremer dentro da blusa e do casaco de Benjamin.

— Você vai congelar — sussurrou ele, então, colocou o braço sob a minha cabeça e abriu sua jaqueta para que eu pudesse dividi-la.

Estava quente dentro da jaqueta e eu podia sentir seu cheiro de menino. Ele parecia tão longe de dormir quanto eu.

— Benjamin — sussurrei.

— Sim?

— Vai ficar tudo bem?

— Espero que sim — respondeu ele, e pude sentir a pulsação de seu braço contra a minha bochecha. — Realmente espero.

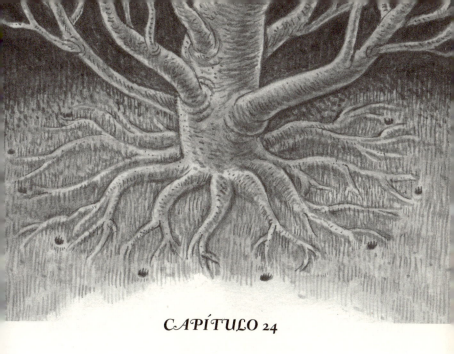

CAPÍTULO 24

A Força Negra

Devo ter dormido, finalmente, porque sonhei que estava em um barco, em mar aberto, entre focas e leões-marinhos que emergiam da água e falavam norueguês. Eu me sentia em pânico durante o sonho por não ter a Farmacopeia comigo, e quando a recuperei, suas páginas estavam assustadoramente em branco.

Acordei ao amanhecer com o barulho dos passarinhos, e não sabia onde estava, até que vi o rosto de Benjamin, piscando e se mexendo perto do meu. A luz da manhã era filtrada pelas folhas da amoreira. Sentei-me e vi o boticário e Jin Lo acordando também.

Ela estava espanando a terra de seu macacão. Nenhum dos dois pareceu notar que eu dormira dentro da jaqueta de Benjamin, com ele. Seu pai estava distraído demais e eu tinha certeza de que Jin Lo jamais notaria algo desse tipo.

— Aquele garoto não voltou — disse o boticário. — Seu amigo.

— Ele voltará — prometi, embora não tivesse certeza.

Saímos de nossa pequena caverna de folhas com cuidado e não havia nenhum oficial da polícia esperando para nos prender, nada de Danby com sua visão recuperada, nada do Cicatriz. O boticário nos guiou pelo jardim coberto de orvalho até uma árvore sem folhas, que eu não vira antes. Seus olhos estavam fixados nela, como se encarasse um desafiador adversário. Não havia um broto sequer na árvore ou alguma parte de coloração marrom viva no tronco. Poderia ter sido uma escultura feita de pedra ou concreto: uma vastidão de galhos lisos, cinzentos e nus, tentando alcançar o céu.

— Você pode fazê-la florescer? — perguntei.

Ele não respondeu, mas começou a revirar sua maleta metodicamente.

Jin Lo foi até o barracão do jardineiro e pegou uma vara longa de metal com o cabo em formato de um T. Ela caminhou ao redor da árvore, fazendo buracos profundos na terra, entre as raízes cinzentas e retorcidas. O boticário a seguiu com uma garrafa que continha um pó verde, jogando-o dentro dos buracos.

Em seguida, andou ao redor da árvore, mais uma vez, com uma garrafa de líquido transparente, derramando-o nos mesmos buracos em que havia salpicado o pó. Uma espuma verde borbulhou do chão, até que se formasse um borbulhante círculo de bolhas efervescentes em volta das raízes e do espesso tronco.

O boticário deu a volta pela terceira vez, com uma espátula, e cobriu todos os buracos com terra, para que a efervescente espuma ficasse presa no subsolo. E, então, afastou-se, voltando para perto de nós, e esperou. Lembrei-me de um poema que tínhamos lido na escola: "Faça um círculo três vezes ao redor dele e feche seus olhos com temor sagrado."

Mas nada aconteceu. Nós observávamos e esperávamos.

— Esta é a árvore jovial? — disse uma voz atrás de mim. Virei-me e vi Pip, segurando um saco de papel.

Ele se aproximou sem que nenhum de nós percebesse e havia trocado o macacão arregaçado por suas próprias roupas e sapatos.

— Você voltou! — exclamei.

— Acha que eu iria perder o espetáculo? Tenho pães.

Pip esticou o saco, eu limpei minhas mãos sujas e peguei um. Estava quente, macio e o cheiro era delicioso, então, percebi que me sentia faminta.

— Onde arrumou isso?

— Uma senhora portuguesa os faz na King's Road — respondeu, e deu uma mordida no pãozinho dourado.

Benjamin disse:

— Olhem!

Eu olhei e pequenas folhas esverdeadas começavam a aparecer e se desdobrar na árvore. Enquanto se desenrolavam, cresciam, até se tornarem folhas grossas, verdes e cerosas em cada galho. Então, enquanto mais ainda se desdobravam, pequenos botões de flores brancas surgiam.

— Pegue isso — disse o pai de Benjamin, entregando a ele uma redoma de vidro. — Não sei quanto tempo a flor vai durar.

Os botões cresceram e se tornaram um monte de pétalas firmes, do tamanho de um punho fechado, que em seguida se abriram pela árvore inteira. Era como se a enorme árvore tivesse, espontaneamente, entrado em combustão, mas o fogo era feito de flores brancas, tão grandes quanto a minha cabeça. O perfume no ar, era inebriante e doce, como na primavera.

O boticário puxou um galho com uma das flores brancas e mostrou a Benjamin como colocar a redoma sobre ela. Em seguida, arrancou-a. Eles cortaram mais duas, e o seu pai amarrou um pedaço de pano bem apertado debaixo da base aberta da redoma e o umidificou com um líquido de uma garrafa.

Assim que selou as três flores, um retumbante barulho emergiu das profundezas da terra, dentre as raízes da árvore, e o espesso tronco pareceu estremecer.

O boticário demonstrou preocupação.

— Afastem-se — ordenou, e todos nós demos um passo para trás, paralisados.

Uma das flores brancas na árvore tremeu e começou a murchar, seguida de outra. Enquanto cada uma encolhia, tornando-se cinzentas e enrugadas, uma fumaça negra e densa se formou. O sr. Burrows correu na direção da árvore e arrancou mais uma flor, enquanto ainda estava branca e fresca. Rapidamente a dissecou com um canivete, espremendo dentro de um frasco um óleo do bulbo de seu miolo.

Em seguida, olhou para cima, e todos nós assistíamos à fumaça da árvore se juntar e formar uma nuvem negra. Mais uma vez, houve um retumbante ruído, e, agora, vinha de dentro dela, como um trovão. Porém, não era um trovão. Era mais como uma reação de reprovação. Não posso descrever a nuvem com exatidão, a não ser que parecia *inteligente*. Parecia um ser enorme, feito de vapor, personificado com o poder da intenção, da vontade. Naquele momento, a ideia me pareceu boba, mas eu não podia ignorar a sensação, e, agora, não parece tão boba assim. A nuvem se afastou deliberadamente, como se soubesse aonde iria, na direção do céu.

O boticário ajeitou os óculos no nariz, assistindo à nuvem planar sobre Londres.

— Eu temia que isso acontecesse — disse.

— O que é isso? — perguntou Benjamin.

— Uma consequência por forçar o florescimento. É algo como a radiação liberada quando dividem um átomo, suponho. A Farmacopeia a chama de Força Negra.

— É perigosa?

— Não tenho certeza — respondeu ele. — Nunca vi acontecer desse jeito.

O sr. Burrows pegou uma das flores cinzentas da árvore para inspecioná-la, mas ela se desfez em pó em suas mãos.

Olhei para as flores da árvore na redoma, que ainda estavam perfeitas e frescas, com pétalas grossas e cerosas.

— Não afetou as suas.

— Tomei precauções — disse o boticário. — Agora precisamos recolher nossas provisões e ir até o barco.

— Nós precisaremos de agasalhos mais quentes para Nova Zembla — alertou Benjamin. — E botas.

Seu pai piscou os olhos para ele.

— Nós? *Você* não vai para Nova Zembla.

— Vou sim — disse Benjamin. — Você precisa de mim.

— Se Benjamin for, eu vou — falei.

— Eu também! — exclamou Pip.

O boticário, que não agira como pai até agora, juntou toda a sua indignação paternal e pareceu crescer alguns centímetros.

— Vocês acham que eu levaria *crianças* para testar uma bomba atômica?

— Podemos ajudá-lo — provoquei. — Jin Lo, diga a ele que somos úteis!

Jin Lo deu de ombros. Eu estava ficando cansada da sua encolhida eloquente.

— Eles ajudam um pouco — admitiu ela.

— Nós ajudamos bastante!

— Está fora de cogitação! — disse o boticário. — Basta! Preciso checar minhas anotações.

Ele apalpou os bolsos, mas não encontrou nada. Nós esperamos.

— Estão perdidas? — perguntou Jin Lo, finalmente.

— Ah, meu pai — respondeu ele. — Elas estão na Farmacopeia.

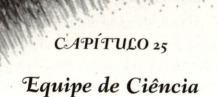

CAPÍTULO 25

Equipe de Ciência

Benjamin, Pip e eu fomos até St. Beden buscar o livro enquanto o boticário e Jin Lo foram juntar provisões para a viagem. Em duas horas encontraríam o conde Vili no quebra-gelo *Kong Olaf*, atracado no Tâmisa... presumindo que Vili estivesse a salvo e livre. Deveríamos ir até lá para entregar a Farmacopeia, presumindo que o livro também estivesse nas mesmas condições.

Ainda era cedo e as aulas não teriam começado, mas alguns alunos chegavam e conversavam em pequenos grupos no pátio. Fiquei atenta ao sr. Danby enquanto subíamos os degraus da escola. Tentei parecer calma, como se fosse apenas mais um dia de aula, mas estava desconfortavelmente ciente de que nenhum de nós usava uniforme. Eu usava as roupas de Benjamin, e elas pareciam sujas e do dia anterior. Uma mãe, deixando sua filha na escola, me lançou um olhar crítico.

Conseguimos chegar à sala de química, cuja porta estava aberta. Benjamin espiou lá dentro, em seguida, acenou para que entrássemos. O cômodo estava vazio e eu olhei com ansiedade para a prateleira no fundo, com medo de decepcionarmos o boticário.

O livro, entretanto, estava lá, bem no lugar onde o deixamos. A lombada de couro velho e marrom da Farmacopeia se misturava em meio aos pesados livros e fichários. Benjamin pegou o livro e o colocou em sua bolsa, na qual, como sempre, não cabia.

— Bom dia — disse uma voz russa atrás de nós, e nos viramos, esperando pelo pior.

Mas era apenas Sergei Shiskin, parado na porta do laboratório. A mecha de cabelo que caía sobre seus olhos estava oleosa e ele parecia indisposto.

— Sergei, o que houve? — perguntei.

— Nada! — respondeu, mas seu rosto se retorceu e ele fez uma careta como se tentasse não chorar. — Eu não sei de nada!

— Alguma coisa aconteceu com o seu pai?

— Não — respondeu, rápido demais.

— Você pode nos contar — falei. — Somos seus amigos.

Pip caminhou na ponta dos pés por trás dele e fechou a porta do laboratório.

Serguei deu um pulo com o barulho.

— Eu não posso contar nada pra vocês!

— Sim, você pode — falei. — Não guardamos segredos na equipe de ciências.

Eu soei sinistra até para mim mesma, mas tínhamos de saber o que ele sabia.

Benjamin pegou um béquer cheio de líquido transparente em uma das mesas do laboratório e o ergueu.

— Acabamos de fazer um pouco de Aroma da Verdade — disse ele. — Uma leva nova.

— Não, por favor! — implorou Sergei.

— Você sabe como isso funciona — falei. — Também pode muito bem nos contar.

— Não posso!

— Então você não me dá nenhuma alternativa — disse Benjamin, e derramou o líquido no chão, aos pés de Sergei, espirrando em seus sapatos pretos pesados. Eu esperava que fosse somente água e não algum tipo de ácido. — Sente esse cheiro? — perguntou. — Vai ter que nos contar agora.

O pobre Sergei parecia acuado. Nós o cercamos, a fim de que não fugisse do líquido derramado sem derrubar um de nós. O líquido transparente não cheirava a nada, mas se espalhava pelo chão lenta e abominavelmente.

— Você viu como seu pai se rendeu — disse Benjamin. — E ele é forte. Não conseguirá resistir a nos contar.

Sergei colocou as mãos no rosto e gemeu.

— Aquela sensação esquisita deve estar tomando conta de você agora — falei.

— Por favor — implorou Sergei. — Não me forcem. Minha mãe... — interrompeu.

— O que tem sua mãe? — perguntou Benjamin.

Quando Sergei finalmente se rendeu, pensei que fosse pela necessidade de conversar com alguém tanto quanto pela ideia do Aroma da Verdade.

— Eles a tem! — lamentou. — A MGB. Segurança soviética. Em Moscou. Eles sabem sobre o plano do seu pai, sabem de tudo. Disseram para o meu pai cooperar e ajudar os soviéticos a atacarem o barco ou iriam matar minha mãe e minha irmã.

Nós o encaramos.

— Isso é verdade? — perguntou Benjamin.

Sergei gesticulou para a água no chão.

— Como posso mentir?

— Temos que contar ao meu pai — disse Benjamin.

— Não! — choramingou Sergei. — Ele vai afastar o meu pai e ele *precisa* estar no barco! Os soviéticos terão espiões para vê-lo partir.

— Então temos que ir junto e pará-lo, assim que o barco partir — disse Benjamin.

— Mas a minha mãe! — exclamou Sergei.

— Pensaremos em algum jeito de protegê-la — respondeu Benjamin. — Não se preocupe.

Houve uma pausa enquanto todos pensamos que jeito poderíamos dar.

— Primeiro precisamos estar a bordo — disse Pip.

— Poderíamos usar... latas de lixo — sugeri.

Não parecia certo falar sobre invisibilidade na frente de Sergei.

— Congelaríamos até morrer, nus — disse Benjamin.

— Que lata de lixo? — perguntou Sergei, fungando as lágrimas. — Por que nus?

— Precisaríamos encontrar roupas realmente quentes — respondi. — Casacos de pele ou algo do tipo e embarcá-los de alguma forma.

Todos nos entreolhávamos, perplexos... com exceção de Sergei, que estava traumatizado demais para se sentir abismado. O sinal tocou para a aula, mas ninguém entrou.

— Lá está aquela garota, Sarah — disse Pip, finalmente.
— Sim? — perguntei.
— Aquela é uma garota que teria casacos de pele.
— Mas não é uma garota que nos emprestaria.

Pip sorriu.

— Aposto meia coroa que ela empresta. Ou melhor, *Terei* meia coroa, daquele garoto espinhento do xadrez. Vou te dar a vantagem.

O meu uniforme e o de Benjamin ainda estavam no armário e nós trocamos de roupa atrás do quadro-negro de rodinhas para não ficarmos tão notáveis. Concordamos que Sergei deveria ir para a sala de aula e tentar agir normalmente, sem chorar. Pip procuraria por Sarah Pennington — tomando cuidado com o sr. Danby — e Benjamin e eu ficaríamos no laboratório, para fazer mais solução de invisibilidade. Não poderíamos usá-la logo em seguida, porque ainda tínhamos de levar a Farmacopeia para o boticário, mas poderíamos guardar uma versão concentrada conosco e encontrar algo mais tarde para usarmos como banheira.

Antes de Pip ir embora, lembrei que já havíamos derretido os meus brincos.

— Precisamos de ouro! — falei.
— Vou conseguir isso também — disse Pip. — Mas a aposta agora está em 5 xelins.

Benjamin abriu a Farmacopeia na página da solução de invisibilidade, e o processo aconteceu mais rápido dessa vez. Lembramo-nos das palavras e não precisamos ir passo a passo com o dicionário de latim ou lutar contra os meus sentimentos sobre os brincos da minha avó. Trituramos, dissolvemos e titulamos, até que Pip voltasse com Sarah Pennington.

Quando entraram no laboratório, Pip estava conversando com Sarah e, mesmo que fosse mais baixo, tinha uma confiança tão alta quanto a dela. Não provinha em virtude de ter dinheiro, mas de não tê-lo, e de saber como sobreviver. Ela não conseguia tirar os olhos dele.

— Eu não sabia que tinha uma competição de ciências — disse ela.

— É claro que tem — retrucou Pip. — Ganhamos no ano passado, na minha antiga escola.

Sarah olhou em volta e se deu conta de que havia outras pessoas no lugar.

— Oi, Janie — disse. — Você ganhou também? Lá na Califórnia?

Eu estava ficando cansada do seu sarcasmo.

— Por que você fica dizendo "Califórnia" desse jeito?

Pip me lançou um olhar de advertência... por desafiar sua namorada? Por brincar com sua aposta?

— De que jeito? — perguntou Sarah.

— Como se fosse uma piada. É um lugar de verdade.

Sarah revirou os olhos.

— Desculpe — disse. — Então, qual é o seu projeto?

— Derretemos uma joia — respondeu Pip. — E depois a trazemos de volta, como antes.

Sarah tocou o cordão de ouro ao redor de seu pescoço, com um pingente de coração.

— *Exatamente* como antes?

— É um projeto sobre conservação da matéria — disse Benjamin.

— Tem um joalheiro que a refaz?

— Não.

— Então é impossível.

— Não, não é.

— Sim, é!

— Então me dê o seu cordão e eu vou lhe mostrar — disse Pip.

Sarah pressionou os lábios. Então abaixou a cabeça para abrir a corrente de ouro. Olhei para Benjamin a fim de ver se ele estava observando sua nuca maravilhosa, mas ele olhava para dentro do caldeirão. Sarah deixou cair o cordão nas mãos de Pip e os dedos dele se fecharam ao redor do pequeno coração.

— Ainda está quente — disse Pip.

Sarah riu.

— Ande. Você realmente consegue trazer de volta?

— Podemos fazer *bem* mais que isso — respondeu ele.

Dei-me conta de que, tecnicamente, não era uma mentira. Podíamos fazer bem mais do que recuperar um cordão derretido... só não *aquilo*.

Pip me entregou o cordão e eu o segurei sobre o caldeirão quente de cerâmica.

Hesitei por um segundo, mas Benjamin me olhou nos olhos e assentiu. O que importava o cordão de uma menina rica perto da possibilidade de seu pai ser capturado no Mar do Norte ou de uma bomba atômica soviética ser disparada porque Leonid Shiskin decidiu que a vida de sua esposa era mais importante do que a do boticário? Soltei o cordão dentro do caldeirão. Sarah sempre poderia conseguir outro. Não parecia ter sido de sua avó.

— Então, quando você o trará de volta? — perguntou.

— Na competição — respondeu Benjamin. — Vai ser muito dramático.

— Você estava na aula do sr. Danby? — perguntei a ela. Imaginei se ele ainda estaria cego.

— Sim, mas temos uma substituta, srta. Walsh — respondeu. — Sabe, eu não acredito que possa trazer aquele cordão de volta.

— Temos outro favor para pedir a você, Sarah — disse Pip.

— É mesmo?

— Esse pessoal disse que você não nos ajudaria — respondeu Pip —, mas eu falei que sim. Disse que você é do tipo de garota que ajudaria naturalmente.

— Eu lhe dei o meu cordão, não dei?

— Isso é mais importante.

— Tudo bem.

— É *muito* importante.

— Então, do que se trata?

— Eles nem achavam que você teria o que precisamos.

Sarah bateu com seu lindo pé no chão em sinal de impaciência.

— Por que você simplesmente não me *diz*? — insistiu ela.

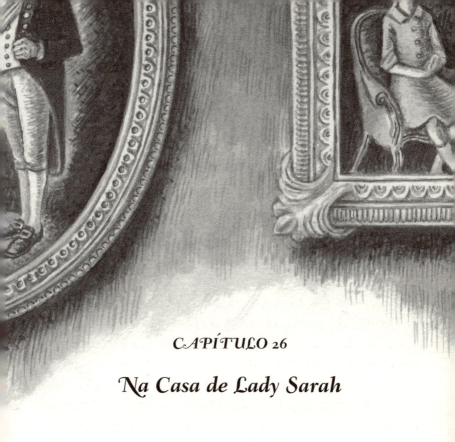

CAPÍTULO 26

Na Casa de Lady Sarah

Saímos da escola sem sermos parados e Sarah Pennington nos levou à sua casa para procurarmos roupas quentes. Era como se Pip tivesse seu próprio feitiço, uma poção do amor que a fazia concordar com qualquer coisa que ele quisesse. Pip me olhou quando Sarah não estava vendo e fez a mímica de dinheiro em sua mão... 5 xelins. Eu respondi com uma mímica que indicava um casaco quente e que ele receberia o dinheiro quando tivéssemos tudo de que precisávamos. Ele riu e caminhou na frente, com Sarah.

— Eu nem sei o que 5 xelins são — falei para Benjamin. — Quanto estou apostando?

— Perto de 100 dólares — respondeu.

Parei de andar.

— *O quê?*

Era a vez de Benjamin rir.

— Não — disse ele. — Talvez 1 dólar. Venha.

Eu o alcancei.

— Acreditei em você!

Benjamin parecia satisfeito.

— Fiquem de olho em oficiais a esmo — disse Pip para mim e Benjamin.

— Ah, eles não vão *nos* incomodar — respondeu Sarah.

Quando chegamos, a residência Pennington era a maior casa que eu já vira na vida. Ficava em Knightsbridge e parecia ocupar um quarteirão inteiro da cidade. Um mordomo nos deixou entrar, olhando para Benjamin e para Pip de um jeito desconfiado.

— São meus amigos — disse Sarah. — Precisam de umas roupas quentes para viajarem de barco. Iremos procurar nos armários antigos.

O mordomo assentiu.

— Você não tem aula?

— Fomos liberados — informou Sarah.

— Ah! — disse ele. — Posso pegar suas coisas?

Senti Benjamin, ao meu lado, apertar a alça de sua bolsa.

— Não, obrigada — respondeu Sarah. — Não iremos demorar.

Subimos uma importante escadaria, passamos por antigos retratos de jovens, com bochechas rosadas, em fraques e donzelas esbeltas, em longos vestidos: gerações de Pennington que haviam sido os alunos mais ricos e atraentes em suas escolas. No

238   O BOTICÁRIO

topo da escadaria, uma pequena pintura de uma jovem menina em um vestido azul, com os tornozelos cruzados, olhando para o artista com um comportamento que já demonstrava realeza.

Pip parou na frente do quadro e disse:

— É você.

— Ah! — disse ela. — Eu estava tão entediada, posando para isso.

— Parecia solitária — retrucou ele.

— Solitária? Eu tinha uma babá e uma governanta comigo o tempo todo!

Pip não disse nada e ergueu as sobrancelhas, olhando-a.

— Foi uma infância perfeitamente normal — disse Sarah, com raiva.

Mordi minha língua para não discordar dela de que ter um mordomo, uma babá e uma governanta não era muito *normal*. Lembrei-me, também, de que precisávamos das roupas.

Ela nos levou até o final do corredor, para um quarto todo feito com papel de parede florido, onde havia uma cama com dossel e um enorme assento de janela. O quarto parecia não estar em uso mas se encontrava em perfeita ordem. Fui até a janela e puxei a cortina para o lado, a fim de ver o exterior. Havia dois homens de terno parados do outro lado de Knightsbridge e me perguntei se estavam observando a casa. Depois de um momento, entretanto, eles apertaram as mãos e caminharam em direções diferentes, sem olhar para as janelas. Deixei a cortina se fechar.

— Este era o quarto da minha tia Margaret — disse Sarah, abrindo um armário que ocupava uma parede inteira. — Ela foi para a América nos anos 1920, para Vassar ou algum outro lugar, e trouxe, ao voltar, todos os tipos de roupas escandalosas.

— Ela morreu? — perguntei.

— Ah, não — respondeu Sarah. — Acabou de se casar. Vive na Escócia, é velha e entediante. Mas costumava ser *muito* glamorosa — informou. Em seguida, pegou o que parecia um lenço de seda branco, transparente, com alças finíssimas, bordado com fios prateados. — Este é um de seus vestidos. Não creio que agora consiga passar um braço nele sequer.

— Mas precisamos de coisas que *esquentem* — falei.

Sarah deixou o vestido prateado cair no chão.

— Para onde estão indo mesmo?

— Meu tio é um pescador — disse Pip. — Ele vai nos levar em seu barco.

— Argh — murmurou Sarah. — Eu fico mareada na banheira. O que é trágico para o meu pai, que é terrivelmente apaixonado pelo mar — comentou. Ela pegou um longo e escuro casaco de pele. — Este é um casaco de texugo. Todo mundo os usava nos anos 20. Acho que é masculino.

Ela entregou o casaco para Benjamin, que o vestiu e ficou de frente para um espelho oval longo, ao lado do armário. Parecendo um urso que fugira do zoológico, ele ergueu os braços como se fosse mover-se para atacar. Pip se contorceu de rir.

— Agora *isso* pode ser apresentável para um barco — disse Sarah, pegando um caban de lã listrado. — Aqui, Janie, experimente.

Ajustei o caban em meus ombros, e me serviu. Enfiei as mãos nos bolsos e tirei um gorro azul-marinho, que coloquei na cabeça. A sensação de ficar coberta por uma lã militar como aquela foi boa... me senti estranhamente mais segura.

Sarah balançou os cabelos para me examinar.

— Não está terrível, na verdade — disse. — É bastante chique.

Contra a minha vontade, meus olhos foram para Benjamin, no espelho, à procura de sua reação. Ele estava parado, com os braços ao lado do corpo, no casaco de texugo.

— O que você acha? — perguntei.

— Parece quentinho.

— Mas suas pernas ficarão com frio — disse Sarah. Ela pegou uma longa roupa de baixo, de seda, alguns pares de calças de lã pesada e os juntou à crescente pilha de roupas no chão.

— Experimente aquelas — disse ela. — Levarei os meninos para o quarto do meu irmão.

Eles saíram e eu vesti por baixo da minha saia as calças, que pareciam mais quentes. Serviam bem, então, dobrei as roupas de inverno e sentei-me na ponta da cama. O colchão era macio e convidativo, o quarto estava quieto e tive um irresistível desejo de me deitar. Parecia tão luxuoso apenas estar sozinha. Deitei-me, deixei meu corpo relaxar na manta de seda da cama e olhei para as estampas floridas no toldo acima.

Pensei que seria muito tranquilo ser Sarah Pennington por um tempinho. Não haveria preocupações, nada de correr sem roupas pelo frio, medo do que aconteceria se o boticário nos pegasse e não nos deixasse entrar no barco. Eu podia me sentir afundando na cama macia, como se caísse muito lentamente, flutuando no esquecimento.

Então ouvi uma leve tosse e me sentei rapidamente para ver o mordomo de rosto comprido parado na porta. Senti que meu cabelo estava desarrumado e tentei ajeitá-lo com a mão.

— Encontrou o que precisa, senhorita? — perguntou ele.

— Acho que sim.

— Permita-me perguntar: a srta. Pennington irá acompanhá-los nessa viagem de barco?

— Ah, não. Ela fica mareada.

— Isso é um alívio — disse ele. — Eu sou responsável junto ao seu pai, veja você.

Sarah voltou ao fim do corredor com os meninos, que pareciam esquimós em calças pesadas e casacos de esqui com capuzes de pele. Estavam carregando botas de inverno.

— Precisaremos de um baú — disse Sarah.

— É claro — respondeu o mordomo. — Posso enviá-lo ao barco.

Olhei para Benjamin e Pip. Poderia realmente funcionar. Os outros teriam de levar bagagem também e a tripulação não saberia quais baús estariam chegando de quais lugares.

— O barco se chama *Kong Olaf* — informei. — Está no Porto de Londres.

— É norueguês? — perguntou o mordomo, franzindo o cenho, pensativo. — Então ouso dizer que terão bacalhau seco a bordo, mas já providenciaram coisas apropriadas para comer?

CAPÍTULO 27

O Porto de Londres

O baú foi enviado e o Daimler e o motorista nos aguardavam na entrada da casa de Sarah Pennington. Nós nos sentamos no banco de trás, com Benjamin à minha esquerda, a lateral de sua perna pressionada contra a minha. Pip estava do meu lado direito, com Sarah apertada entre ele e a porta.

— Um de vocês pode vir na frente — disse o motorista.

Ele, sem dúvida, já havia conhecido alguns ladrões charmosos na sua época, e não estava feliz pelos acompanhantes pobres de Sarah.

— Temos espaço suficiente — respondeu ela, soberba.

O motorista suspirou e dirigiu em direção à rua.

Em St. Beden, Pip roubou um beijo enquanto o motorista não estava olhand, e Sarah ficou vermelha enquanto saía do carro.

— Divirtam-se! — disse ela, então acenou em despedida e subiu os degraus.

Pip olhou para mim.

— O que foi? — perguntou.

— Nada — respondi, tentando não rir. — Eu te devo 1 dólar.

Benjamin riu, sua perna relaxada contra a minha. Não precisávamos mais nos sentar tão perto, mas não parecia urgente me afastar.

— Ao porto? — perguntou o motorista.

— Ao porto — respondeu Benjamin, e o carro foi em direção ao rio.

Havia um guarda no portão, mas deu apenas uma olhada no Daimler brilhante e no motorista e acenou para que passássemos. Dirigimos lentamente pelas docas, pelos barcos destroçados, barcas e gruas. Havia alguns veleiros em uma área e enormes navios a vapor com carregamentos que pareciam industriais em outra.

Então vimos um barco de aço de aproximadamente 30 metros de extensão, atracado em uma doca. Era pintado de azul brilhante e tinha uma cabine grande e branca no topo. Em nítidas letras brancas, no casco azul, lia-se: *KONG OLAF*. Como a proa era arredondada e parecia um trenó, deduzi que seria para quebrar o gelo, mas o barco em si era comprido, estreito e parecia capaz de viajar bem rápido.

Dois homens da tripulação estavam carregando o baú de Sarah Pennington, com suas laterais de couro cor de mogno, prancha de embarque acima. Acho que estavam acostumados a carregar bagagens finas, com o conde Vili a bordo, e ninguém os parou. Pelo menos aquilo era um progresso: nossas roupas de inverno estavam no barco. Agradecemos ao motorista e caminhamos pela doca, enquanto o Daimler se afastava.

Um estivador carregando um rolo de corda sobre o ombro esbarrou em Pip, fazendo-o tropeçar alguns passos.

— Nada de malditos garotinhos nas docas — rosnou o homem. — A não ser que goste de nadar.

Pip chamou o estivador de um nome chocante.

O homem sorriu e respondeu:

— O mesmo pra você, amigo!

Olhei para a água escura do Tâmisa e lembrei-me do meu pai dizendo que o rio sempre foi o sistema de esgoto da cidade e que os banheiros de Londres ainda escoavam, basicamente, dentro dele. Com certeza, eu não gostaria de nadar nele.

Havia um homem parado ao lado da pequena prancha de embarque do *Kong Olaf*, fomos até ele. Seu cabelo era branco, descolorido de sol, a pele, desgastada, e os lábios tão finos que parecia não ter nenhum.

— Vamos encontrar meu pai a bordo — informou Benjamin. — Marcus Burrows. Devo lhe entregar algo.

O homem gritou na direção do convés:

— Pergunte ao conde se ele quer uma entrega!

O homem gordo e elegante que víramos no Hyde Park apareceu no corrimão. Estava tão bem-vestido quanto antes: seu terno de três peças era verde-escuro e sobre ele também usava um longo sobretudo, desabotoado, forrado com uma pele escura e sedosa.

Seus olhos eram amigáveis e seus modos não eram os de alguém procurado tanto por autoridades britânicas quanto soviéticas.

— Ah, as crianças! — exclamou. — Obrigado, Ludvik, deixe-os subir. Digam-me, já viram um barco tão maravilhoso quanto este?

Sua voz me fez lembrar mobílias caras, como as que pertenciam à casa de Sarah Pennington: ricas e de textura macia.

O guarda Ludvik abriu caminho e subimos a bordo do quebra-gelo azul, nossos passos rangendo de um modo oco na prancha de embarque de metal. Fiz uma nota mental de que deveríamos pisar com cautela quando estivéssemos invisíveis.

O boticário nos encontrou no convés, o rosto parecendo ansioso, ao lado do conde complacente e feliz.

— Vocês foram seguidos? — perguntou.

— Acho que não — respondeu Benjamin.

— Estão com o livro?

Benjamin assentiu.

— Jin Lo ainda está arrumando as provisões — disse seu pai.

— Espero que ela esteja bem.

— Tenho certeza que sim — falei, só porque ele parecia muito nervoso e agitado.

O *Kong Olaf*, embora nada sofisticado, era organizado e limpo, com o convés de aço pintado e meticulosamente lavado, e o trabalhado em metal cromado, polido. O nome do capitão era Norberg, e ele tinha um rosto marcado que parecia ter passado anos se apertando contra o vento. Além dele, contei cinco tripulantes, incluindo o guarda ao lado da prancha de embarque, e todos pareciam falar inglês. A ponte de comando era do outro lado da cabine, com uma minúscula cozinha na parte de trás. Perto dela havia uma pequena área para se sentar, a qual Vili chamou de "bar", com sofás embutidos e uma mesa quadrada.

Depois do bar havia um corredor com portas para as cabines em ambos os lados, e o boticário nos levou de volta, na direção da sua. Tudo era pequeno e apertado e cheirava a coisas que já estiveram úmidas antes. Mas o conde Vili, claramente, amava o barco e falava com entusiasmo sobre sua utilidade e eficiência, apontando com a nodosa bengala. Enquanto caminhava, Pip tocou meu braço e apontou para uma porta de cabine aberta.

O cômodo tinha pilhas de bolsas de lona e malas, incluindo o baú de couro cor de mogno de Sarah Pennington. Eles usavam o quarto como depósito. Eu assenti. Ali nos esconderíamos e recuperaríamos nossas roupas de inverno quando estivéssemos a bordo.

— Podemos conversar abertamente aqui — disse o conde Vili. — A tripulação sabe de nosso plano. Eles vêm do Norte da Noruega, que sofrerá com os efeitos da radiação caso o teste ocorra. As renas serão afetadas, assim como os peixes, sem mencionar as crianças.

Ocupamos a cabine inteira do boticário, que tinha um beliche e uma pequena pia. Mal havia espaço para ficarmos todos de pé. Benjamin tirou a Farmacopeia de couro gasto de dentro da mochila.

O conde Vili a pegou, admirado.

— Posso? — perguntou. — Não a vejo desde antes de me graduar. Eu era idiota demais para apreciá-la na época.

— Você era muito jovem — disse o boticário.

— Você também — retrucou o conde Vili, sentando-se no beliche e cruzando uma perna gorda sobre a outra para apoiar o livro. — Mas não era um tolo.

— Você tinha perdido seus pais — acrescentou o sr. Burrows.

— O que dizia Oscar Wilde? "Perder um dos pais pode ser considerado um infortúnio; perder ambos parece descuido."

— Como eles morreram? — perguntei.

Eu não podia imaginar não ter nenhum dos pais para se preocupar profundamente sobre o que aconteceu comigo. Pensei que me sentiria desancorada, como um barco deixado para vagar livremente.

O conde Vili abriu o livro e examinou uma página.

— Minha mãe foi levada pela gripe espanhola — disse ele, como se houvesse contado aquela história muitas vezes —, durante a epidemia de 1918. Ela era um pouco inocente, no modo da aristocracia, temo dizer, e nunca foi muito forte. Meu pai foi executado, sem julgamento, pelos comunistas, que estavam em busca do poder na Hungria depois da Primeira Guerra.

— Os comunistas *executavam* pessoas? — perguntei.

— É claro que sim — respondeu Vili. — Mas, então, eles foram executados pelos contrarrevolucionários, que se intitulavam de Os Brancos. Passamos tempos horríveis na Hungria. Ainda não nos recuperamos. Adoro contar a história para os americanos. Vocês são tão inocentes, de um jeito doce, sempre espantados — disse. Ele virou uma página do livro. — Ah, o elixir das aves! Sempre me perguntei, durante minha juventude libertina, se seria realmente possível tornar-se uma ave.

— É sim! — exclamou Pip. — É *incrível*!

— Vocês se tornaram? — perguntou o conde. — É loucamente injusto que eu não.

— Você consegue parar o tempo de verdade? — perguntei.

— É mais diminuir as coisas por um breve período — respondeu. — Não adianta nada para as rugas.

Ele repousou uma das mãos no rosto redondo e macio, muito animado e cheio para ser enrugado.

— Como você faz isso? — perguntou Benjamin.

— Meu garoto, levou uma vida inteira de estudos.

— Mas fará isso para parar a bomba?

— Esse é o plano!

— Ah, *por favor*, leve-nos com você! — pedi.

Em parte, era o que eu deveria dizer, como alguém que não tinha permissão para ir e plano secreto algum. E era quase o que eu realmente queria... porque, se nos deixassem simplesmente ficar, não precisaríamos encontrar um lugar para nos tornarmos invisíveis e correr nus, com frio, pelas ruas.

— De forma alguma — respondeu o pai de Benjamin.

— E se vocês não voltarem? — perguntou o filho ao sr. Burrows. — O que devo fazer então? Não quero ser um órfão!

— Ah, ser um órfão não é o fim do mundo — disse o conde Vili, ainda folheando a Farmacopeia.

— Pra você é fácil dizer — discordou Pip. — Com seu tutor mágico e sua grande pilha maldita de dinheiro.

O conde Vili desviou o olhar do livro e abriu um sorriso encantado.

— Verdade! — disse. — Bem, então deveremos simplesmente voltar a salvo.

— Benjamin pode ficar com um de vocês? — perguntou o boticário. — Com seus pais?

Pip e eu nos entreolhamos e dissemos ao mesmo tempo:

— É claro.

Então ele nos levou para fora da cabine, passando pelo bar, no mesmo instante que Jin Lo chegou a bordo com os braços cheios de bolsas e pacotes, os quais deixou na pequena cozinha.

— Boa sorte, Jin Lo — falei. — Boa sorte, sr. Burrows.

— Janie, por favor, cuide do meu filho — pediu o boticário.

— Você também, Pip.

Em seguida, ele nos se despediu de nós na prancha de embarque de aço. Assim que descemos, passamos pelo guarda com seu capacete de cabelo branco e caminhamos pela doca, antes de nos virarmos para olhar o barco, com o casco quebra-gelo arredondado e azul.

— Agora — disse Pip, esfregando as mãos. — O que me dizem de um bom banho quente?

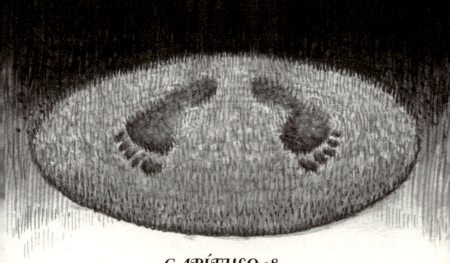

CAPÍTULO 28

A Invasão

Do outro lado da Lower Thames Road, na entrada do Porto de Londres, havia uma rua estreita e, depois dela, uma fileira de casas geminadas, umas grudadas nas outras. Pip as examinou, procurando a que estivesse vazia. Finalmente parou em frente a uma, com cortinas rendadas e janelas escuras.

— É esta — disse ele.

— Como sabe? — perguntei.

— Como saberia? É só uma intuição que se tem.

— Deveríamos dar a volta por trás? Estamos em plena luz do dia.

— *Ladrões* entram pelos fundos — disse Pip. — Aja como se não estivesse fazendo nada de errado. É a casa da nossa tia e temos a chave. Que costuma emperrar.

Então tentei parecer o mais inocente possível, conversando com Benjamin nos degraus da entrada enquanto Pip abria a fechadura, fingindo, de maneira convincente, estar lutando contra uma chave emperrada. Em seguida, empurrou a porta para abri-la, e nós entramos.

— Titia? — chamou ele, mas estava certo ao dizer que não havia ninguém em casa.

Era uma residência pequena, com um cômodo à frente e dois outros nos fundos, em cada andar. Pip trancou a porta ao entrarmos. Uma escada íngreme no corredor de entrada levava diretamente no segundo andar, e encontramos um banheiro assim que chegamos na parte de cima. A banheira era antiga, mas limpa... bem mais que uma lata de lixo de uma escola.

Os canos rangeram quando abrimos a torneira d'água, fizeram um som de trovão assim que a água saiu e eu rezei para que os vizinhos estivessem fora. Benjamin ajeitou a tampa do ralo, derramando, em seguida, o frasco da solução de invisibilidade embaixo da torneira, como se fosse um óleo de banho. Pensei no fato de o cordão de ouro de Sarah Pennington ter sido derretido, triturado até virar pó e, agora, estar boiando na água. Em outros tempos, eu teria brincado com Benjamin sobre se banhar com ele, mas, agora, não parecia correto. Sarah não era mais sua paixão; era a... *namorada* de Pip? A ideia pareceu bizarra.

Quando a banheira se encheu, desligamos a água, e a campainha da porta tocou lá embaixo.

— Srta. Jenkins? — chamou uma voz feminina, abafada pelo vidro da porta da frente. — Você está aí?

Congelamos.

— Srta. Jenkins? — chamou a voz novamente.

— Vamos encontrar outra casa — sussurrei em pânico.

— Não podemos! — disse Benjamin. — O banho já está pronto!

252   O BOTICÁRIO

— Vou falar com ela — decidiu Pip. — Entrem na banheira. E lá foi ele.

Benjamin tirou a jaqueta.

— Eu sei que isso é estranho — disse. — Pode se virar, se quiser. Mas deveria tirar a roupa também. Não vou olhar. Precisamos ser rápidos.

Virei-me para o cabide de toalha, que tinha uma, azul, pendurada, com um bordado de uma cesta de flores. Cada flor era feita em minúsculos pontos de cruz. Senti-me paralisada de vergonha e indecisão, e desejei que ainda tivéssemos o quadro-negro de rodinhas como divisória.

— Olá! — ouvi Pip dizer lá embaixo. — Posso ajudá-la?

Não consegui ouvir as palavras exatas da mulher, que parecia surpresa em ver a porta aberta por um garoto tão pequeno. Ouvi Benjamin entrar na água atrás de mim e imaginei seu corpo magro entrando na banheira. Tirei meu blazer da escola e o deixei cair no chão. Em seguida, tirei os sapatos.

— Minha tia Jenkins não está em casa — disse Pip, no primeiro andar.

Notei que ele estava fazendo sua voz parecer um pouco mais doce e infantil do que o normal, e seu sotaque, mais parecido com o de Benjamin.

— Ela vai voltar logo. Eu estava prestes a tomar um banho. Quer deixar uma mensagem?

A mulher gaguejou um pedido de desculpas duvidoso.

Consegui tirar minhas meias por baixo da saia e me apoiei para tirá-las dos dedos. Fingi tirar um maiô por baixo da toalha, depois da aula de salvamento infantil, com um monte de outras crianças na areia em Santa Mônica. Era a mesma coisa, disse a mim mesma... embora, obviamente, não fosse.

A água da banheira espirrou e me virei para ver marcas de pegadas molhadas se formarem no tapete de tufos azuis. Fiquei parada, com a minha saia, sentindo o ar gelado nas pernas descobertas, sabendo que teria de desabotoar minha blusa em seguida e que Benjamin estava de pé, nu... invisível, mas, ainda assim, nu... na minha frente. Eu podia ver um de seus joelhos

— Prometo que não vou olhar — disse ele. — Mas você deveria se apressar.

Eu me atrapalhei com os botões da blusa, imaginando se ele realmente não olharia, então, a tirei pelos braços, e deixei a saia plissada cair. Enquanto me movia na direção da banheira, meu ombro descoberto roçou contra o de Benjamin, invisível.

— Desculpe! — dissemos ao mesmo tempo.

Entrei na banheira e mergulhei em sua envolvente quentura, com meus olhos fechados, o mundo silencioso, e me isolei. Deixei a ponta do nariz fora da água e, quando me sentei e abri os olhos, o restante de meu corpo pareceu desaparecer.

Uma toalha flutuava no ar, como se Benjamin a segurasse para mim. Levantei da banheira e acidentalmente chutei a tampa do ralo, dando uma topada.

— Ai! — exclamei.

— Janie! — disse Benjamin.

O ralo da banheira abriu e a água começou a escoar em alarmante velocidade.

— Oh, não!

Tentei puxar a tampa para baixo novamente, a fim de fazer parar o escoamento, mas estava emperrada. Tentei fechar o ralo sozinho, mas não era do tipo manual.

Senti o braço de Benjamin deslizar molhado contra o meu, enquanto tentava forçar a tampa para baixo, mas ele também não conseguiu. Tapei o ralo com as mãos, mas ele não era pequeno, e a água passava pelos meus dedos. Coloquei o pé e, finalmente, parei a água, mas, então, só havia restado uns 2 ou 4 centímetros de profundidade... e não era o suficiente para Pip ficar completamente invisível.

— O que *faremos*? — perguntei.

Do primeiro andar, ouvi a voz de Pip dizer:

— Direi a ela que você veio, então. Hora do meu banho. Tchau!

Ouvimos seus passos na escada e ele entrou no banheiro.

— Vocês dois estão aqui? — perguntou, tirando uma das botas. — Não acho que ela tenha acreditado em mim. Talvez volte.

Então Pip olhou para a banheira e ouviu o restante da água escoar.

— Não guardaram nem um pouco para mim?

— Eu chutei a tampa do ralo e ela emperrou — confessei. — Sinto muito!

Ele olhou para o banheiro vazio.

— Não tem mais poção?

— Usamos tudo — disse a voz de Benjamin.

Pip suspirou.

— Tudo bem, então. Vou encontrar outra maneira de entrar no barco.

Peguei a toalha de Benjamin pensando que, se alguém conseguisse entrar naquele barco estando visível, seria Pip. Mas também pensei que, se tivesse mergulhado na banheira antes de mim, *ele* jamais teria chutado a tampa.

— Sinto muito — falei novamente.

— Tudo bem — disse ele. — Seque seu cabelo. Está frio lá fora.

Houve uma outra batida na porta da frente, no primeiro andar. Uma voz masculina e severa chamou.

— Quem está aqui?

— Vamos! — disse Pip.

— E nossas roupas?

Elas estavam espalhadas pelo chão e denunciariam que éramos da St. Beden.

— Vou levá-las — disse Pip.

Ele as amontoou debaixo do braço. Em seguida, ligou a água barulhenta da banheira novamente e a deixou correr.

Descemos as escadas em silêncio, vendo a fechadura da porta chacoalhar enquanto o homem do lado de fora tentava entrar. Pip sussurrou para que saíssemos do caminho e ficou parado perto da dobradiça da porta. Ele a destrancou e o homem a empurrou, escancarando-a e escondendo Pip com o monte de roupas.

— Olá? — disse o homem, entrando na casa.

No segundo andar, a água da banheira fazia barulho. O homem subiu as escadas na ponta dos pés para pegar o garoto invasor de casas tomando banho e, enquanto subia, nós três saímos, na direção dos degraus de entrada. Pip escondeu nossas roupas atrás do primeiro muro baixo e corremos na direção da Lower Thames Street. A calçada gelada incomodava meus pés e pensei que, se continuássemos a fazer aquela coisa de ficar invisível, eu teria de encontrar sapatos invisíveis.

— Que horas vocês acham que são? — perguntei.

O barco sairia às 15h.

— 14h30 — respondeu Pip.

Vi um relógio novo afivelado em seu punho.

— Onde conseguiu isso? — perguntei.

— Com a minha tia Jenkins — respondeu ele. — Não podemos nos atrasar.

Eu estava com muito frio e tudo em que eu conseguia pensar era em entrar no barco e me envolver com o enorme casaco de texugo, mas, então, notei um carro familiar estacionado do nosso lado da rua, bem na frente do portão do Porto de Londres.

— Olhem! — falei.

Era o sedã verde, com três homens dentro: dois na frente e um no banco de trás.

— Vão escutar — ordenou Pip. — Vou me certificar de que o barco não parta.

Ele caminhou pela rua e Benjamin e eu chegamos invisivelmente perto do sedã verde. A janela do lado do passageiro estava alguns centímetros aberta, para deixar sair a fumaça do cigarro do sr. Danby. O Cicatriz estava no banco do motorista, então presumi que tivesse recuperado a visão. O homem na parte de trás era Leonid Shiskin, em um quente casaco de lã.

O sr. Shiskin parecia nervoso e torcia um chapéu de pele no colo.

— O boticário é muito esperto — dizia ele.

— Concordo — disse Danby. — É um adversário formidável. Achei que havia nos cegado para sempre.

— Ele também é meu amigo.

— É por *isso* que você é tão valioso — declarou Danby. — Pode levá-lo diretamente para as autoridades soviéticas, em sua própria embarcação fretada, sem baixas desnecessárias. Você está perfeitamente posicionado. É um golpe de mestre da parte de Moscou.

— Se eu falhar, por favor, tente salvar minha esposa e meu filho — pediu o sr. Shiskin.

— Não irá falhar.

— E, por favor, cuide de Sergei. Ele é apenas um garoto, e não é muito esperto.

— Cuidarei, é claro.

O sr. Shiskin parecia arrasado com aquele chapéu no colo.

— Você sabe que o nono círculo do inferno é reservado para aqueles que traem os amigos.

— Pense de outra maneira, Leonid — disse Danby. — A Rússia é o seu país e a sua família é a sua família. Esse não é um ato de traição ao boticário, mas um ato de lealdade. Então, chega o momento em que devemos escolher.

— Mas a Rússia não é o *seu* país — retrucou o sr. Shiskin.

— É o meu país de coração.

Tentei olhar para Benjamin em silêncio, pasma com a declaração de Danby, e percebi a impossibilidade de fazer contato visual novamente. Você não sabe do quanto depende até ficar invisível.

— Por que *isso*? — perguntou o sr. Shiskin. — O que é a Rússia para você?

Danby deu uma tragada longa e profunda em seu cigarro.

— O que é a Rússia para mim? — repetiu, soltando a fumaça. — Uma boa pergunta. Tem uma resposta literária, já que estamos discutindo o inferno de Dante. Li *Anna Karenina* em um verão, no interior, quando tinha 15 anos, e aquele livro surtiu muito efeito em mim. Pensava que tinha que me casar com uma mulher como Anna, com aqueles braços redondos e macios, olhos escuros e aquela paixão.

— Mas ninguém trai o próprio país por causa de *Anna Karenina*. E aquela Rússia não existe mais, você sabe — disse o sr. Shiskin.

— Sim, é claro — falou Danby, batendo a cinza do cigarro do lado de fora da janela. — Havia também uma bailarina adorável chamada Natasha, quando eu estudava em Leningrado. Também tinha braços lindos, embora menos cheios. Aquilo também surtiu algum efeito em mim. Mas, na verdade, foram os soldados russos que conheci, quando fui prisioneiro de guerra, quando abatido. Ficavam do outro lado de uma cerca enorme, onde éramos mantidos. Tínhamos pacotes de comida e cigarros que chegavam da Cruz Vermelha, mas os russos não ganhavam nada, e costumávamos jogar comida para eles, quando a recebíamos. E aqueles russos, mesmo com fome e encarcerados, estavam *certos*, de um jeito tão puro e forte, de que seu país seria uma grande potência depois da guerra. De novo, aquela paixão. Eu os admirava profundamente. Eles eram como os jovens ardentes em Tolstói. Queria ser como eles, acreditar como eles, não ficar sempre com o coração dividido, ambivalente, reticente, *inglês*. Eu não queria ser aquilo.

O sr. Shiskin olhou para ele com um ar de tristeza.

— Você foi enganado — disse ele. — Iludido por essa paixão russa.

— Talvez — retrucou Danby. — Mas Moscou quer o boticário, então, é para lá que deverá ir. Se a Inglaterra descobre seu segredo, irá entregá-lo, com certeza, para os americanos, que, então, terão tudo... tanto o poder para destruir o mundo, o que já têm, como o poder de impedir que todos os demais países possam se proteger. Irão se tornar ainda mais monstruosos do que já são. Nós não podemos deixar isso acontecer.

— Nós? — repetiu Shiskin, amargo. — Não existe *nós* aqui.

— É claro que existe — disse o sr. Danby. — Estamos todos do mesmo lado. Você deve ir agora. Não desarme o barco até ter *certeza* de que está em águas russas. Não queremos dar início a um incidente internacional. E pense em sua família.

Shiskin suspirou, colocou o chapéu de pele na enorme cabeça e saiu do carro. Ficou parado esperando uma pausa do trânsito, depois, atravessou a rua, em direção ao porto, carregando uma pequena maleta pesada de couro, que se chocava contra a sua perna boa.

O Cicatriz disse algo em alemão.

— Ele vai conseguir — respondeu Danby, dando um peteleco na guimba de cigarro para fora da janela.

Emiti um som baixo, sem querer, quando me afastei da brasa quente, o que fez Danby olhar para cima e não ver nada.

Benjamin e eu atravessamos a rua, seguindo Shiskin a uma certa distância, pela entrada do porto e pelas docas, em direção ao *Kong Olaf*. Foi uma longa caminhada sem sapatos.

— O que você acha que tem na maleta? — sussurrei. — Uma arma?

— Talvez um radiotransmissor — respondeu Benjamin. — Para informar aos soviéticos a posição do barco.

Pensei no fascínio de Benjamin por espionagem e seu antigo desdém em relação ao trabalho do pai.

— Você ainda quer ser um espião? — perguntei. — Ou agora quer ser um boticário?

Benjamin pensou sobre o assunto por um segundo.

— Não tenho certeza — disse. — No momento, não parece haver muita diferença.

Estávamos quase chegando ao *Kong Olaf*, pisando com cautela para evitar pregos enferrujados e cacos de vidro, quando ouvimos o barulho de uma sirene de carro de polícia. Saímos do caminho do carro e o observamos estacionar à frente do barco. O sr. Shiskin congelou.

— Oh, não! — lamentou Benjamin.

O detetive de cabelos ralos que nos prendeu na escola saiu da viatura, ignorando Shiskin, e se aproximou do guarda na doca.

— Eu sou o detetive Montclair, da Scotland Yard — apresentou-se. — Esse é o oficial O'Nan. Recebemos uma queixa de oficiais do porto. Essas três crianças foram vistas matando aula perto desta embarcação: dois garotos e uma menina.

— Eles estiveram aqui — disse Ludvik. — Mas foram embora.

— Então revistarei o barco.

— Sinto muito, senhor, estamos de partida.

— Lamento ter que insistir — disse Montclair.

O conde Vili apareceu no corrimão e se debruçou.

— Algum problema, oficial? — perguntou, a voz cheia de cortesia e dinheiro.

O sr. Shiskin parecia paralisado, indeciso de entrar no barco, que deveria ser revistado a qualquer momento, ou ficar onde estava e correr o risco de não conseguir embarcar.

— Estamos procurando por três crianças — disse o detetive Montclair ao conde. — Elas escaparam ontem da Corte Juvenil de Turnbull.

— Ah! — disse o conde Vili, tranquilo, com seu sotaque interessante. — Então não poderiam ser as crianças que estavam aqui.

— Por que não?

— Porque, ontem, as levei para pescar o dia todo.

— No *Tâmisa*? — perguntou o detetive Montclair, enojado.

— Apenas para praticar — respondeu o conde. — Os peixes estão lá, caso saiba onde procurar.

— As crianças não tiveram aula?

— Dia livre. Já voltaram aos estudos.

Montclair franziu o cenho.

— Posso perguntar *de onde* o senhor é?

— Certamente — respondeu o conde. — Sou de Luxemburgo.

O detetive não parecia saber o que fazer com aquela informação. Não tinha opinião sobre Luxemburgo.

— Eu realmente preciso revistar o barco — disse, caminhando para a prancha de embarque.

O rosto do conde Vili perdeu parte de sua tranquilidade. As descrições físicas do boticário e de Jin Lo já teriam sido entregues à polícia a essa altura. Se o detetive Montclair subisse a bordo, sem dúvida os levaria presos, e a viagem estaria arruinada.

Mas, então, Pip apareceu ao meu lado, com um brilho nos olhos. Não sei como me localizou, considerando que apenas a ponta do meu nariz estava visível, mas eu já não me surpreendia com nada que ele fizesse.

— Fique a postos — sussurrou Pip.

Antes que eu pudesse perguntar "A postos para quê?", Pip caminhou pela doca com as mãos dentro dos bolsos, passando pelos policiais como se não os houvesse notado. Então, parou na frente da prancha de embarque vigiada do *Kong Olaf*.

— Ei, senhor! — disse ao conde, que estava no corrimão. — Deixei meu chapéu no barco! O senhor pode jogá-lo para mim?

Vili olhou para o detetive na doca. Pip seguiu seu olhar e pulou, surpreso, como se percebesse Montclair pela primeira vez.

— Caramba! — exclamou, fingindo. — Policiais!

Ele correu pela doca, ziguezagueando entre os dois oficiais. O detetive Montclair tentou agarrar sua manga, mas não conseguiu, e foi atrás do menino. O oficial O'Nan hesitou, olhando para o barco e, então, seguiu-o também.

Agradecidos pela distração de Pip, seguimos o sr. Shiskin, invisíveis, pela prancha de embarque até o barco, nossos passos leves abafados pelo barulho de sua perna de pau. Olhei para trás, para ver se Pip estava vindo. Ele obteve uma boa vantagem sobre o detetive Montclair e corria em direção à entrada do Porto de Londres, para longe do alcance do detetive. Pip deu a todos nós a chance de escapar.

A bordo, Benjamin e eu evitamos a tripulação e passamos direto pelo bar para a cabine cheia de bagagem, onde vimos nosso baú. Fechamos a porta enquanto ninguém olhava, subimos na pilha de malas e abrimos o baú. Coloquei a longa roupa de baixo de seda, calças de lã, um suéter e o sobretudo por cima da minha nudez invisível e congelante. Os motores do *Kong Olaf* roncaram, adquirindo vida.

— Em breve estaremos no mar — falei, já me sentindo melhor e mais quente.

— *Breve?* — perguntou Benjamin, com a cabeça invisível coberta pelo capuz do casaco de esqui do irmão de Sarah e as mãos faltando no final das mangas. — Estamos em Londres, Janie. Temos quase 65 quilômetros para navegar antes de sairmos do Tâmisa.

— Sessenta e cinco *quilômetros*?

— Você já viu algum mapa da Inglaterra?

É claro que eu já tinha visto, mas não com atenção. Não tinha me dado conta de que haveria um intervalo longo durante o qual a polícia poderia nos parar ou o boticário nos mandar direto para casa. Ouvimos os avisos de partida da tripulação e afastei a cortina azul que cobria a janela da porta da cabine para observar o movimentado porto. O mundo inteiro, os barcos, docas e gruas pareciam deslizar atrás de nós, enquanto o barco começava a se mover Tâmisa adentro, com o som dos motores agitados reverberando no casco. O efeito me causou um pouco de enjoo, e deixei a cortina cair.

Peguei um cobertor do baú e o estiquei sobre minhas pernas. Tínhamos apenas de ficar escondidos por 65 quilômetros. E, então, impedir que Shiskin desabilitasse o barco e nos levasse aos soviéticos. E, em seguida, presumidamente, precisaríamos ajudar o boticário com seu plano. Enquanto isso, meus pais estariam chegando em casa da filmagem no interior para encontrar uma sra. Parrish bêbada, que diria a eles que eu tinha ido passar a noite com a minha amiga Sarah (ou Susan) Sem Sobrenome, no endereço que não fora dado, para fazer meu dever de casa de latim, e não voltei.

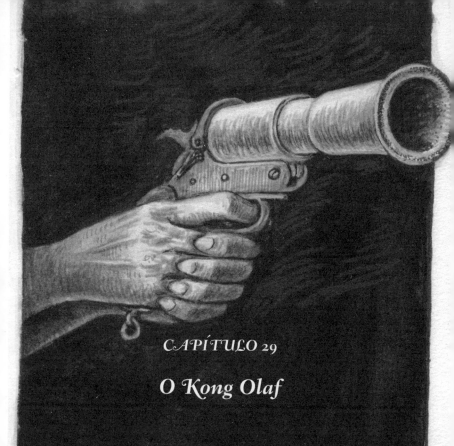

CAPÍTULO 29

O Kong Olaf

O mordomo de Sarah Pennington colocara um monte de coisas de comer no baú. Encontramos salmão enlatado e biscoitos do Fortnum & Mason, garrafas de sidra e uma caixa de baralho. Pensei que gostaria de ter um mordomo para pensar em tudo de que eu pudesse precisar, mas, então, lembrei que meus pais praticamente faziam isso.

Sentamos entre as bagagens vazias e jogamos partidas silenciosas de gin rummy enquanto esperávamos o *Kong Olaf* sair do infindável Tâmisa. Conforme as partes de Benjamin reapareciam, uma de cada vez, notei como suas sobrancelhas louro-escuras apontavam para sua testa. Era parte do que o fazia parecer tão curioso e concentrado, como se estivesse olhando fixamente e de um jeito levemente cético para o mundo. Havia duas sardas, que se uniam em uma só, do lado esquerdo de seu nariz. Suas unhas eram arredondadas e ainda estavam limpas do banho, apesar da nossa corrida pelos estaleiros. Ele me pegou observando-o, por cima das minhas cartas.

— O que foi? — sussurrou.

— Nada!

— Tem alguma coisa no meu rosto?

Ele esfregou a bochecha com a parte de trás de uma das mãos.

— Não.

— Estou aqui por inteiro?

— Sim — falei. — Você está aqui...

— Shh — fez ele, e olhou para a porta.

Pessoas estavam conversando do lado de fora, e o sr. Shiskin era uma delas.

Não conseguíamos ouvir as palavras com clareza, mas, pelas vozes e batidas da perna de pau, estava claro que Shiskin havia ocupado a cabine ao lado. Perguntei-me se os outros não percebiam a ansiedade em sua voz. Eu podia ouvi-la além da porta, mesmo sem saber o que ele dizia.

As vozes se afastaram e nós voltamos para as cartas. Por fim, o corredor ficou calmo, à medida que as pessoas iam para a cama. Pela vigia da porta conseguíamos ver o mar aberto; estávamos fora do Tâmisa, em direção ao Norte.

Eu tinha acabado de receber uma mão incrível, com três oitos e uma série de quatros, e esperava para sair. Benjamin franziu o cenho e moveu as cartas em sua mão, como se embaralhá-las fosse mudar o que eram. Senti um prazer bobo e repentino em fazer algo tão comum com ele como jogar cartas.

Benjamin deve ter sentido algo parecido, porque disse: "Eu tenho uma mão que está mais para um pé", enfatizando as vogais como um jogador americano de pôquer, então, saiu um: "Eu tenho uma *mãããão* que está mais para um *péééé*."

Comecei a rir do fato de Benjamin fazer imitações americanas e do quão engraçado ele soava.

— Shh! — disse ele.

— Você começou — sussurrei.

Em seguida, levantou a mão, em sinal de silêncio. Houve um movimento fraco no silencioso corredor. Ambos prestamos atenção, alertas e tensos, mas o som desapareceu. Um minuto se passou e ousei respirar novamente.

Entretanto, assim que o fiz, a porta da cabine de bagagens se escancarou e estávamos encarando Jin Lo por cima do enorme cano de uma arma que parecia de desenho animado. Quando ela viu quem éramos, abaixou a arma e olhou para nós.

— Por que estão aqui?

Eu estava muito paralisada para dizer qualquer coisa.

Benjamin conseguiu responder:

— Para ajudar você.

— Boticário disse não!

— Mas ele precisa de nós — falou Benjamin.

Mesmo no pânico do momento, considerei esperto de sua parte não dizer que *ela* precisava.

— É uma arma de verdade? — perguntei.

— Sinalizadora. Para sinalizar — respondeu. Ela balançou a cabeça como se estivesse decepcionada consigo mesma. — Eu *sei* que tem perigo. Vou contar ao boticário.

Jin Lo se virou.

— Espere! — pedi. — O problema não somos nós, é o Shiskin.

Ela se virou novamente e nos encarou, então, ficou e fechou a porta. Benjamin contou a ela, sussurrando o que sabíamos sobre o sr. Shiskin: que estava agindo como um sabotador, que os soviéticos haviam sequestrado a sua família e o forçavam a desativar o barco em águas russas para que eles pudessem capturar o boticário em segredo, sem atrair atenção. E que havíamos prometido a Sergei que tentaríamos não matar sua família.

Jin Lo ouviu atenciosamente e disse:

— Jogamos ele em mar.

E ela saiu porta afora.

— Não, espere! — pediu Benjamin.

Saímos correndo do beliche da cabine de bagagem, tropeçando em baús e bolsas, mas Jin Lo já estava dentro do quarto do sr. Shiskin e o arrastava para fora da cama quando chegamos. Ele havia retirado a perna de pau para dormir, o que garantiu uma vantagem a Jin Lo, mas eu ainda estava impressionada com o quão forte ela era. A mulher torceu o braço do sr. Shiskin por trás de suas costas de um jeito que parecia doloroso e ele lutou para se levantar em uma perna só. Ela ainda tinha a arma sinalizadora e a apontou para a cabeça dele.

— Seu *bú yàolian* — disse Jin Lo. — Eu não saber como dizer isso em inglês. Você não tem vergonha.

— *Vergonha?* — repetiu ele, incrédulo. — Arrisquei a minha vida por você e você foi *descuidada*. Foi descoberta.

— Ele não conseguia ver Jin Lo, que estava torcendo o braço dele atrás das costas, então, me encarou intensamente e a

Benjamin. — E minha família não será punida por isso. *Eu* não serei punido.

— E *eu* não irei para prisão russa — disse ela.

— Então não deveria interferir em seu programa nuclear — retrucou Shiskin. — Se eu não enviar um sinal de rádio a cada seis horas, eles saberão que fui capturado.

— Acha que sou boba? — perguntou Jin Lo, apertando a torção do braço. — Eu sei que você os sinaliza para virem.

Shiskin se retraiu.

— Eles virão, não importa o que façam.

Os dois ficaram de pé, unidos, em um impasse de desprezo e fúria.

— Encontre corda — ordenou ela para nós, finalmente. — Amarramos ele.

Shiskin tentou se libertar e Jin Lo parecia pronta para destroncar seu braço. Benjamin e eu encontramos uma comprida corda na cabine de bagagem e ela o amarrou, com a velocidade de uma campeã de rodeio, deixando-o imobilizado e atado a seu beliche. Ao sair da cabine, Jin Lo pegou a perna de pau. Em seguida, fechou a porta e nos levou até o aposento do boticário.

O homem abriu a porta, sonolento, vestindo um camisolão. Seus olhos pareciam nus, sem os óculos, mas, então, se arregalaram.

— Benjamin! — exclamou.

Nós nos sentamos no beliche desocupado e contamos sobre Shiskin.

O pai de Benjamin ouviu e balançou a cabeça.

— Você deveria ter me contado antes.

— Aí não teria deixado Shiskin entrar no barco — disse Benjamin. — E eles teriam assassinado sua família.

— Poderíamos ter abortado a missão.

— Você vem trabalhando nela por todos esses anos — retrucou Benjamin. — Eu quero ajudá-lo.

Nós ficamos sentados, em silêncio, ouvindo o barulho dos motores. A energia do boticário parecia muito baixa.

— Temos que contar ao capitão Norberg — disse ele.

CAPÍTULO 30

A Anniken

Acordamos o capitão Norberg, que estava dormindo com suas roupas e apareceu instantaneamente acordado ao ver dois passageiros clandestinos em seu barco. O boticário se desculpou pela nossa presença e relatou que Shiskin havia sido designado pelos soviéticos para desativar o *Kong Olaf*.

O capitão esfregou uma das mãos nos cabelos louros e considerou a notícia.

— Suponho que poderia ver isso como um elogio — disse ele ao boticário. — Eles devem ter medo de você. Poderiam nos ter sequestrado em águas russas sem enviar um sabotador.

O sr. Burrows balançou a cabeça.

— Eles sobrestimaram meus poderes. Eu não sou páreo para a Marinha soviética.

O capitão Norberg me avaliou e a Benjamin.

— Em todos os meus anos no mar nunca tive um clandestino maior do que um gato.

— Perdoe-nos, senhor — disse Benjamin.

O capitão suspirou.

— Não posso levar meus homens para uma emboscada sem dizer a eles o que esperar — disse. — Vou acordar os que não estão em vigia, reuni-los na ponte de comando, e você pode falar sobre a situação.

Ele colocou o casaco, o chapéu e foi em direção aos aposentos da tripulação.

O boticário ficou parado no meio do corredor e olhava para o chão com melancolia.

— Deveríamos abandonar o plano — disse.

— Não — discordou Jin Lo. — Chegamos tão longe.

Ele balançou a cabeça.

Benjamin e eu os deixamos e fomos acordar o conde Vili. Explicamos a situação enquanto ele colocava um camisolão de seda cor de vinho por cima dos pijamas listrados e esfregava os olhos para afastar o sono.

— Shiskin? Eu confiei naquele homem!

— Os homens sequestraram a família dele — falei.

O conde bocejou.

— Por isso que é melhor ser livre de conexões. É muito mais seguro desse jeito. Como subiram a bordo?

— Invisibilidade — respondeu Benjamin.

— Ah! — disse o conde. — Vocês são mais danados do que pensei, correndo pelados por aí com nesse tempo. Vão se sair bem com o clima congelante de Nova Zembla... se chegarmos a Nova Zembla.

— Alguém mora lá? — perguntei.

— Samoiedos — respondeu o conde. — Eram criadores de renas no continente, as melhores do mundo, até que os soviéticos os relocaram em Nova Zembla e os forçaram a trabalhar em fazendas coletivas. O povo se rebelou, então, os russos atiraram neles dos aviões. Encantador, não?

— Como os soviéticos podem testar uma bomba onde moram pessoas?

O conde deu de ombros.

— Vocês, americanos, já fizeram isso também. E se os soviéticos estiveram dispostos a atirar em cidadãos desarmados de cima de seus aviões, talvez não se importem se o restante for contaminado pela radiação. Você acha que está frio na ponte de comando? Que hora maldita para uma reunião.

— O *senhor* deveria conversar com a tripulação — falei. — Poderia ser convincente e inspirador. O boticário parece... desencorajado.

— Ah, ele vai ficar bem — disse o conde, vestindo o sobretudo com gola de pele por cima do camisolão e pegando a bengala preta.

Mas eu não tinha certeza. A tripulação se reuniu na casa do leme em diversos níveis de sono e desordem. Um marinheiro que parecia um pirata, com brincos de argolas prateadas em ambas as orelhas, estava no comando da roda do leme. Havia também um garoto magrelo, que parecia ter uns 17 anos, o Ludvik clareado de sol, um homem com um nariz que parecia uma massa de biscoito e o velho cozinheiro, que parecia pronto para se aposentar. Todos aparentavam ter coisas melhores a fazer do que passar o resto da vida em uma prisão siberiana.

O boticário, de pé na frente dos homens, limpou os óculos ansiosamente com uma de suas mangas. O conde encontrou um espaço dentro da casa do leme, mas Benjamin e eu tivemos de

ficar em pé na cozinha, com Jin Lo, as costas dos homens bloqueando parcialmente nossa visão do sr. Burrows. Desejei que o
tivéssemos preparado, dado a ele um pouco do entusiasmo que
Benjamin tinha contra a moça do refeitório.

Ele colocou os óculos novamente.

— Como vocês sabem — começou, mas os motores e o vento
abafaram sua voz.

— Fale alto — gritou Jin Lo.

O boticário tossiu.

— Como vocês sabem — disse mais alto —, nosso plano é
impedir que uma bomba atômica seja testada em Nova Zembla,
e neutralizar seus efeitos destrutivos. Essa é a tarefa na qual trabalhamos por tantos anos, e tenho confiança de que possuímos
a abordagem correta.

Os homens aguardaram. Eles sabiam dessa parte, e o sr. Burrows soava como um entediante professor. Desejei que usasse
palavras menores. Ele iria perdê-los.

— Mas, agora, parece que nosso amigo Leonid Shiskin foi
enviado por autoridades soviéticas para nos deter. Ele está preso
em sua cabine neste exato momento, mas estamos expostos. Os
soviéticos sabem que estamos a caminho.

Os homens se entreolhavam em silêncio.

— Eu sei que muitos de vocês têm filhos na Noruega —
continuou o boticário. — Sei que o perigo da viagem, agora,
aumentou, ao nível da impossibilidade, e não posso pedir a
nenhum homem que arrisque sua vida por mim. Meu melhor
conselho para vocês é que nos levem de volta para a Inglaterra
e voltem para suas famílias.

Eu me retraí. Uma coisa era perder a fé dos homens, mas *tentar* mandá-los para casa era outra, completamente diferente. Ele

deveria falar sobre a radiação, os peixes, as renas, os samoiedos, as crianças!

— Na verdade, este é o meu pedido a vocês — disse o boticário. — Que voltemos para casa. É a única coisa racional a ser feita.

Uma voz clara e alta surgiu do meu lado.

— Este *não* é o nosso pedido — discordou Jin Lo. Ela estava de pé, bastante reta. — Não é o meu.

— Não é o meu também — disse o conde Vili, com sua gola de pele para cima, apoiado na bengala, bem na frente da porta.

O boticário parecia surpreso com as objeções. Perguntei-me se ele havia trabalhado sozinho por tanto tempo, recebendo apenas correspondências de cientistas sem corpo, que havia esquecido que tinha colegas e amigos.

— Bem — gaguejou. — Acho... acho que poderíamos seguir em frente. É isso que pretendo pedir a vocês, em primeiro lugar. Mas a imensidão do que estamos enfrentando...

Ele parou de falar e me dei conta de que havia olhado para o filho, de pé atrás dos homens. Hesitou, seus olhos se abrandaram e algo pareceu mudar nele.

Quando o boticário voltou a falar, sua voz havia se tornado estranhamente forte e animada.

— Vocês têm filhos — disse ele. — E querem ser capazes de protegê-los. Quero que possam voltar para casa e mantê-los a salvo. Mas acredito que o que os meus colegas estejam dizendo é o seguinte... que não deveríamos parar por conta do desejo de proteger nossas próprias crianças em seu mundo imediato. Queremos que as ruas por onde andam sejam seguras, que as paredes que as rodeiam sejam sólidas e que possamos colocar comida em suas barrigas. Esses são desejos naturais.

Ele fez uma pausa.

— Mas se realmente queremos que fiquem seguros e bem, devemos fazer do mundo todo um lugar diferente. Ao que podemos ver, estamos, todos, sob ameaça, neste exato momento, e nada que façamos para trancar nossas próprias portas, ganhar nosso dinheiro e colocar nossos filhos na cama para dormir fará a menor diferença. Acredito que poderemos construir um mundo mais seguro com essa viagem, caso tenhamos sucesso. Mas não posso garanti-lo. A Marinha soviética, conforme foi dito, está à espera do *Kong Olaf*. Eles possuem nossa descrição, e será muito difícil escapar. Então, dou eu lhes a oportunidade de fazer uma escolha.

Ninguém disse uma palavra, e continuamos em direção ao Norte e aos navios soviéticos que nos aguardavam. De repente, ouvi minha própria voz, baixinha, dentro daquela casa do leme lotada de homens adultos.

— Poderíamos tornar o barco invisível? — perguntei.

Os homens se viraram para ver de onde a voz saíra e me senti corar.

O boticário balançou a cabeça.

— Receio que seja grande demais.

O marinheiro de brincos que estava no volante disse:

— Podemos disfarçá-lo.

— Perdão? — reagiu o boticário, piscando por trás dos óculos.

— O barco — respondeu o tripulante jovem e magrelo, compreendendo. — Poderíamos disfarçar o barco, como os piratas e os navios de guerra costumavam fazer.

— Isso seria difícil — disse o sr. Burrows.

— Não tão difícil — discordou Jin Lo.

— Não dói tentar — apoiou o capitão.

— Precisamos de tinta — disse Jin Lo. — Nem azul, nem branca.

A tripulação se agitou, abrindo latas do depósito no convés. Apareceram com duas de tinta vermelha, que estavam debaixo de uma pilha de corda, além de diversos pincéis.

— Aqueles, não — disse Jin Lo, descartando os pincéis. — Muito devagar.

Ela levou as latas de tinta até a pequena cozinha do barco, onde pegou a maior panela e derramou tintas dentro.

— Mas eu faço mingau de aveia nessa panela! — protestou o cozinheiro.

— Seu mingau já tem gosto de cola — disse Ludvik. — E daí se tiver gosto de tinta?

Havia um estranho ar ansioso crescente a bordo. O boticário pegou a maleta em couro preto em sua cabine e se juntou a Jin Lo, que tirou dela uma garrafa de pó cinza e derrubou um pouco dentro da panela.

— O que é isso? — perguntei.

— Como se fosse um ímã — respondeu ela. — Mas não ser ímã.

Jin Lo mexeu o conteúdo, cheirou e adicionou mais alguma coisa da maleta do boticário. A tinta parecia se mexer agitadamente na panela. Ela a deixou escorrer em filetes de uma colher de pau para testar a consistência. O líquido vermelho estava um pouco menos brilhante agora, e mais ralo.

— Está bom — disse ela.

O boticário a ajudou a despejar o conteúdo da pesada panela de volta nas latas de tinta. O barco ainda seguia em direção ao Norte, com o vento, pela noite escura, e Jin Lo pediu ao capitão que reduzisse a velocidade para quase parando. Ele sinalizou para o homem dos brincos e o barco reduziu a marcha. Em seguida, ela carregou a lata de tinta até a proa e se debruçou sobre o corrimão do estibordo. Esperou os homens se reunirem ao seu redor — ela tinha um senso de ocasião e conhecia sua plateia —, e, então, inclinou a tinta por cima da borda do casco de aço. A cor vermelha não gotejou nem escorreu, mas se espalhou tão rápida e uniformemente sobre a lateral vertical do barco que parecia água quando jogada em um piso liso. Assim continuou, até onde pude perceber, sob a superfície das ondas, inalterada pela água.

Os homens assistiam, hipnotizados. Haviam passado *anos* de suas vidas raspando e pintando barcos, mas essa tinta se movia sozinha, como se atraída por qualquer superfície.

— Você pode nos ensinar a fazer isso? — pediu Ludvik.

— Depois de Nova Zembla — respondeu Jin Lo. — *Então* eu ensino.

Ela levou a segunda lata até a lateral de bombordo para derramar a tinta sobre o casco, vendo-a se espalhar e envolvê-lo, em segue avaliando seu trabalho. Percebeu que havia deixado um espaço sem tinta e derramou um pouco mais, até ficar satisfeita. Na popa, espalhou o restante, e o barco inteiro ficou vermelho. As palavras KONG OLAF haviam sumido.

Os homens observavam Jin Lo e o boticário com olhos brilhantes, em silêncio. Era um trabalho que demorariam uma semana para concluir em local seco. Se possuíam alguma dúvida quanto as habilidades do boticário, ela não existia mais.

Então o tripulante jovem e magrelo propôs:

— Ele precisa de um novo nome — disse.

— Quem? — perguntou o boticário.

— O navio. É um sinal bastante óbvio se não tiver um nome.

— É claro — concordou o sr. Burrows. — Qual deveria ser?

Novamente houve um silêncio.

— *Anniken* — arriscou Ludvik.

— Esse é um bom nome para um barco?

— É o nome da minha filhinha. Ela é uma coisinha selvagem. — Ele olhou para os amigos. — Eu sempre disse a ela que daria seu nome a um barco. Não achei que seria tão cedo. Mas, se aceitarmos, eu faria isso por ela.

— Então isso significa que vocês seguirão conosco? — perguntou o boticário. — Na *Anniken*?

Os homens se entreolharam e, ao mesmo tempo, lançaram os braços no ar e uma grande comemoração aconteceu no convés.

— A *Anniken*! — gritavam.

A voz deles estava rouca de emoção. Olhei para Benjamin, ao meu lado, e pude perceber que ele estava orgulhoso do pai.

O conde Vili me cutucou com o cotovelo.

— Viu? — disse. — Eu falei que a indução funcionaria.

— Eu não sei — sussurrei. — Acho que foi a tinta de Jin Lo que fez o trabalho.

O boticário ficou parado, piscando os olhos, impressionado.

— Então, que seja *Anniken* — disse ele.

O rosto bronzeado de Ludvik se abriu em um radiante sorriso. Ele foi colocar o nome da filha na lateral do navio, parecendo intensamente orgulhoso. O capitão assumiu o controle do leme e os outros começaram a voltar para suas camas. Ficou tão tarde que já amanhecia: um brilho de luz surgia no Oeste. Ludvik informou, impressionado:

— A tinta vermelha já está seca!

— Ainda temos que fazer alguma coisa sobre a família do Shiskin — falei.

— Estou trabalhando em uma ideia — disse Benjamin. — Quem é o mais legal de todos nós? Digo, quem é mais delicado?

— Jin Lo — respondeu o conde Vili, e nós o olhamos com descrença, até que ele começou a rir de sua própria piada. Era o tipo de piada do meu pai, e eu não pude evitar de sorrir.

— Acho que é Janie — disse Benjamin.

— É claro que é ela! — exclamou o conde. — Não é você e, obviamente, não sou *eu*.

Franzi o cenho, secretamente satisfeita.

— Eu não sou *tão* legal — falei.

— Eis o que faremos — disse Benjamin.

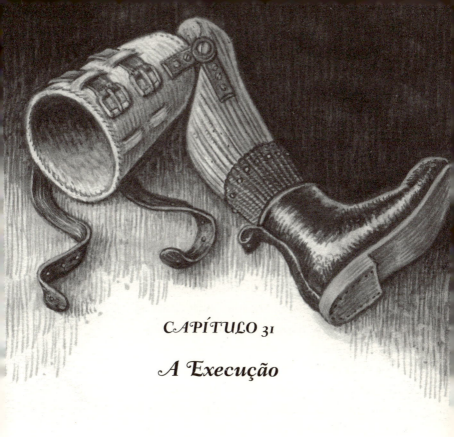

CAPÍTULO 31

A Execução

De manhã, depois do café, bati suavemente na porta da cabine de Shiskin. Os homens a estavam vigiando em turnos com um revólver e o jovem tripulante magrelo, chamado Niels, era o sentinela da vez. Eu o cumprimentei com a cabeça e entrei. Shiskin estava deitado, apático, em seu beliche, as mãos e os pés amarrados, a cabeça no travesseiro. Fechei a porta atrás de mim.

— Ah, a menininha — disse ele. — Que acha que está salvando o mundo e, em vez disso, arruinou a minha vida.

Tentei ignorar aquilo e não me sentir terrivelmente culpada.

— Eu queria lhe pedir que mudasse de ideia e nos ajudasse — falei.

— Ha! — fez Shiskin, com amargura.

— Você costumava acreditar no boticário — lembrei.

— Isso foi antes de minha família ser levada como refém.

— A tripulação está disposta a nos ajudar.

Shiskin rolou no beliche para me olhar.

— Eu poderia mentir e dizer que ajudaria — disse ele. — Mas seus amigos não acreditariam em mim. Jin Lo, em especial, sabe que cada pessoa age por si mesma e por sua família.

— O boticário não está agindo por si mesmo.

— É claro que está. Por ele e por sua falecida esposa. Cada minuto de cada dia é para sua falecida esposa.

— Ele está tentando salvar a humanidade.

Shiskin zombou:

— A humanidade não vale a pena ser salva.

Houve uma pausa. Por fim, falei gentilmente:

— Eles vão matá-lo. Tentei fazer com que mudassem de ideia, mas não me escutam. Estão preocupados com a nossa sobrevivência.

Shiskin se sentou tão bem quanto pôde, amarrado conforme estava.

— Janie — disse ele, alarmado. — Solte minhas mãos. Você *tem* que me deixar enviar o sinal.

— Não posso!

— O rádio está na minha mala. Janie, me escute. Se os sequestradores soviéticos pensarem que estou ajudando o boticário, não haverá esperança para minha esposa e para meu filho. Mas, se souberem que fui assassinado por sua causa, talvez tenham alguma piedade e libertem minha família.

Eu hesitei, a fim de não parecer tão radical.

— Você jura pela vida de Sergei que não fará nada além de enviar o sinal?

— Juro pela vida de Sergei.

Tudo estava funcionando perfeitamente. Desamarrei as mãos dele, que esfregou os punhos, fazendo o sangue circular de novo.

Em seguida, virei-me para aproximar a maleta dele conforme Benjamin me dissera para fazer, mas Shiskin havia soltado a corda que amarrava sua perna ao beliche e lançou-se em minha direção. Senti um poderoso braço apertar o meu pescoço, e tentei gritar, mas Shiskin cobriu minha boca com a mão livre.

— Diga a eles que abram a porta — ordenou.

— Mmph!

— Qualquer truque e mato você, eu juro.

Ele afastou a mão de minha boca.

Eu não sabia o que fazer.

— Estou pronta para sair — chamei, fraca.

Niels abriu a porta com cuidado, o revólver em punho, mas Shiskin agarrou o cano e o tomou. Gritei, e ele colocou o braço ao redor do meu rosto, bloqueando minha boca. Shiskin apontou a arma para Niels.

— Ponha as mãos na cabeça — ordenou. — E encontre a minha perna.

Niels levantou os braços magros.

— Mas eu não sei onde está!

— *Encontre-a* — ordenou Shiskin. — Ou eu a matarei.

— Benjamin! — gritei, minha boca cheia de lã do casaco de Shiskin. — Jin Lo!

Shiskin me atingiu o lado da cabeça com a coronha da arma, fazendo meus olhos se encherem de lágrimas, e apertou o cotovelo contra o meu rosto. Eu não tinha dúvida de que ele poderia quebrar meu pescoço, se quisesse. Niels havia desaparecido dentro de uma cabine, à procura da perna, e estávamos sozinhos no corredor.

O conde Vili entrou no bar e disse algo calmo e pacificador em russo, e Shiskin ignorou. Vili estava com ambas as mãos erguidas, uma vazia e outra balançando sua bengala, em gesto de paz ou rendição. Ele parecia inconsequente... gentil e caprichoso, com suas roupas caras e sua bengala desnecessária, encarando a dureza e o desespero de um homem que não tinha nada a perder.

— Camarada — disse o conde. — Amigo. Por favor.

Enquanto isso, Niels havia retornado, com a prótese de perna.

— Coloque-a — ordenou Shiskin, apontando para baixo, com a cabeça, na direção de sua coxa esquerda. — E não tente nada, ou mato você.

As mãos do garoto estavam tremendo pois se atrapalhava com as tiras, que não lhe eram familiares, tentando encaixar a perna.

Benjamin surgiu da casa do leme e gritou:

— Janie!

Shiskin continuava com o revólver apontado para minha cabeça, e minha mente estava desligada de um modo estranho. Pensei no quão peculiar seria esse jeito de morrer e como aquilo era a última coisa que eu havia esperado: ser morta em alto-mar por um homem de uma perna só, enquanto um adolescente tentava encaixar a outra perna nele. Quem explicaria isso aos meus pais?

Então, algo ainda mais estranho aconteceu. O som da luta com as tiras cessou e uma profunda calma tomou o corredor. Eu não conseguia mais ouvir a respiração de Shiskin, tudo estava imóvel. O barco tinha parado de navegar e as aves, de gritar. Não era exatamente como se eu não conseguisse me mover... mas eu *não estava* me movendo. E meu coração não batia.

Nada se mexia, com exceção do conde Vili, que se moveu em nossa direção tão rápido que pareceu um lampejo no ar. Ele havia derrubado a arma da mão de Shiskin com a bengala, antes de eu saber o que estava acontecendo, e me libertou. A arma encontrava-se suspensa no ar, inerte.

Assim que formei o pensamento de que o conde congelara o tempo, houve uma avalanche de sons em meus ouvidos. Tudo se soltou, o conde Vili pegou a arma no ar e senti o impulso de quando me tirou dos braços de Shiskin, atirando-me contra a parede do corredor. Ergui as mãos para me frear antes de bater com o rosto.

Shiskin perdeu o equilíbrio, sem ter a mim para segurá-lo de pé, e caiu no chão. Vili ficou de pé ao seu lado, com a arma... não era mais um borrão em disparada, sobre-humano, mas um conde húngaro redondo em um amassado terno de três peças.

Benjamin, que fora congelado do outro lado do bar, correu adiante. Lançou-se contra Shiskin no chão, agarrando-lhe a garganta com as duas mãos.

— Pare! — ordenou a voz estrangulada de Shiskin.

— Benjamin! — chamou Vili.

— Estou bem! — gritei, pensando que Benjamin poderia matar Shiskin com as próprias mãos. Eu sabia que ele não queria fazer aquilo e se arrependeria mais tarde. — É sério, Benjamin, estou bem!

— Tire... ele... de... cima... de... mim! — arquejou Shiskin, com o que parecia ser sua última respiração.

Vili afastou Benjamin, colocou-o de pé, e o jovem tripulante amarrou as mãos de Shiskin com nós de marinheiro. Benjamin não olhou para mim. Eu conseguia ver um músculo trabalhando em seu maxilar, sinal de raiva e, talvez, de vergonha.

Enquanto levavam Shiskin de volta para sua cabine, entrelacei a minha mão na de Benjamin.

— Obrigada — sussurrei.

Shiskin recebeu permissão de entrar em contato com os soviéticos para informá-los de que havia sido descoberto e que seria executado. Ele parecia subjugado e resignado ao seu destino; senti pena dele, mesmo tendo apontado uma arma para a minha cabeça há dez minutos. Vili, que sabia o Código Morse russo, monitorou a transmissão.

Quando Shiskin terminou, o conde Vili tirou seus fones de ouvido e desligou o rádio.

— Aquilo foi muito bom — disse. — Muito emocionante e patriótico. Agora você morreu como um herói e sua família não tem mais interesse para os soviéticos. E com um pouco mais de sorte, eles não nos encontrarão nem descobrirão que você está vivo.

Shiskin piscou.

— Não vai atirar em mim?

— Você acha que somos bárbaros? — perguntou Vili. — As crianças prometeram ao seu filho que tentariam ajudar sua família. Estamos tentando ajudá-los a manter a palavra.

Shiskin olhou para mim e Benjamin, impressionado. Jin Lo levou seu rádio para fora, no convés, e ouvimos um *splash* assim que ela o atirou na água.

— Nós realmente temos que mantê-lo trancado, entende —
disse Vili. — Peço perdão por isso. Não podemos permitir que
você faça reféns o tempo todo.

Mas Shiskin tinha o rosto nas mãos e não parecia ouvir o
conde, de tão esmagador e torrencial que era o seu alívio. Ele
poderia pensar que não valia a pena salvar a humanidade, mas
aquilo não significava que não se sentia feliz por estar vivo.

CAPÍTULO 32

Gênios

A aurora surgiu clara e fria sobre o Mar do Norte, e a vermelha *Anniken* deslizou tranquilamente sobre as ondas. Gaivotas voavam, piando, e duas brigavam por um peixe, no ar, girando e virando-se uma contra a outra. O brilho da luz na água era tão claro que me fez piscar.

Um homem mediu a distância do sol com um sextante por volta do meio-dia para determinar nossa posição e observou tabelas, tentando impedir que nos desviássemos para águas russas antes do tempo. Um albatroz pairou sobre nossa esteira. Eu havia começado a olhar para as aves sob uma nova ótica,

desconfiada, nos últimos dias, mas aquela parecia ser mesmo uma. Girou em sobre nós como se sentisse prazer em fazer aquilo, desenhando sem esforço algum infinitos oitos com suas enormes asas.

Jin Lo me mostrou um frasco que trouxera para usar caso ficássemos encalhados. Mergulhou uma gaze no líquido claro e a colocou, molhada, dentro de um béquer, com água do oceano. Cristais de sal começaram a se formar no tecido utilizado e cresceram até parecerem um pedaço de bala boiando na superfície. Jin Lo retirou o sal endurecido e me entregou o béquer de água.

— Beba — disse ela.

— É seguro?

— Não, eu envenenar você.

Sorri, já acostumada com o senso de humor de Jin Lo, e bebi a água. Estava fria, tinha um sabor puro e metalizado, mas não salgado.

— As pessoas poderiam usar isso — falei, animada. — No mundo inteiro!

Jin Lo franziu o cenho.

— É novo. Difícil de fazer mais do que pequena porção.

À tarde assistimos a Jin Lo enviando suas partículas para o ar a fim de praticar com sua rede. O conde Vili explicou que grandes porções de radiação eram necessárias para fazer com que a rede se contraísse rapidamente, então, os níveis baixos emitidos pelo sol apenas faziam com que pairasse como uma teia de aranha muito fina na luz. Era praticamente invisível, mas emitia um brilho dourado contra o céu.

A tripulação do antigo *Kong Olaf*, que reconhecia uma boa rede de pesca quando via uma, pediu a Jin Lo que tentasse capturar alguns peixes frescos.

— Esse não é propósito da rede — disse ela.

— Apenas tente! — implorou Ludvik.

Jin Lo suspirou.

— Certo — convenceu-se. — Você encontra peixe.

Então os homens vasculharam a superfície da água atentamente, até que viram gaivotas prateadas alimentando-se a distância.

— Vai ter um cardume bem ali — disse Ludvik. — As aves sempre encontram os peixes.

Eles conduziram a *Anniken* na direção do cardume e pararam o barco. Abaixo das aves vimos pequenos peixes pulando na água, em cascatas prateadas, tentando escapar do peixe maior sob eles. Os grandes saltavam à superfície, às vezes, transpunham-na, enquanto as gaivotas enlouqueciam tentando capturar os pequenos que pulavam.

Jin Lo, indiferente ao espetáculo, mostrou para dois homens como segurar as bordas douradas quase invisíveis da rede. Juntos, eles a lançaram ao mar, onde caiu como uma chuva leve na superfície. Depois de algumas tentativas, conseguiram peixes brilhantes e cheios de gordura, que saltavam e se retorciam no convés.

O cozinheiro os preparou em uma grelha montada ali mesmo, resmungando porque o pai de Benjamin havia transformado sua cozinha em laboratório. O boticário extraíra a Quintessência das flores preservadas na redoma de vidro, mas ainda a experimentava. Considerar a atenção com que ele se concentrava em seu trabalho me fez pensar em meus próprios pais, que em breve voltariam a Londres, para descobrir que eu estava desaparecida e o que poderiam fazer.

Quando os peixes foram retirados da grelha, quentes, salgados e deliciosos, o conde Vili, Benjamin e eu pegamos nossos pratos para nos sentarmos no cesto de depósito. O breve sol do meio-dia havia aparecido e o conde segurou um peixe pelo rabo, em seguida, arrancou a carne com os dentes, como um gato grande e feliz, deleitando-se na luz. Acabei me afeiçoando ao conde na viagem. Às vezes, ele era sarcástico e entediante, mas também estava continuamente disposto a ser agradável.

— *Reis* não têm almoços mais finos do que este — disse ele, lambendo a gordura dos dedos. — Isso eu posso garantir a você.

— O que você sabe sobre a bomba que os soviéticos estão testando? — perguntei.

— Apenas que foi criada por um físico chamado Andrei Sakharov — respondeu. — Seu jovem gênio. Queria conhecê-lo, em outras circunstâncias. Acho que ele tem uma mente muito flexível. Durante algum tempo pensamos que poderíamos conquistá-lo com nosso trabalho. Mas temo que esteja um tanto comprometido no sistema soviético.

— Talvez ele se interesse quando souber o que você pode fazer — falei.

O conde deu um sorriso irônico.

— Quando tivermos sabotado seu trabalho? Não sei como *você* faz amigos, mas não acho que esse seja o melhor jeito.

Pensei em outra coisa que me incomodava.

— Quando o boticário fez a árvore jaival florescer para colher a Quintessência — falei —, foi liberada uma coisa que ele chamou de Força Negra. Parecia uma nuvem.

O conde pareceu surpreso.

— Você *viu* isso?

— Nós a vimos flutuar para longe — respondi. — Só que não parecia flutuar sem rumo. Parecia saber aonde ia.

O rosto do conde se franziu por um momento.

— Você notou efeitos negativos dos seus experimentos com a Farmacopeia?

Benjamin e eu nos entreolhamos.

— Você estava sem as penas ao redor do pescoço — disse Benjamin. — Quando se transformou em um pássaro.

— Mas aquilo foi porque o sr. Danby agarrou meu lenço — retruquei. Pensei nas outras coisas que fizemos. — Chutei o ralo antes que Pip pudesse se tornar invisível, mas foi culpa minha, e acabou nos ajudando, porque ele ainda estava visível e conseguiu distrair a polícia.

— O óleo da memória paralisou Jin Lo — lembrou Benjamin.

— Sempre que adulteramos as leis da natureza, consequências acontecem — disse o conde. — Quanto maior o transtorno, maior a consequência. O nome da sua Farmacopeia, por exemplo, vem do grego antigo *Pharmakon*, que significa tanto "remédio" quanto "veneno": o poder de curar e de fazer mal. Eu nunca vi a Força Negra como uma nuvem antes. Mas vi seus efeitos, em pequenas doses. Meu tutor, Konstantin, a comparou à ideia romana de "gênio" ou espírito guardião. Ele sentiu que algo como aqueles gênios residia na matéria e era liberado e perturbado quando se alterava a matéria. Para ele, explicava o efeito da nuvem parecendo saber aonde ir. Existe um tipo de inteligência naquilo que é liberado e, às vezes, possui um caráter malicioso ou irritável. Mas esses gênios possuem um estranho tipo de lealdade. O fato de se incomodarem em nos provocar com efeitos negativos significa que estão, inextricavelmente, conectados àqueles que os perturbaram, se é que você entende o que estou falando. Não tenho certeza de nada disso, é claro. Trabalhamos no escuro... fazemos o que podemos, como Henry James disse.

— O sr. Danby me disse para ler Henry James — falei.

— Ah, você vê? — comentou o conde Vili. — O terrível sr. Danby lê bons livros. Até as forças mais negras nunca são totalmente ruins.

Naquela noite, Benjamin e eu ficamos no corrimão no escuro, agasalhados contra o frio, vendo a água bater e virar espuma sob a proa da *Anniken*. Corria ao longo das laterais do casco, em um branco luminoso, contrastando com o mar negro, como se o barco tivesse asas. No alto, as estrelas estavam incrivelmente brilhantes, mais do que qualquer estrela na nebulosa Inglaterra ou na enfumaçada Los Angeles, e elas me causaram uma estranha sensação, como se algo se expandisse dentro do meu peito e transbordasse. Pareceria muito injusto morrer aos 14 anos quando o mundo tinha tanta beleza.

Benjamin quebrou o silêncio, dizendo:

— Desculpe-me por perder o controle ontem, Janie. Eu não podia suportar ver Shiskin apontar aquela arma para a sua cabeça e não me mexer ou fazer qualquer coisa. Foi o meu plano que colocou você em perigo e... eu meio que enlouqueci.

— Foi um bom plano — falei. — Eu só não fui bastante cautelosa.

— Você foi corajosa em executá-lo.

— Não fui. Estava morrendo de medo.

— Ele acreditou em você o tempo todo. Já quis ser atriz?

Pensei sobre a fútil e boba Maid Marian, com seus cílios postiços e flertes óbvios, e suas outras versões, que fizeram parte dos programas dos meus pais na minha antiga cidade.

— Não — respondi. — Digo, eu costumava praticar o andar de Katharine Hepburn. Mas era mais sobre querer ser as personagens que ela fazia do que *ela* propriamente.

— Mostre-me o andar!

Balancei a cabeça. Não pude acreditar que havia contado a ele sobre o andar Hepburn.

— Por favor — pediu ele.

— Não!

Benjamin sorriu.

— Um dia.

Não pude evitar de sorrir de volta.

— Talvez.

Observamos a proa criar ondas por mais algum tempo e, então, Benjamin disse:

— Ouça, Janie. Lembra daquilo que eu disse sobre Sarah Pennington? Sob o efeito do Aroma da Verdade?

Assenti. Meu coração estava acelerado por debaixo do meu casaco.

— Só queria dizer — falou Benjamin, olhando para a água —, que... bem, que você é a única com quem eu quero estar aqui.

Era exatamente o que eu queria que ele tivesse dito, mas não me atreveria a desejar, na época em que tinha tempo para me preocupar, se ele gostava de mim ou não. Eu não sabia como responder, depois de ouvir aquilo tão claramente. Benjamin se virou para me olhar e seus olhos escuros e sérios surtiam o mesmo efeito em mim de quando o vi no primeiro dia no refeitório. O vento soprou meu cabelo contra a minha bochecha, ele o afastou e sorriu.

— *Isso* foi o que eu quis dizer com "cabelo americano" — disse ele, puxando uma mecha gentilmente.

Seus dedos tocaram o meu rosto, em seguida, deslizando para a minha nuca, ele me puxou para mais perto e me beijou.

Seus lábios estavam quentes e macios contra os meus, e o ar da noite, frio. Arrepios desceram pela minha coluna, partindo de onde seus dedos estavam enredados em meu cabelo e pressionando minha pele. A sensação foi infinitamente adorável. Estávamos indo para um campo de teste nuclear com um antídoto que não fora previamente testado. A Marinha soviética nos procurava em submarinos e aviões de espionagem e meus pais estariam frenéticos de tanta preocupação, mas não havia outro lugar onde eu quisesse estar. Até hoje não existe nenhum outro lugar onde eu gostaria de ter dado o meu primeiro beijo.

Benjamin se afastou e seu rosto demonstrava emoção. Ele parecia estar franzindo o cenho e sorrindo ao mesmo tempo. Eu sabia que estava pensando as mesmas coisas que eu. E, então, ele me beijou novamente, e o mundo se distanciou.

Quando ficamos muito cansados e com frio para permanecermos no convés, Benjamin foi para a cabine do pai e eu, para a que dividia com Jin Lo. Quando entrei, ela abriu um dos olhos, depois o outro, e me perguntei se ela realmente dormia em algum momento. Jin Lo me analisou.

— Algo bom aconteceu? — perguntou.

— Hmm — respondi. — Sim.

— Isso é bom — disse ela.

Tirei minhas roupas até ficar de macacão e subi em meu pequeno beliche, onde permaneci acordada, olhando para os rebites no teto da cabine.

— Jin Lo? — chamei, algum tempo depois.

— Sim?

— Você ainda sente falta dos seus pais?

Houve um silêncio na cabine escura.

— Às vezes — respondeu.

Houve outra pausa.

— Lembro de cheiro da camisa do meu pai — disse ela. — Pentear cabelo da minha mãe. Às vezes, rostos não tão claros. Tenho 8 anos. Lembro dos pés do irmão bebê. Dedos muito pequenos e engraçados.

— Qual era o nome dele?

— Shun Liu — respondeu Jin Lo. — Significa "salgueiro". Mas ele é muito gordo, não como salgueiro.

— Talvez quando crescesse ele se tornasse alto e magro — falei.

Não houve resposta, e pensei que pudesse ter dito algo errado.

— Sua mãe sabe onde você está? — perguntou ela, finalmente. — Seu pai?

— Não.

— Eles preocupam.

— Eu sei.

— Você não sabe — disse ela. — Você é criança.

Ressenti-me com aquilo por um tempo, mas sabia que Jin Lo estava certa, e eu não podia, de fato, imaginar o que eles estariam passando. Tentei pensar em algo reconfortante, mas só conseguia imaginá-los com raiva e frenéticos, e eu não queria pensar sobre aquilo. Revirei-me de um lado a outro no fino travesseiro do beliche. Minha mente viajou de volta para o olhar de Benjamin no convés, seus lábios macios nos meus e sua mão quente tocando o meu rosto no frio congelante. E, finalmente, caí no sono.

CAPÍTULO 33

Nova Zembla

Na manhã seguinte cruzamos uma linha invisível depois da qual o ar não tinha o frio do Ártico, que havia nos agarrado com seus dentes gelados e não nos deixaria partir. Mesmo com nossas roupas de pele e lã, era impossível ficar no convés do barco sem desviar os rostos e curvar os ombros contra o congelante vento. Se eu respirasse muito profundamente, a sensação era de que pingentes de gelo me lancinavam os pulmões. Pingentes de verdade se formavam em meus cílios quando eu lacrimejava, e se tirasse minhas luvas, em segundos meus dedos ficariam gelados demais para funcionar. O cozinheiro mantinha café e chocolate quentes no fogão e os distribuía em canecas. Os homens afagavam os motores como se fossem criancinhas imprevisíveis que poderiam fazer birra a qualquer minuto ou simplesmente desligar, negando-se a fazer qualquer coisa que suas babás quisessem.

O suboficial com o sextante tentou tirar suas medidas do sol, mas o céu estava nublado demais ao meio-dia para que pudesse fazer uma leitura. Ele franziu o cenho para os seus cálculos.

— Estamos perto de águas soviéticas — disse. — Só não sei o quão perto. Talvez as tenhamos atravessado.

Nem uma hora depois um guarda gritou:

— Um barco patrulha, senhor!

O capitão Norberg pegou os binóculos do guarda e olhou para o horizonte. O boticário ficou parado ao seu lado. Eu podia ver a embarcação também. Estava ao horizonte, mas vindo em linha reta em nossa direção.

— É soviético — afirmou o capitão, sem abaixar os binóculos. — No entanto, vocês têm que ir. Preciso que estejam fora do barco *agora*. As crianças também. Não existe um local que a patrulha de abordagem não os encontre.

Então corremos para a cabine do boticário, onde Jin Lo já havia se tornado uma ave que parecia rápida, com olhos ameaçadores e uma crista de penas escuras. Ela deve ter ido lá embaixo tomar o elixir das aves no momento em que a patrulha foi avistada.

— Um falcão! — exclamou o conde Vili. — Terrivelmente excitante.

— É espantoso que você nunca tenha feito isso antes — disse o boticário. — Realmente espero que não se transforme em um pinguim, que não voa.

— Ah, querido, isso é possível? — perguntou o conde. — Eu odiaria ficar preso aqui. Quero ver Andrei Sakharov.

— E quer nos ajudar a parar sua bomba — lembrou o boticário. — Isso não é um fã-clube.

— É claro que eu quero pará-la! — exclamou o conde Vili, magoado.

Em seguida, ele pegou a garrafa de elixir e bebeu, emitindo um som de surpresa. Seu rosto brilhante e redondo começou a encolher e mudar. Trinta segundos depois ele, era uma grande ave acinzentada, com um bico arredondado e enorme envergadura, como o albatroz que vimos pairando ao vento para longe da proa. Era exatamente a ave que ele queria ser e, quando abriu as asas com prazer, atingiu a cara do falcão com a ponta de uma delas. Jin Lo lançou um olhar feroz para ele. O albatroz, instantaneamente, recolheu as asas e abaixou a cabeça cinzenta, em sinal de desculpas.

O boticário me entregou outro frasco.

— Janie — disse ele —, por favor, dê isso ao Shiskin.

— Ele virá conosco?

— Não podemos deixá-lo aqui.

— Aposto que ele vai se transformar em um daqueles pombos que servem de isca — disse Benjamin.

Corri para a cabine de Shiskin. Ele ainda estava amarrado, mas os nós seriam grandes demais para qualquer tipo de pássaro que ele se tornasse, então, não me incomodei em soltá-lo.

— Uma patrulha soviética está a caminho — falei. — Não podemos deixar que te peguem. Você tem que tomar isto.

Shiskin fez uma careta para o frasco.

— O que é isto?

— Não há tempo para explicar. Mas já tomei antes e é seguro. Garanto.

Eu o ajudei a beber e esperei pela transformação lenta e fascinante, mas, em vez disso, houve uma pequena explosão na cabine. Recuei e cobri os olhos. Quando olhei novamente, Shiskin não estava em sua cama. Os nós que o prendiam estavam vazios.

Procurei por uma ave na cabine, imaginando que Shiskin tivesse se transformado em algo russo, e como deveria ser uma ave russa, mas não conseguia encontrá-lo. Então o vi na coberta da cama: uma pequena pilha de sal. Recolhi cada grão cuidadosamente para dentro do frasco, pressionei a tampa de borracha bem-apertada e corri de volta para os aposentos do boticário.

— É a esposa de Ló! — exclamei. — Achei que fosse o elixir das aves!

— Shiskin jamais concordaria em se transformar em sal — disse o boticário. Ele estava guardando algumas coisas na cabine. — E não podemos permitir que os soviéticos o encontrem. Coloque-o naquela mochila pequena, por favor.

Peguei a mochilinha, uma miniatura de um arreio presa a um estojo cilíndrico e rígido envolto em couro, e guardei o sr. Shiskin versão portátil. A mochila poderia ser carregada por uma ave grande e tinha minúsculas fivelas.

— Onde conseguiu isso? — perguntei.

— Fiz uma adaptação do design de um boticário alemão. — Ele escondeu sua maleta médica no fundo de um baú do navio e a cobriu com cobertores. — Ele costumava enviar receitas médicas via pombo-correio. Você pode guardar o restante dos frascos?

Cada um deles que estava no beliche cabia na palma da minha mão, e eu os guardei, um a um, dentro da mochilinha, ao lado do frasco do sr. Shiskin. Um continha algo dourado, da cor da rede brilhante de Jin Lo. Outro estava cheio de líquido transparente, que eu sabia ser a Quintessência. Eu podia sentir o aroma doce mesmo através da tampa. Um quarto estava tão gelado que queimou meus dedos e tive de pegá-lo com a minha manga. Perguntei-me se havia ajudado o conde Vili a parar o tempo. O quinto tinha uma coloração âmbar e eu não o reconheci.

— Esse é um suprimento extra para o elixir das aves — disse o boticário —, caso acabe inconvenientemente cedo.

Eu ia perguntar a ele como pegaríamos o elixir na mochilinha e o beberíamos antes de nos tornarmos vítimas de uma morte congelante, mas Benjamin disse:

— A Farmacopeia! Onde iremos guardá-la?

Eu não precisei pensar.

— Com os diários de bordo do capitão Norberg — respondi. — Como no laboratório de química.

Benjamin saiu correndo da cabine com o livro.

O boticário examinou a cabine para ter certeza de que tudo parecia normal e insuspeito, então, se virou para mim.

— Você vai ser a menor ave, Janie — disse ele. — A bomba estará em um galpão de madeira no pico mais ao Sul de Nova Zembla. O galpão está lá há anos, portanto, parece inofensivo para os aviões de espionagem. Precisaremos descobrir como a bomba será detonada e quanto tempo teremos até que exploda. Se você conseguir um jeito de entrar no galpão, pode ser que eu peça a você que entre. Deteto continuar a usá-la, e sei que Benjamin será contra colocá-la em perigo novamente, mas talvez seja a única pequena o suficiente para se infiltrar.

— Eu aceito — concordei. — Quero ajudar.

— Obrigado. — Ele me entregou a mochilinha. — Você a colocará em mim.

Em seguida, ele bebeu o líquido da garrafa de elixir. Depois de um momento, encolheu e se transformou, até se tornar uma coruja-das-torres, branca como a neve, com a cara em formato de coração e intensos olhos negros.

No nervoso de colocar o arreio, belisquei uma de suas asas, e ele me bicou.

— Ai! — exclamei. — Não foi de propósito.

Seu rosto de coruja pareceu pesaroso e me dei conta de que a bicada fora um ato reflexo.

Quando Benjamin voltou, pareceu surpreso com a coruja por um instante, mas então reconheceu o pai.

— O capitão Norberg disse que se aproximará de Nova Zembla até o pôr do sol, caso possa nos buscar. Então esperará em Kirkenes, na Noruega, desse lado da fronteira com a Rússia.

A coruja assentiu e empurrou a garrafa de elixir com o bico na direção do filho.

Benjamin e eu bebemos o restante e nos transformamos mais uma vez em uma calhandra e em um pintarroxo. Ele havia pensado em já deixar a porta da cabine do convés aberta, e nós cinco voamos para fora da proa assim que a patrulha de abordagem se aproximou.

Alguns dos tripulantes da *Anniken* olhavam para nós lá no alto, boquiabertos, até que seus amigos os cotovelaram. Então, fixaram os olhos na patrulha, como se nada de incomum tivesse acontecido. Eram apenas noruegueses inocentes que navegaram por engano até as águas russas em um dia nublado.

O ar dava suporte às minhas penas, embora não parecesse tão frio quanto quando eu era humana, e o céu estava encoberto. Como eu era menor que as outras aves, tinha dificuldade em acompanhar o ritmo. Rajadas de vento nos desviavam do curso, até que Benjamin, voando um pouco mais alto, reuniu suas energias e seguiu adiante. Subimos até sua altitude, encontramos um vento que soprava regularmente para o Norte e permanecemos nele, até localizarmos um enorme navio cinza parado, com torres de tiro e um monstruoso helicóptero cinza estacionado arado na popa. O conde Vili disse que os soviéticos colocariam um destróier fora de Nova Zembla como um posto de observação para o teste, e deduzi que aquele fosse o destróier, o que significava que estávamos perto da ilha.

Podíamos enxergar mais longe como pássaros do que como pessoas, e logo surgiu Nova Zembla. Era mais deserta do que qualquer lugar que eu já tinha visto: congelada, sem vegetação e castigada pelo vento. Eu não conseguia acreditar que alguém morava ali. O arquipélago tinha o mar aberto ao longo do seu lado norte, mas era quase completamente conectado à Rússia continental, por gelo, ao Sul e Leste. Havia uma pista de voo na ponta de terra mais ao Sul. Mais ao Norte, parecia haver minúsculas casas, espalhadas como arbustos. Deduzi que pertencessem aos samoiedos.

Perto da pista de voo, via-se o galpão sem graça de madeira que o boticário havia mencionado como abrigo secreto para a bomba. Os soviéticos escolheram bem: parecia que nada de importante acontecia ali.

Assim que voamos mais baixo, notamos uma sentinela parada sob o telhado do pequeno galpão. Estava usando um casaco e chapéu brancos como camuflagem de neve e parecia ser o único guarda. Ao lado do galpão havia uma colina na neve, que parecia um tipo de bunker, enquanto nos aproximávamos, provavelmente para a sentinela dormir, com uma porta cavada no chão.

Quando o guarda olhou para o outro lado, aterrissamos atrás do bunker, mas, como eu ainda não tinha dominado a arte do pouso, quase atingi Jin Lo. Ela se afastou, indiferente, em suas garras afiadas enquanto eu rolava pela neve. Eu podia dizer que ela considerava todos nós amadores sem esperança.

Ouvimos o som de rotores de helicópteros cortando o ar, e a sinistra máquina cinza apareceu. Pairava perto do galpão da bomba como um enorme inseto raivoso. A sentinela segurou firme seu chapéu branco na cabeça, contra o vento provocado pelos rotores. Então o helicóptero pousou, lançando neve no ar frio.

Dois oficiais soviéticos desceram, um usando um capacete de piloto e óculos de proteção, seguido por dois homens vestidos como civis. Um deles era alto e elegante, mesmo com roupas pesadas de inverno, e eu o reconheci com um susto.

Era Danby, e com ele estava o alemão com a cicatriz.

O quinto e último homem era jovem e magro, vestindo um longo casaco de pele irregular e um gorro cinza de lã. Ele tinha uma conduta descontraída, mas agitada, os cabelos levemente compridos saindo do gorro. Pela animação do albatroz ao meu lado, deduzi que aquele fosse Andrei Sakharov, o gênio russo que o conde Vili queria ver. Em suas mãos enluvadas, o jovem físico segurava uma pequena caixa de metal.

O piloto do helicóptero trouxe uma garrafa térmica com alguma coisa, a sentinela sentou-se feliz em um banco de três pernas e focou sua atenção naquilo. O oficial militar mais velho, cujo rosto estava bronzeado e esticado como o couro de um par de botas velhas, destrancou a porta do galpão com várias chaves diferentes e um cadeado de combinação, e todos os homens do helicóptero entraram, fechando a porta atrás deles.

Olhei para a coruja e ela assentiu com a cabeça branca como a neve. Era o meu momento de tentar descobrir quanto tempo tínhamos. Voei ao redor do galpão procurando um jeito de entrar, e Benjamin me seguiu. Por sorte, a sentinela estava preocupada demais com sua sopa para nos notar voando. Finalmente, encontrei uma estreita abertura entre a parede e o telhado, pressionei meu corpo, e entrei com dificuldade, encontrando um local para descansar na calha. O corpo de calhandra de Benjamin era grande demais para passar, mas eu podia vê-lo empoleirado do lado de fora. Fiquei feliz por ele estar lá.

Eu não conseguia enxergar direito dentro do galpão. Era escuro e um dos oficiais segurava uma lanterna. No chão, no centro do cômodo, havia um longo cilindro horizontal com uma caixa que parecia um caixão ao seu lado. A caixa tinha quase 1,5 metro de comprimento, e sua cor era um cinza sem graça. Eu esperava que tivesse um nariz redondo e barbatanas na cauda, como as bombas que lançamos no Japão, mas eles não lançariam essa aqui de um avião. Nem ao menos precisava ser móvel. Não emitia ruído algum e não possuía marcas, mas tinha uma aura nefasta e mortal. Eu não gostava de estar em um espaço fechado com ela.

Sakharov colocou sua pequena caixa de metal em uma das pontas da bomba. O jovem piloto de helicóptero abriu uma maleta de ferramentas para ele, reverente, como se ajudasse um cirurgião famoso. Sakharov escolheu uma chave inglesa.

Danby caminhou ao redor da bomba, examinando-a.

— É linda — disse. — É o design que forneci?

Eu podia afirmar que ele queria ser elogiado, e parecia tão patético quanto alguém em uma de suas aulas de Latim, gabando-se por ter obtido um crédito extra. Sakharov disse algo rápido em russo, abafado por sua respiração.

— Não me chame de traidor! — protestou Danby.

— Acredito que você se encaixe na real *definição* de traidor — disse Sakharov, anexando um acessório da pequena caixa de metal na bomba. — E se entende russo, por que devemos continuar a falar em inglês?

— Estou um pouco enferrujado — respondeu Danby. — Entendo mais do que falo.

— De alguma forma duvido disso.

— Por favor, camaradas — disse o oficial mais velho. — Temos trabalho importante a ser feito aqui.

Sakharov apertou um pequeno parafuso, então, se endireitou e parou.

— O design é esse — disse ele, com um claro desdém pelo traidor que não era um físico e não falava russo. — Na bomba atômica, separamos o átomo. Isso se chama fissão. Nessa nova bomba, a bomba de hidrogênio, também dividimos o átomo e usamos a energia produzida para combinar os núcleos de dois átomos. Isso se chama fusão. Em seguida, utilizamos a energia liberada para fazer uma segunda reação de fissão, que será 20 vezes maior que a explosão responsável pela destruição de Hiroshima. Então, *sim*, minha ideia é similar à que os americanos deram para as Forças Armadas inglesas. Mas não é o design que você roubou deles... que possuía falhas, de qualquer forma, em níveis que não creio que você compreenda. Sua presença aqui não era necessária, como já disse. Os americanos e eu chegamos a conclusões similares. Isso porque existe muita coisa que pode ser feita com um átomo. Você pode dividi-lo, combiná-lo ou deixá-lo quieto.

Ele devolveu a chave inglesa para o piloto do helicóptero.

Tentei compreender o que Sakharov tinha dito e me dei conta de que, se essa bomba era tão poderosa, poderia derrotar os antídotos do boticário. Eu estava prestes a me espremer para sair e avisá-lo quando ouvi a voz rouca do Cicatriz, como se observasse algo no clima, dizer:

— Tem um pássaro ali.

Senti um sopro violento de ar e o local ficou escuro. Eu estava presa dentro de algum espaço apertado e mofado, e não conseguia mover minhas asas. Uma brecha de luz apareceu e eu vi um rosto humano marcado me olhando. Eu estava dentro do gorro de lã do Cicatriz.

— É o pintarroxo americano — disse ele.

— Tem certeza? — perguntou Danby.

— Não deveríamos ter animais aqui — informou o oficial russo. — Farei uma anotação.

— O ponto não é esse — disse o Cicatriz. — A ave não é nativa daqui. É uma espiã.

Houve uma pausa assombrosa por conta da alegação. O oficial mais velho perguntou:

— Possui uma câmera?

— É *humano* — respondeu Danby. — Digo, é um humano que se transformou em pássaro.

O oficial mais velho limpou a garganta e disse cuidadosamente, como se falasse com pessoas loucas e muito perigosas:

— O mecanismo de gatilho está instalado. Temos 20 minutos. Devemos voltar para o navio.

— Espere! — pediu Danby. — Devemos revistar a ilha em busca de outros pássaros! Talvez estejam tentando impedir o teste!

— Iremos agora — disse o oficial mais velho.

O Cicatriz me carregou para fora do galpão, dentro do gorro. Eu não sabia se Benjamin havia escutado tudo, e não tinha como avisá-lo que a bomba talvez fosse poderosa demais para a rede de Jin Lo. Então os rotores do helicóptero foram ligados e eu sabia que até o meu grito finíssimo de pintarroxo seria abafado.

Eu nunca estivera em um helicóptero antes e viajar dentro de um gorro de lã não muito limpo, no colo de um assassino Stasi, quando você tem uma informação que os seus amigos precisam, desesperadamente, não é o jeito que eu recomendaria tentar. O gorro cheirava a suor, e o barulhento e instável helicóptero balançava no ar a ponto de me deixar enjoada.

Finalmente pousamos no que havia de ser o convés do destróier.

— Precisamos de uma caixa ou uma gaiola — disse a voz do sr. Danby.

Uma mão me agarrou pelo peito e me retirou do gorro. A luz invadiu os meus olhos e eu olhava ao meu redor freneticamente. O navio era enorme, nada como o brinquedo de banheira que aparentava quando eu o vira do céu, mas quase não havia ninguém no convés. Tentei me livrar, contorcendo-me, e furei a mão do Cicatriz com o meu bico, mas ele só me apertou com mais força, e arquejei. Pensei que ele poderia esmagar meus minúsculos ossos.

O jovem piloto apareceu e empurrou a caixa de ferramentas para as mãos de Danby.

— Agora iremos para baixo do convés, abaixo do nível da água — disse. Ele apontou para Nova Zembla. — Bomba, sim? Muita *radiatsii*.

— Sim, estou ciente disso — respondeu Danby, irritado.

O garoto se afastou apressadamente e Danby abriu a caixa de metal de ferramentas, que era do tamanho de um pão de forma e estava vazia. Eles me colocariam ali. Se eu me tornasse humana enquanto presa, seria esmagada quando meus ossos crescessem. Eu morreria dolorosamente. Tinha certeza... metade ave, metade humana, grande demais para a minha prisão. Fechei os olhos e tentei o máximo que pude me imaginar virando humana *agora*, meus batimentos cardíacos desacelerando, minhas asas se transformando em braços.

Nada aconteceu, e o Cicatriz me colocou dentro da caixa. Ele parecia tentar descobrir como fechar a tampa com sua mão ainda dentro ou como tirar sua mão sem me deixar escapar. Eu chiei em protesto.

E, então, começou. Senti o ritmado meu coração diminuir e meus ossos ficarem mais pesados, meu crânio engrossando, minhas penas se retraindo e, então, caí no convés, vestindo meu casaco e botas. A caixa de ferramentas chacoalhou do meu lado e o Cicatriz ficou tão surpreso que perdeu o gorro, que foi soprado pelo convés do destróier afora. Ele correu atrás e conseguiu alcançá-lo no ar. Fiquei de pé, sentindo-me estranha em meus membros humanos.

— Eu sabia! — exclamou Danby, segurando-me pelos ombros. — Onde está o boticário? Ele está em Nova Zembla?

— Ele não sobreviveu — menti. — Caiu no mar.

Danby olhou dentro dos meus olhos para ver se eu estava dizendo a verdade.

— Eu sou a única que chegou à ilha — falei. — Não pude salvá-los.

Uma lágrima desceu pela minha bochecha... porque eu realmente me sentia sem esperanças... e a deixei ficar. Não sabia o que fazer a não ser ganhar algum tempo para o boticário.

Então um alarme alto disparou no destróier e uma voz russa emitiu um comando por uma caixa de som. Perguntei-me se o navio estava protegido de alguma forma contra a radiação ou se a água por si só seria capaz de nos defender, abaixo de seu nível.

O Cicatriz disse:

— Nós a deixaremos no convés.

O medo tomou conta de mim.

— Vocês não podem! Serei envenenada e morrerei!

— Então será um problema resolvido — disse ele.

Danby sorriu e soltou os meus ombros.

— É verdade — concordou. — Eu a invejo por ver como de fato será, Janie. Temos câmeras, é claro, mas filme nunca é a mesma coisa. Deve ser muito bonito, tão de perto.

— Por que você está fazendo isso, sr. Danby? — perguntei. — Não pode ser porque leu *Anna Karenina* quando tinha 15 anos.

Por um momento ele pareceu surpreso, por eu saber sobre sua conversa sobre Tolstói, mas, então, considerou a questão.

— Que melhor razão poderia ser? — perguntou. — Quero que a nação que criou um livro assim sobreviva e não seja aniquilada pelo seu governo americano ingênua e corrupta.

— Mas uma *pessoa* criou aquele livro — falei. — Não uma nação. Isso é... — Peguei-me usando o tempo presente. — Isso *foi* uma grande verdade sobre o boticário. Ele não estava trabalhando para um país. Trabalhava para salvar as pessoas de todo o mundo.

— Assim como eu! — exclamou Danby. — Uma força nuclear soviética é a única maneira de manter os americanos controlados e ter certeza de que suas armas nunca serão usadas. Os Estados Unidos precisam de algo que os detenha. Estou certo de que seus pais concordariam. Agora eu realmente preciso descer.

— Não me deixe aqui! — implorei. As palavras em latim em seu quadro-negro surgiram em minha mente. — *"Decipimur specie... rectie!"* Somos enganados pela aparência do bem! Lembra? Você acha que está certo, mas não está!

Danby sorriu para mim.

— Você realmente era uma aluna muito promissora, srta. Scott. Desejo-lhe toda sorte.

Ele seguiu o Cicatriz na direção da última porta aberta para descer. Pensei em correr atrás deles e tentar lutar pelo meu lugar lá embaixo, mas eu sabia que nunca seria forte o suficiente.

Virei-me para o corrimão do navio. Estive agindo como se acreditasse que a bomba explodiria em virtude de o boticário não estar por perto para pará-la, mas então decidi acreditar que não. Eu precisava acreditar que o boticário era bastante forte para parar algo 20 vezes mais poderoso do que imaginara. Eu estava sozinha no convés cinzento do destróier, no alto-mar prateado, e queria ser corajosa. Neve começou a cair. Endireitei minha postura e tentei ter um pouco da chama de Benjamin em meus olhos.

Então olhei para Nova Zembla e esperei.

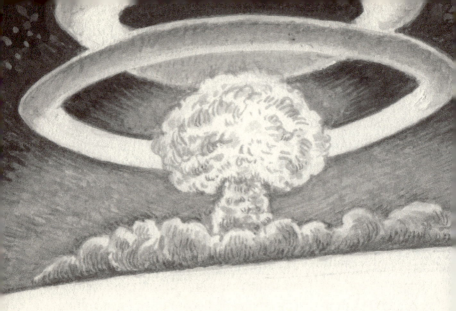

CAPÍTULO 34

A Bomba

No que pareceu ser um longo período de tempo, eu estava sozinha, no convés, no silêncio. Prendi a respiração, parada no corrimão e piscando para a ilha em meio à neve, esperando que Benjamin e o pai dele tivessem dado prosseguimento ao plano... que a rede de Jin Lo funcionasse e que a Quintessência absorvesse a radiação. Imaginá-los trabalhando na ilha ajudou. Eles prosseguiriam e obteriam sucesso, salvariam a si mesmos e os samoiedos na ilha, as renas, os peixes, as crianças norueguesas... e a mim também, exposta no convés do destróier. Eu não queria pensar sobre o que aconteceria em seguida, quando

tivessem de deixar Nova Zembla. Possivelmente, não poderiam me resgatar da Marinha soviética, e a ideia fez com que me sentisse vazia e abandonada.

Tentei não ser egoísta e desejei apenas a segurança de Benjamin, considerando que ele e o pai tentavam salvar o mundo. Mas o que eu realmente queria era que *todos* nós ficássemos a salvo e longe desse lugar infeliz. Só não conseguia ver como isso aconteceria.

Enquanto com meus olhos apertados focalizava o horizonte, as mudanças começaram. Algo pequeno surgiu da superfície de Nova Zembla, florescendo em tons alaranjados e avermelhados, como se fosse uma gigantesca flor na luz fraca. Ergueu-se devagar, abominavelmente, para o ar. Então, houve o som de uma explosão, que se propagou em um rugido longo e mais baixo, e o navio estremeceu na superfície d'água.

Lembrei-me de Benjamin no refeitório dizendo "Seremos todos incinerados. Viraremos cinzas". A ideia de que todos eles haviam sido incinerados instantaneamente... Jin Lo, com sua competência feroz e dor oculta, o afável conde Vili, o bondoso e assombrado boticário, e *Benjamin*, meu Benjamin... era intolerável demais para meu cérebro controlar. O fato de a radiação vir na minha direção em ondas tóxicas não era nada, comparado ao desaparecimento de meus amigos.

A nuvem alaranjada crescia e se misturava de um jeito que parecia agonizantemente lento, e eu me agarrei à esperança de que o conde Vili estava parando o tempo em Nova Zembla. Aquilo significaria que ele ainda estaria vivo... que todos estariam. Ignorei o perturbante pensamento de que a propagação lenta fosse apenas a natureza da explosão e permiti que um mínimo de esperança reaparecesse em meu coração.

A nuvem cor de laranja se desdobrou em uma segunda, que subia acima da primeira, separando-se, até que as nuvens empilhadas possuíssem apenas um fio de luz alaranjado entre si. As duas nuvens não pareciam inteligentes como a Força Negra, mas pareciam *vivas*. Pareciam ferver com fumaça, e aumentavam, expandindo-se inexorável e incontrolavelmente.

E, em seguida, em vez de crescerem mais para o alto, pararam de se expandir. Pensei em Jin Lo lançando sua brilhante rede do mar e desejei que ela a tivesse colocado ao redor da bomba. Se sim, e caso funcionasse, então o polímero provocado pela radiação se contrairia e capturaria a explosão. Aguardei, prendendo a respiração.

Houve um momento de hesitante tranquilidade e, então, a nuvem de cima voltou a se unir com a de baixo, com um beijo. Tornaram-se mais uma vez uma massa brilhante, e aquela massa começou a se contrair, bem lentamente. Parecia uma manchete sobre uma explosão atômica sendo exibida de trás para a frente, em cores.

A nuvem entrou em colapso consigo mesma, ficando cada vez menor, e em seguida desapareceu, como um filete de sol alaranjado se pondo no horizonte. Houve uma estranha quietude no convés vazio: nenhuma ave marinha, nenhuma onda batendo.

E, em seguida, um odor veio em minha direção, com uma rajada de vento. Era o cheiro mais doce que eu sentira, até mesmo vários anos depois. Era mais adocicado do que o de flores de laranjeira ou jasmins-da-noite. De certa forma, cheirava a vida: como grama verde, luz do sol, canto de pássaro e a dor no coração que se sente quando se ama alguém profundamente.

Eu sabia que deveria ser a Quintessência, destilada dos brotos do jardim para absorver a radiação. Vi minúsculas partículas brilharem no fim do dia, entre os flutuantes flocos de neve.

A nuvem em formato de cogumelo entrou em colapso e senti uma onda de orgulho e alívio. A explosão, mesmo controlada, havia sido enorme e, talvez, meus amigos não tivessem sobrevivido. E, caso contrário, eu não sabia como voltaria para eles. Mas conseguiram. Esforcei-me em vão para enxergar algum sinal de movimento na ilha distante, mas não vi nada.

Deve ter passado uma hora antes de o silêncio no destróier se desfazer. Alguns homens se aventuraram a voltar ao convés, conversando em russo, movendo-se com tanto cuidado como pessoas se aproximando de uma mina terrestre que não detonou. Um jovem marinheiro usava fones de ouvido acoplados a uma caixa que eu reconheci do telejornal como um contador Geiger para medir a radiação. Ele ouviu, franziu o rosto em sinal de confusão e depois entregou os fones para outra pessoa verificar se estava errado: não havia radiação alguma.

Tentei parecer discreta e infantil em meu casaco e gorro, como um tripulante menor, mas alguém agarrou meu braço com força e me virou.

— O que aconteceu aqui fora? — perguntou Danby, demandando uma resposta, com o rosto perto do meu. — Sentimos a explosão, mas algo aconteceu. As fotografias não fazem sentido.

— Foi maravilhoso — respondi. — Lindo. E você perdeu, porque estava com medo!

Os olhos de Danby se encheram de fúria.

— O boticário está na ilha?

— Não sei — falei. — Eu estou *aqui*, lembra?

Danby me arrastou pelo braço para o helicóptero. O Cicatriz o seguiu.

— Onde está Sakharov? — perguntou Danby. — Onde está aquele maldito piloto? Traga o contador Geiger. Nós voltaremos!

CAPÍTULO 35

O Mar Congelado

A viagem de helicóptero não foi mais prazerosa agora que eu era humana e podia olhar pelas janelas. A máquina instável balançava loucamente a cada rajada de vento e rangia e chiava como se estivesse pronta para ser despedaçada. Era barulhenta demais para qualquer um a bordo tentar conversar, e Sakharov e o Cicatriz olhavam de um jeito sinistro para o mar.

Para evitar ficar enjoada e com medo, tentei fixar meu olhar em algo que não se movesse, como fazia quando andava de carro. Foi então que vi pela janela uma nuvem negra e imóvel. Era perfeitamente redonda e parecia se manter separada e distante das demais. Pensei no conde Vili e na Força Negra que havia se distanciado da árvore jaival.

De repente, o helicóptero deu uma guinada, meu estômago pareceu saltar para o meu peito e começamos a descer. Nova Zembla estava tão estéril e branca quanto antes, mas havia um enorme círculo crestado onde ficava o galpão com a bomba. As casas dos samoiedos eram minúsculas vistas de longe e pareciam intactas, assim como os longos pinheiros da ilha ao Norte.

O helicóptero evitou a área queimada e aterrissou no chão congelado a uma pequena distância. Os outros desceram e Danby me arrastou para a neve.

Os homens caminharam terrivelmente tensos, na direção do campo de teste, olhando para a terra enegrecida e para a cratera. A neve estava derretida até além da área queimada, mas não havia nada como a destruição que uma bomba nuclear deveria ter provocado. Danby segurou meu braço com força para que eu não fugisse, mas aonde eu iria? Não havia sinal de mais ninguém, e tentei pensar que eles haviam conseguido escapar para bem longe. O chão crestado parecia um lugar adequado para a esperança de que meus amigos teriam me abandonado em nome de sua própria segurança. Meu coração pareceu tão despedaçado quanto o pequeno galpão.

O jovem piloto de helicóptero carregava o contador Geiger de metal cinzento para testar a radiação. Ele balançou a cabeça, perplexo.

— *Chisto* — disse ele.

Sakharov tomou os fones de ouvido do piloto e os colocou nas orelhas, ouvindo, retirando-os em seguida. Balançavam no fio que estava na mão do jovem piloto. O fraco odor da Quintessência ainda pairava no ar. Sakharov examinou em volta da área deserta.

— Como isso é possível? — perguntou em inglês. — Isso *não* é possível!

Seu rosto inteligente estava atormentado. Havia controlado os átomos à sua vontade e não estava acostumado a ser confrontado por coisas que não compreendia.

— A menina sabe — disse Danby.

— A menina! — exclamou Sakharov. — De onde ela *veio*?

— Ela era o pássaro — respondeu Danby. — Eu lhe *disse* que deveríamos ter revistado a ilha.

— Ela era o *pássaro*?

— E sabe o que aconteceu.

— Não sei — protestei. — Eu não estava aqui!

— Você vai *apodrecer* em uma prisão soviética, srta. Scott, se chegar até lá — ameaçou Danby. Ele me sacudia pelo braço com tanta força que mordi minha língua e senti o sabor metálico de sangue. — O que o boticário fez?

— Eu não sei!

Sakharov disse:

— Acho que não entendo essa palavra, *boticário*.

— Ele não é um boticário comum — disse Danby. — É... um tipo de alquimista. Ou um mágico.

— Um *mágico*?

— Não, ele é um cientista — esclareci, porque Sakharov parecia ser minha única esperança. — Assim como você. Você gostaria dele. Eles queriam conhecê-lo e pensaram que entenderia o que faziam.

— Eles? — perguntou Sakharov. — Quem são *eles*? E o que estão fazendo, além de destruir meu trabalho e reputação?

Então ouvimos um grito que não parecia totalmente humano, e meu coração gelou. Eu não sabia de onde o som vinha, a não ser que estava acima de nós. Gritou novamente, aterrorizado; a voz quase carregada pelo vento. Olhei para o alto, acima do mar, e vi um garoto caindo do céu.

— Benjamin! — gritei.

Assisti, horrorizada, enquanto ele mergulhava nas ondas.

— Que conveniente — disse Danby. — O garoto que voou alto demais.

— Aquilo era um *garoto*? — perguntou Sakharov.

Tentei livrar meu braço das mãos de Danby, mas ele pressionou os dedos.

— Temos de salvá-lo! — gritei.

— A queda o matará — respondeu Danby. — Caso contrário, ele se afogará instantaneamente naquele frio.

— *Não!* — Esmurrei seu peito com o braço livre e ele agarrou meu outro punho também. Senti-me impotente, dada sua total indiferença. Não importava se eu amasse Benjamin, que era destemido, esperto, leal e corajoso, e que tentava voltar, por mim. Eu precisava encontrar uma razão para que Danby *quisesse* salvá-lo, e os segundos estavam passando. — Ele conhece todos os segredos! — falei. — Ele sabe *tudo* sobre o trabalho do pai.

Vi uma centelha de interesse tomar o rosto de Danby. Virei-me para Sakharov.

— Aquele que caiu era o filho do boticário — informei, tentando fazer com que minha voz ficasse firme. — Seu aprendiz, seu aliado mais íntimo. Ele pode explicar o que aconteceu com a bomba... como foi contida, e o motivo de não haver radiação. Você *tem* que interrogá-lo! Não quer *saber* o que houve?

Eu sabia que se resgatassem Benjamin com vida iriam forçá-lo a contar o que pudesse sobre os segredos de seu pai ou a entregá-lo. Aquilo seria horrível, mas a alternativa era pior. Era impensável que pudesse morrer bem ali, naquela água gelada. Danby e Sakharov olharam para mim. O piloto aguardou.

Finalmente Sakharov ordenou:

— Ligue o helicóptero.

Todos corremos para a máquina horrorosa. Decolou sacudida pelo vento e voou baixo, em direção ao local onde Benjamin caíra.

— Lá está ele! — berrei, acima do ruído dos motores.

Eu conseguia ver apenas o cabelo louro-escuro de Benjamin, encharcado, e seus braços saindo da água em uma fraca tentativa de nado antes que uma onda o engolisse completamente. Meu estômago se revirou como se amarrado com uma série de nós dolorosos e desejei que Benjamin ficasse na superfície até que nos aproximássemos.

O helicóptero baixou uma escada de corda e o Cicatriz desceu. Ela chicoteou com o vento quando ele atingiu a metade do trajeto, fazendo-o encolher a cabeça e se segurar. Nunca pensei que torceria pelo Cicatriz, mas queria que ele continuasse, desesperadamente. Ele alcançou o final da escada, mas ainda estava a uns 3 metros acima de Benjamin. Sakharov gritou algo sobre seu ombro para o piloto. O helicóptero desceu mais ainda.

Eu havia perdido Benjamin de vista naquela iluminação fraca, com as ondas batendo e a escada balançando lá embaixo. Pensei tê-lo visto nadando para longe, como se não *quisesse* ser resgatado.

— Benjamin! — gritei. — Volte!

O helicóptero deu uma guinada e a escada ficou sobre ele novamente, mas Benjamin lutava para não ser pego. O Cicatriz atingiu-lhe o rosto, então, quase caiu da escada enquanto balançava. Prendi a respiração, esperando que Benjamin se rendesse e que Cicatriz permanecesse forte.

— Só o agarre! — gritou Danby, impaciente, mas sua voz foi carregada pelo vento.

Então o Cicatriz levantava algo pesado sob um dos braços. Balançou Benjamin como um tapete enrolado sobre o ombro, subiu um degrau da escada e depois outro. O corpo de Benjamin era um peso morto, esquisito, e fechei os olhos. Eu não conseguia assistir à escalada, não com ele tão inerte e sem vida, e com a possibilidade de o Cicatriz derrubá-lo.

Pensei no boticário e me perguntei se ele teria algum tipo de poder de cura capaz de trazer Benjamin de volta à vida. Pensei sobre o aroma adocicado da Quintessência, como cheirava a vida *per se* e me perguntei se ainda havia o suficiente no ar para fazer algum bem a ele.

O Cicatriz chegou ao topo da escada e Danby e Sakharov ajudaram a puxar Benjamin, com suas roupas pesadas e encharcadas, para dentro do helicóptero. Sakharov sentiu o pescoço em busca de batimentos e ouviu para ver se ele estava respirando. Em seguida, colocou-o de lado e pressionou os punhos abaixo do esterno de Benjamin até que a água do mar fosse posta para fora. Ele tossiu, vomitou água e inspirou com rouquidão, mas seus lábios estavam arroxeados de frio e ele não parecia acordado.

O Cicatriz também tremia de frio e buscava fôlego, então, o piloto do helicóptero nos levou de volta para o destróier.

— Precisamos de vodca e cobertores — disse Sakharov.

Eu tinha certeza de que vodca *não* era o que Benjamin precisava e que não havia nada para nós no destróier além de dor e morte. Eles o haviam salvado para interrogá-lo, mas agora eu não podia permitir que o machucassem ou o forçassem a contar os segredos de seu pai.

Em uma bolsa pendurada atrás de um assento estavam as ferramentas que o piloto havia retirado da caixa, incluindo a pesada chave inglesa que Sakharov usara para conectar o mecanismo de detonação na bomba. O Cicatriz estava exausto, Danby e Sakharov distraídos, tentando reavivar Benjamin. Tirei a chave inglesa da bolsa com cuidado, ninguém notou. Sakharov cobriu Benjamin com seu casaco, pois ele tremia incontrolavelmente. Eu não sabia qual seria meu próximo plano, mas, se pudesse me livrar de Danby, talvez conseguisse persuadir o piloto a aterrissar em Nova Zembla...

Foi o mais longe que consegui ir antes de Danby se virar para mim. Vi suspeita em seu rosto, balancei a chave inglesa e acertei sua cabeça com um baque enjoativo. Ele gritou de dor e surpresa, agarrei seu colarinho com a minha mão livre. Tentei atirá-lo na direção da porta, mas ele era pesado e não se mexia. Arrancou de mim a chave inglesa e a segurou com fúria como um guerreiro com uma clava. Sua testa sangrava. Cheguei para trás e cobri a cabeça com um braço, esperando pelo golpe.

Então o piloto gritou algo em russo e Danby se virou.

Avistei, através do painel, a nuvem escura que vira antes vindo em nossa direção. Estava sozinha no céu e parecia mover-se no ar, como se estivesse se preparando para algo. Em seguida, flutuou ameaçadoramente ao redor do para-brisa, bloqueando a luz, e entrou pela porta aberta. Senti um frio que não era como o clima brusco do Ártico, porém mais traiçoeiro, como se dedos úmidos de neblina agarrassem meu coração. O vapor negro envolveu o helicóptero. *Queria* nos envolver. Estava atacando.

O piloto, cego pelo vapor que tomava o para-brisa, gritou algo em russo. Danby derrubou a chave inglesa quando o helicóptero foi lançado de repente para um lado, e todos nós nos agarramos em algo. Segurei-me no cinto de um assento com uma das mãos e em Benjamin com a outra, com meu braço por cima de seu peito frio e sob o dele. O helicóptero caía rapidamente em direção à água.

Os demais estavam em meio ao caos, gritando ordens uns aos outros. Benjamin começou a escapar do meu braço, e vi que iria perdê-lo. Ele era pesado demais, e o helicóptero se inclinava muito bruscamente em direção às ondas lá embaixo. Por fim, precisei fazer uma escolha: o cinto de segurança ou Benjamin. Soltei, agarrei seu outro ombro e deslizamos rumo à porta aberta.

Houve um mergulho vertiginoso e, então, atingimos a água e afundamos. Era como estar imerso em neve semiderretida. Nadei para a superfície, meus braços ainda ao redor do peito de Benjamin. Quando emergi minha cabeça da água, tentei respirar, mas os músculos da minha garganta pareciam congelados. Tentei não entrar em pânico.

As ondas eram tão grandes que eu não conseguia ver onde o helicóptero havia caído na água, nem a costa. Segurei a cabeça de Benjamin para o alto e comecei a nadar na direção que pensei estar o litoral. Tentei lembrar do quão longe da terra estivemos... uns 90 metros? O dobro? Não fazia ideia. Minha garganta relaxou o suficiente para deixar passar um pouco de ar, mas minhas pernas estavam tão frias que mal respondiam aos comandos do meu cérebro. No curso de salvamento, em Los Angeles, nos ensinaram a tirar nossas roupas pesadas e molhadas durante um resgate, mas na Califórnia era quente, no verão... eu não ousaria me livrar delas aqui. Precisaria das roupas caso chegássemos à costa.

Bati os pés, remei, afundei, lutei para chegar à superfície, e consegui avistar, rapidamente, a ilha, mas não parecia se aproximar, de jeito algum.

Outra onda nos cobriu, escura, salgada e congelante, e nadei para a superfície novamente. Ouvi Benjamin tossir e cuspir água, recobrando a consciência.

— Tão frio — sussurrou.

— Eu sei — gritei. — Nade! Me ajude!

Ele pareceu entender a situação, olhando ao redor, para as ondas, enquanto eu lutava para rebocá-lo.

— Não consigo — disse Benjamin. — Deixe-me ir.

— Não! Nade!

— Me solta, Janie — pediu. — Salve sua vida.

— *Nade!* — gritei, encobrindo sua voz.

Mas eu sabia que ele estava certo. Teria de tomar uma decisão. Minhas mãos e meus pés estavam completamente dormentes. Talvez eu conseguisse me salvar, mas se continuasse a tentar salvá-lo, morreríamos os dois. *A coisa mais importante é não se tornar uma vítima de si mesmo...* os salva-vidas nos ensinaram isso, durante aqueles dias felizes e ensolarados na praia, quando a ideia de verdade parecia impossível.

— Por favor, Janie — pediu Benjamin e, então, outra onda nos cobriu.

Ela nos revirou, enchendo minha boca de água salgada, e afundamos. A água era muito escura e fria. Tentei nadar para a superfície, mas ela não parecia estar ali. Senti-me ser levada pela correnteza, ainda agarrada ao peito de Benjamin, estranhamente calma. Pelo menos morreríamos juntos.

E, então, algo me puxou pelo cabelo e me ergueu, fazendo com que meu rosto ficasse acima da superfície novamente. Arquejei, engasgando, enquanto era arrastada para trás e sobre algo duro. Tentei segurar Benjamin com força, mas ele também era erguido... eu não tinha mais todo o seu peso em meu braço congelado.

Estávamos em um barco. Era estreito, e um homem com um capuz de pele ao redor do rosto havia nos puxado. Tinha um casaco feito de peles e um remo com pás duplas, e quando nos colocou na proa, começou a remar com força em direção à costa. Meus cílios molhados congelaram com o vento e eu não conseguia enxergar direito, então fechei os olhos, apenas por um segundo, para derreter o gelo.

Nesse momento, mergulhei em uma escuridão bem mais profunda do que o oceano gelado, e tudo se foi.

CAPÍTULO 36

A Fuga

A viagem para a Noruega, até hoje, foi como um terrível pesadelo, do qual me lembro apenas uma parte. Oscilei em meu estado de consciência, por vezes acordada por alguém que queria me alimentar ou saber se eu ainda estava viva. Lembro-me vagamente de estar em uma cabana enfumaçada, enrolada em cobertores e aquecida por um enorme cão branco deitado em cima de mim. Havia uma mulher de rosto redondo que me deu sopa. Vi o rosto de Benjamin, inconsciente e pálido, encolhido debaixo de um outro cão. Depois, eu estava na proa de um outro barco, que flutuava, que navegava pelas águas, ouvindo o som de remos atrás de mim e sentindo-me embalada pelas ondas.

Acordei quando o sol apareceu e vi nosso salvador dormindo sentado, com o remo apoiado na amurada. Ele tinha o rosto redondo como o da mulher que me alimentara, embora fosse mais alto que ela, e a pele escura com marcas mosqueadas nas maçãs do rosto, causadas pela friagem ou por queimadura de sol. Seu capuz de pele estava amarrado com força sob o queixo e a boca dava uma impressão de determinação, mesmo enquanto dormia. O barco parecia uma canoa, e um dos cães brancos estava na popa, atrás do homem. O animal levantou a cabeça e deu um suspiro, ao me ver acordada, em seguida voltou a apoiar o queixo sobre as patas dobradas.

Benjamin dormia ao meu lado na proa, enrolado em cobertores. O mar era amplo e de um tom cinza-azulado em todas as direções, o que fez com que eu me sentisse muito pequena e insignificante. Ninguém notaria se nosso barco fosse engolido por uma onda ou saberia se Benjamin se rendera à sua febre. Ele parecia terrivelmente acinzentado. Senti sua testa, gelada, e ele não respondeu ao toque. Os olhos dele permaneceram fechados.

Nosso salvador acordou e disse alguma coisa em seu idioma.

— Eu não sei o que isso significa — falei. — Você acha que ele vai sobreviver?

O homem não entendeu o que eu disse.

Eu apontei.

— Benjamin — falei.

Por algum motivo parecia importante que, caso ele morresse com apenas duas testemunhas, ambas soubessem seu nome.

— Benjamin — repetiu o homem. Em seguida, colocou a mão no próprio peito. — Hirra — disse.

— Hirra — repeti. Toquei meu casaco do mesmo jeito. — Janie.

— Janie — disse Hirra.

Os jotas em ambos os nomes pareceram dar trabalho. Ele esticou a mão para sentir a testa de Benjamin e fez uma declaração um pouco longa. Concluí que ele estava dizendo algo esperançoso, mesmo que seu tom não fosse muito reconfortante.

Arrumei o cabelo úmido de febre de Benjamin para dentro de seu capuz de pele, deitei ao seu lado e me rendi a um sono tomado por alucinações.

Na vez seguinte em que Hirra me acordou, vi um barco erguendo-se sobre nós e vozes gritando de seu corrimão. Lutei para me sentar, pensando que o destróier soviético havia nos encontrado, mas então me dei conta de que o barco era vermelho e não cinza. Era a ainda disfarçada *Anniken*, e o boticário e o conde Vili nos chamando do corrimão. Eu tinha uma vaga lembrança de tentar descrever o quebra-gelo vermelho para a mulher samoieda que me dera sopa e desenhar um mapa de Kirkenes no chão, mas não pensei que, de fato, chegaríamos lá. Um cordame parecido com uma rede foi abaixado até o caiaque, fui colocada dentro dele e erguida para o barco, ainda enrolada firmemente em cobertores. Tentei dizer aos demais que Hirra havia salvado nossas vidas e que Benjamin precisava de remédios, mas as pessoas só me pediam que ficasse quieta.

A última coisa da qual me lembro foi ser carregada para minha antiga cabine, colocada em meu saco de dormir e o boticário medindo algo de uma pequena garrafa à luz de uma lâmpada. O outro beliche estava vazio.

— Onde está Jin Lo? — perguntei.

O boticário, entretanto, apenas me deu algo amargo para beber e, em seguida, peguei no sono.

A FUGA   333

Quando acordei, estávamos em um avião muito pequeno e o sr. Burrows estava sentado ao meu lado. Seu rosto estava carrancudo e distante, e ele escrevia em um caderno com uma letra minúscula e ilegível que reconheci ser a mesma das margens da Farmacopeia. Benjamin estava enrolado em cobertores, dormindo do outro lado do estreito corredor. Minha mente parecia clara pela primeira vez desde que caí no mar, após a colisão do helicóptero.

— Ele vai ficar bem? — perguntei.

— A febre passou — respondeu o boticário, como se não acreditasse em previsões, apenas em fatos.

— Você deu algo para curá-lo?

— Sim — disse ele. — Mas não foi fácil. Estava muito perto de morrer.

Vili ocupava dois assentos à nossa frente e parecia dormir também. Jin Lo não estava a bordo do avião, temi que tivesse falecido em Nova Zembla e ninguém me contasse por conta de minha delicada condição. Olhei para o boticário e ele pareceu ler a minha mente.

— Ela está bem — disse. — Ficará na Noruega por enquanto. É mais seguro. Ela é reconhecível demais para as autoridades em Londres.

Respirei novamente, aliviada.

— Você entende que não tínhamos chance alguma contra um destróier soviético — disse ele.

— Eu sei — falei. — Você tomou a decisão certa.

O boticário balançou a cabeça.

— Benjamin bebeu a porção extra do elixir das aves para voltar até onde você estava. Eu deveria saber que ele o faria. Jamais me perdoarei. Cometi tantos erros!

— Mas tudo deu certo.

O boticário fez um gesto que parecia um dar de ombros em sinal de assentimento e, ao mesmo tempo, um movimento com a cabeça que denotava culpa.

— Farei melhor da próxima vez.

A ideia de uma *próxima vez* me deixou extremamente cansada.

— Posso ir me sentar com Benjamin? — perguntei.

O boticário concordou. Fiquei surpresa com o quão fracos meus braços estavam ao tentar levantar meu corpo do assento.

— Janie — disse o sr. Burrows. — A polícia estará à nossa procura em Londres. Nossos documentos falsos nos identificam como uma família. Ao chegarmos em Heathrow, o nome do meu filho será James e você será sua irmã, Victoria.

Sorri.

— Verei se consigo criar algum tipo de rusga.

— Ótimo. Ah, e Victoria...

— Sim?

Os olhos do boticário estavam sérios por detrás de seus óculos.

— Jamais lhe agradecerei o suficiente por ter salvado a vida do meu filho.

Mas eu não precisava de nenhum agradecimento. Deslizei para o assento de Benjamin, que dormia, e passei meu braço por baixo do corpo dele. Depois de alguns minutos, ele se mexeu, e entrelaçou os dedos nos meus, virando-se para me olhar.

— Janie — falou com a voz rouca.

Eu estava tão feliz em ouvir sua voz que lágrimas encheram meus olhos.

— Você acordou!

Ele tentou se sentar mais ereto, mas desistiu, como se o movimento doesse.

— Ai! — disse ele, repousando a cabeça nas mãos.

— Não se mexa — pedi. — Apenas se sente.

Ele fechou os olhos novamente.

— Você está aqui — disse. — Meu pai não queria voltar para te buscar.

— Ele estava tentando te salvar — falei. — Mas você voltou, por mim.

— Não consegui permanecer como um pássaro. Tentei, mas caí.

— Eu sei.

— Fico sonhando com isso.

— Eu também.

— Mas agora estamos a salvo?

Assenti.

— E os outros?

— Estão bem. Jin Lo está na Noruega e Vili, dormindo. Seu pai está aqui. Muito feliz em tê-lo de volta.

O boticário me entregou algo do outro lado do corredor, em uma garrafinha marrom, para Benjamin beber. Depois de alguns minutos pude ver a cor voltando às suas bochechas, e ele conseguiu se sentar melhor, sem sentir dor. No momento em que o avião estremeceu, para pousar na pista de voo, ele já conseguia caminhar sozinho.

Ambos nos movemos lentamente pelo Aeroporto de Heathrow, pela alfândega, e meu coração acelerou quando um oficial examinou nossos documentos falsos. Esperei que não fosse necessário imitar um sotaque britânico e dizer que meu nome era Victoria. Mas ele não nos fez pergunta alguma. Carimbou os documentos e os devolveu, parecendo entediado.

Enquanto deixávamos o terminal, passamos pelo retrato da jovem Rainha Elizabeth II que meus pais e eu vimos ao chegarmos em Londres, há apenas um mês. Lembrei-me do meu pai dizendo que as coisas poderiam ser piores... que eu poderia ser rainha. Mas ela parecia bastante aquecida, seca, limpa e não procurada pela polícia. Não me parecia tão ruim.

— O que vamos dizer aos meus pais? — perguntei ao boticário.

— O que você quer contar a eles?

— Tudo — respondi. — Mas não acho que eles irão acreditar.

Ele concordou. — Estamos todos muito cansados — disse. — Vamos levá-la para casa e poderá descansar. Amanhã nos encontraremos para contar a eles toda a história. Talvez o seu amigo Pip também possa vir.

CAPÍTULO 37

O Vinho de Lete

Pegamos um táxi para o apartamento dos meus pais e entrei sozinha. Esperei que estivessem furiosos, mas, em vez disso, tomaram-me em seus braços, primeiro meu pai, depois minha mãe, chorando e agarrando-me como se jamais fossem me soltar. Comecei a chorar também, só porque faziam o mesmo. Não pareceram notar que minhas roupas cheiravam a água do mar e gordura de rena. Meu pai estava tão esgotado que não conseguiu falar logo de cara, coisa rara para ele.

— Estávamos *desesperados* de preocupação, Janie — disse minha mãe, limpando as lágrimas do rosto. — Aquela ridícula sra. Parrish disse que você está com alguém chamada Sarah, mas a Sarah que encontramos em sua escola nos disse que você saiu para uma viagem de barco com o tio de alguém. Mas de quem? Que barco? A escola não sabia de nada! Como pôde sumir assim?

— O pai de Benjamin quer nos encontrar amanhã — falei. — Para que possamos contar tudo a vocês.

— Eu vou torcer o pescoço daquele garoto — ameaçou meu pai.

— Ele salvou a minha vida — falei. — Vocês vão entender quando eles contarem toda a história.

— Quando fomos à polícia, eles disseram que você foi sequestrada — disse minha mãe. — Disseram que foi liberada aos cuidados de um professor e, então, que sumiu, e nos ameaçaram com deportação quando não soubemos dizer onde você estava. Mas estávamos perguntando a *eles*! Janie, estávamos desesperados.

— Eu sei. Me desculpem — pedi. — Mas estou tão cansada que não poderia começar a contar nada. E quero muito, muito tomar um banho.

Eles pareciam ter medo de que eu fosse desaparecer novamente, caso me negassem qualquer coisa, então concordaram. Compreendi, enquanto enchia a banheira, o quão luxuoso de verdade era ter um banheiro privado no apartamento. Tive cuidado para não chutar a tampa do ralo e tomei meu primeiro banho — *sozinha*, em água quente, sem Benjamin e Pip esperando por mim para ficarem invisíveis — no que parecia fazer um bom tempo.

Quando terminei, seca, meus pais me deram um beijo de boa-noite e disseram novamente o quão terrível tinha sido, fazendo-

-me prometer contar *toda* a história, sem omissões, pela manhã. Em seguida, fui para a cama. Meu diário estava enfiado debaixo do colchão, onde eu o havia deixado, e o atualizei, a partir do momento em que permiti que Benjamin entrasse pela minha janela, há um milhão de anos para fugir de casa. Peguei no sono com o pequeno livro vermelho ainda na mão.

O dia seguinte era um sábado, e acordei com a luz amarela do sol entrando pela minha janela. Estiquei os braços e as pernas, feliz por estar em uma cama, em Londres, no apartamento dos meus pais: quase pensei na palavra *lar*, a qual nunca pensei em usar para lugar algum a não ser Los Angeles. Minha mãe fez ovos mexidos para o café da manhã, e eram as melhores coisas que eu já havia comido: quentes, salgados e deliciosos.

O telefone tocou, era Benjamin.

— Meu pai e eu estaremos no teatro de notícias na Victoria Station em uma hora — disse ele. — Pode vir com os seus pais?

Ele parecia estranho, mas não consegui saber exatamente por quê.

— Você está bem?

— Só cansado — respondeu. — Não dormimos muito. Escute, sabe aquele diário que você tem?

— Sim.

— Pode trazê-lo? Tem algumas coisas que eu quero comparar com o meu caderno.

Eu deveria ter suspeitado naquele momento. Deveria ter sido mais cautelosa o tempo inteiro. Mas estava tão feliz por ele estar a salvo e saudável, e queria tanto vê-lo e conversar sobre tudo que não conversamos ainda, que teria feito qualquer coisa que ele pedisse.

Havia narcisos amarelos florescendo precocemente nos canteiros das janelas enquanto meus pais e eu caminhávamos em direção ao metrô. O clima era revigorante e frio, mas ameno, se comparado ao do Ártico, e era bom estar na rua em um dia bonito. Meus pais estavam ansiosos para ouvir a história do boticário e com o humor surpreendentemente animado, como se ele já tivesse dado a eles uma poção de complacência feliz. Até começaram a especular sobre qual teria sido o motivo de minha ausência.

— Você entrou para um circo itinerante — chutou meu pai.

— Entrou para um bando de trovadores viajantes — disse minha mãe.

— Tornou-se uma domadora de elefantes? — perguntou meu pai. — Ou uma artista que caminha na corda bamba. Não consigo escolher uma opção.

— Apenas esperem — falei. — É bem mais estranho do que qualquer uma dessas histórias.

Na Victoria, entramos no cinema de notícias escuro e vi Benjamin e o pai sentados com Pip em uma das últimas fileiras, na luz intermitente de uma manchete sobre a luta na Coreia. Pip sorriu e acenou para mim, do fundo do corredor.

— Foram seguidos? — sussurrou Benjamin.

— Acho que não — respondi.

Meus pais e eu deslizamos para os assentos no final da fileira.

A primeira sessão de notícias terminou e outra começou. Não foi sobre um teste nuclear frustrado em Nova Zembla, mas sobre novidades da moda feminina. As modelos usavam saias cheias com minúsculas cinturas afiveladas, como a que Maid Marian usara quando fui aos Estúdios Riverton pela primeira vez, há muito tempo. A voz do locutor descrevia a extraordinária imaginação que causavam aquelas novas saias e vestidos. Meus pais estavam ficando agitados.

O boticário deve ter ficado satisfeito por não haver nada no noticiário sobre nós, porque ficou de pé.

— Vamos até o balcão de bebidas — sussurrou.

O cinema ficava em um tipo de mezanino sobre a estação de trem, as mesas estavam vazias naquele horário e longe do olhar das multidões lá embaixo.

— Obrigada por nos ajudar a escapar nas docas — agradeci a Pip.

— Eu não deveria... Acabei perdendo tudo!

— Os policiais pegaram você?

— Claro que não. Eram velhos e gordos.

— Esse é o nosso amigo Pip — apresentei aos meus pais. — Pai, você já conhece o sr. Burrows, o boticário. E esta é minha mãe, Marjorie Scott.

— Estou muito feliz por terem vindo — disse o boticário. — Devo aos dois uma explicação.

— Certamente — concordou meu pai.

Todos nos sentamos a uma mesa e minha mãe tirou um lenço, seu rosto alerta para mentiras. Meu pai também analisava o boticário com ceticismo e curiosidade, avaliando o quão confiável ele era. Eu me senti digna de protegê-lo e desejei que estivesse à altura dos padrões dos meus pais. Benjamin parecia mais saudável do que no dia anterior. Suas sardas haviam recuperado um pouco da cor.

— Primeiro, um brinde — sugeriu o boticário. Retirou a rolha de uma garrafa de champanhe e serviu o líquido dourado e efervescente em pequenos copos que Pip trouxera. — Acho que não haverá problemas se as crianças tomarem um gole hoje. Temos muitas razões para comemorar.

Ele ergueu seu copo em um brinde e todos bebemos. O champanhe estava gelado e ácido, as bolhas fizeram cócegas em meu nariz.

O boticário nos observou. Finalmente, disse, em um tom cuidadoso:

— Viajamos pelo mar para uma ilha no arquipélago de Nova Zembla.

— Para *onde*? — perguntou meu pai.

— Fica na Rússia — respondeu.

— Na *Rússia*?

— Tenho me preocupado há algum tempo — disse o sr. Burrows — com a nossa atual corrida para desenvolver armas catastróficas. Então, estive trabalhando em um método para conter uma bomba atômica depois de sua detonação. A União Soviética estava testando uma nova arma em Nova Zembla, garantindo-nos uma oportunidade ideal para o nosso próprio teste. Eu não sabia quando teríamos uma outra chance.

Olhei para os meus pais, que pareciam ouvir alguém falando em outra língua. Não estava certa de que entendiam tudo aquilo. Ou, talvez, apenas pensavam que ele fosse louco. De certa forma, pensei que *fosse* louco por contar tanta coisa a eles. Claramente, era um risco de segurança. Mas eu dissera ao boticário que queria revelar tudo, e ele pareceu me levar a sério.

Meu pai se virou para mim:

— É realmente onde você estava, Janie?

Assenti.

— Janie e Benjamin me ajudaram a escapar de um sequestro em Londres — contou o boticário. — Queriam ir comigo para Nova Zembla, mas me neguei a levá-los. No final, entraram como clandestinos no barco, passando por cima das minhas ordens. Tenho que dizer que sou muito agradecido pela ajuda deles. Mas não posso imaginar a angústia que vocês devem ter passado com sua filha desaparecida por tanto tempo. Ofereço minhas sinceras desculpas. Por favor, bebam mais um pouco de champanhe.

— Espere, volte um pouco — pediu meu pai, com as mãos erguidas. — Você disse que queria conter uma bomba atômica *depois* de ter sido detonada?

— Para controlar o impacto — respondeu o sr. Burrows. — Imediatamente após sua detonação.

— Você trabalha para o governo britânico? — perguntou minha mãe.

O boticário balançou a cabeça.

— Nosso Serviço de Segurança tem um pequeno problema com espiões, temo dizer. E nações com armas atômicas ou intenções de obtê-las possuem seus próprios interesses em mente. Seu poder reside no medo que a bomba cria. Se não houvesse medo, não haveria poder. Tais nações, incluindo a nossa, gostariam de evitar o uso e o conhecimento de qualquer antídoto para a bomba.

— Então, você está dizendo que... funcionou? — perguntou meu pai.

— Sim. E agora que provamos ser possível, podemos melhorar nossos métodos, aliados a cientistas de outros países que fazem trabalhos similares. Se alguma bomba for usada, como a inimaginável força destrutiva que é, tentaremos estar prontos.

— Espere... espere — pediu meu pai. — Desculpe ficar voltando na história. Mas estou tentando acompanhá-lo. Como chegaram a Nova Zembla?

— Pegamos um barco até chegarmos às águas russas e fomos parados por uma patrulha soviética — respondeu o boticário. — Então, voamos.

— Em um avião?

— Como pássaros.

Eu me contraí. Sabia que meus pais não acreditariam naquilo.

— Como *pássaros*?

— Sim.

Meu pai se virou para mim, esperando que eu contasse a *real* verdade.

— É espetacular — comentei. — Você adoraria. Eu era um pintarroxo.

Meu pai piscou.

O boticário disse:

— E, agora, Benjamin e eu partiremos.

Girei em sua direção.

— Espere... *o quê?*

— Aqui não é seguro para nós — respondeu o sr. Burrows. — Pegaremos um trem em... — checou o relógio. — Quatro minutos.

— Mas vocês não podem simplesmente ir embora!

— Ouça, Janie — disse Benjamin. Ele se ajeitou para a frente em sua cadeira e pegou minhas mãos, virando-me para encará-lo. — Temos que ir. Se tivesse pensado sobre isso, saberia. Nenhum de nós está a salvo. A bebida que tomou, aquele champanhe, vai demorar um pouco, mas fará com que se esqueça de tudo que aconteceu nas últimas três semanas.

— Esquecer?

— É melhor que isso seja uma piada de mau gosto — disse Pip.

— Você nos *drogou*? — perguntou meu pai.

— Davis — repreendeu minha mãe. — Por favor.

— Você ainda será capaz de viver a sua vida — disse o boticário. — Mas tudo sobre as últimas semanas será apagado. Minha loja, Benjamin, a viagem para Nova Zembla... tudo esquecido.

— Ele nos drogou, Marjorie! — exclamou meu pai.

Ele caminhou para longe da mesa com raiva, do mesmo jeito que fazia quando precisava se acalmar, e minha mãe foi atrás dele, para controlá-lo.

Eu disse:

— Benjamin, você não pode fazer isso! Aquelas lembranças são *minhas*! Eu salvei sua vida! Mais de uma vez!

— Eu também! — protestou Pip.

— Eu sei — disse Benjamin. — Mas não há outro jeito. Seria melhor se me entregasse o seu diário agora.

Balancei a cabeça.

— Não. Prometo não mostrar a ninguém.

— Estou tentando manter você em segurança.

— Mas preciso me lembrar de você!

— Por favor, Janie.

Seus olhos me imploravam, e tirei o pequeno livro do meu bolso e o entreguei.

Ele olhou para a capa vermelha.

— Espero que diga que você gosta de mim — comentou Benjamin. — E que não era apenas o Aroma da Verdade falando.

Eu estava com raiva demais para responder... era tão óbvio como me sentia em relação a ele e passamos por tanta coisa desde o Aroma da Verdade! Senti meus olhos se encherem de lágrimas.

— Para onde você vai? Como sabe que ficará a salvo?

— Cidades inteiras podem ser devastadas se houver uma guerra — respondeu. — Temos a responsabilidade de protegê-las.

— Então me deixe ir com vocês!

— Tem que ficar aqui com seus pais — disse. Ele pegou as minhas mãos e olhou para elas. — Ouça, Janie, você se lembra daquela noite no corrimão da *Anniken*?

— Sim — respondi.

Lágrimas desciam pelo meu rosto agora, e eu não as impedi.

— Acho que nenhuma poção seria capaz de apagar aquilo — disse ele. — Não para mim. Espero que se recorde dessa parte.

Uma mecha solta de cabelo caiu sobre meu rosto e Benjamin a arrumou atrás de minha orelha. Ele sorriu.

— Cabelo americano — disse.

Em seguida, chegou para a frente e eu podia sentir o calor de sua respiração, o cheiro limpo e perfumado de sua pele. Perguntei-me onde havia dormido e tomado banho, mas então seus lábios tocaram os meus e senti uma corrente elétrica firme percorrendo meu corpo inteiro. Eu sabia que jamais esqueceria aquela sensação, pelo tempo que vivesse.

Então uma voz vagamente familiar, sedosamente maliciosa, surgiu acima de nós e disse:

— Olá, Jane.

Nós dois olhamos para cima, era o detetive Montclair, o policial de cabelo ralo que nos prendera na escola. Ele estava parado do outro lado do gradil de ferro que cercava as mesas do balcão de bebidas. Seu parceiro O'Nan estava atrás dele.

O boticário ficou de pé para cumprimentá-los, entregando um copo através do gradil.

— Cavalheiros — disse ele. — Gostariam de nos acompanhar com um pouco de champanhe? Abrirei outra garrafa.

Lembrei-me do quanto o detetive Montclair me parecia uma cobra, balançando-se de leve, esperando para dar o bote.

— Você está preso por traição, sr. Burrows — disse ele. — Aconselho que venha tranquilamente. Sr. e sra. Scott, temo que também terão de me acompanhar.

— Por quê? — perguntou meu pai. — Para quê?

— Conluio com traidores — respondeu o detetive. — Falsa queixa sobre o desaparecimento de sua filha. Danos criminais. A questão é se devo mandá-los de volta aos Estados Unidos para enfrentar perguntas sobre seus amigos comunistas ou prendê-los aqui.

— Posso explicar tudo — disse o boticário. — Oficial, por favor, acompanhe-nos em um drinque.

O oficial O'Nan balançou a cabeça, mas percebi que olhou ansiosamente para a garrafa.

Um trem foi anunciado nos alto-falantes. Enquanto todo mundo parou para ouvir, Benjamin levantou-se de seu assento e saltou sobre o corrimão baixo de metal, correndo para as escadas que desciam do mezanino. Os policiais foram atrás dele. O boticário saiu correndo entre as outras mesas.

Pip e eu nos entreolhamos. Minha memória sobre a conexão exata que tínhamos com o boticário começava a ficar nebulosa.

— O que está *acontecendo*? — disse minha mãe.

— Temos de ajudá-los a escapar — sugeriu Pip.

Minha mente clareou novamente e me lembrei de que Benjamin estava se despedindo. Tudo em mim protestava, mas sabia que Pip estava certo. Deixamos meus pais e corremos na direção das escadas, descendo três degraus de cada vez.

Quando chegamos aos trilhos, vi Benjamin puxando o pai pela porta do trem, que começava a se mover. Os dois policiais se aproximavam dos dois. Pip correu mais rápido e disparou por entre as pernas dos oficiais, agarrando-lhes os tornozelos, fazendo-os cair esparramados.

348 O BOTICÁRIO

Desviei dos homens caídos e entrei no vagão atrás do de Benjamin, enquanto o trem começava a ganhar velocidade. Meu pé escorregou e agarrei a maçaneta da porta, os pés suspensos da plataforma por alguns longos segundos, que me fizeram ficar tonta. Então, me recuperei, e subi.

Olhei para baixo e vi os policiais na plataforma lutando para se levantarem depois da colisão com Pip, mas então minha mãe os ajeitou, limpando seus casacos, perguntando se estavam bem. Ela estava com uma das mãos sobre o peito do oficial O'Nan, e eu sabia que estava evitando que ele se levantasse enquanto fingia ajudá-lo. Em meio à minha confusão, pensei no quão valente e esperta ela era. Pip ainda estava agarrado às pernas dos policiais e reclamando em alto e bom som. Meu pai subiu no trem, ao meu lado.

O trem estava cheio de passageiros guardando suas bagagens e localizando seus assentos, e meu pai e eu passamos entre eles, desviando. Quando cheguei à passagem entre o nosso vagão e o seguinte, Benjamin estava se agachando do outro lado, derramando um líquido de um frasco. Havia uma fumaça estranha vindo do chão estridente piso, cobrindo os acoplamentos entre os dois vagões, mas não era a fumaça laranja que Jin Lo havia usado para nos tirar do bunker. Era de um tom cinza-claro, com nuvens amareladas, e tinha um cheiro sulfúrico.

— Benjamin! — chamei.

Ele olhou para cima e seus olhos estavam tristes. Ficou de pé e guardou o frasco no bolso.

— Não podemos ser presos, Janie — disse ele. — Você entende, certo?

— Pip parou os policiais — falei. — Não estão a bordo do trem!

— Não podemos arriscar.

— Só me deixe ir com você!

Eu estava prestes a entrar na fumaça amarelo-acinzentada, mas meu pai pegou meu braço e olhei para baixo. O chão estava se dissolvendo entre nosso vagão e o de Benjamin, enquanto o metal se desfazia e começava a cair. O cheiro de enxofre se tornou mais intenso e a fumaça mais espessa. Eu conseguia ver o acoplamento exposto entre os dois trens, até que também começou a se desintegrar.

— Espere! — pedi, sem saber se estava falando com Benjamin ou com o chão.

Era impossível afastar meu olhar de tudo que mantinha os dois vagões conectados e que agora derretia. Logo, um único cabo seria tudo que sobraria, e finalmente ele foi corroído e rompeu. A frente do trem parecia saltar livre de sua sobrecarga, e Benjamin correu para longe.

— Não! — gritei, tentando alcançá-lo, em uma agonia de arrependimento.

Meu pai me envolveu em seus braços.

— Perdão por colocar Janie em perigo, sr. Scott! — gritou Benjamin. — Mas agora não está mais. Ela ficará segura!

Em seguida, o trem desapareceu, engolido por uma neblina esverdeada, que tomou conta da cidade, sem origem conhecida. A última vez que vi Benjamin foi um flash de seu cabelo cor de areia na porta do vagão.

Nossa parte do trem parou, fazendo um barulhão, sem motores e amparo. Meu pai e eu descemos e passamos pelas pessoas confusas reunidas na plataforma. Alguém comentou que o engenheiro havia parado o trem nos trilhos mais adiante, mas eu sabia que Benjamin e o pai já teriam desaparecido na fumaça repentina e suspeita. Não havia motivo para ir atrás deles. Andamos de volta quase 1,5 quilômetro ao longo dos trilhos, em meio à multidão confusa e sobre as esquisitas pedras que ficavam entre os dormentes.

O champanhe estranho que tínhamos bebido chegava furtivamente aos nossos cérebros, carregado por suas bolhas, que pareciam inocentes — que mais tarde eu descobriria ser uma característica de todos eles —, e nossas memórias se apagavam rapidamente. Meu pai parecia se agarrar às perguntas que lhe ocorreram em flashes.

— O pai daquele menino disse que vocês se tornaram *pássaros*?

— Acho que sim — respondi.

— O que ele quis dizer com aquilo?

— Não tenho certeza. Lembro-me de voar ou algo semelhante. E havia uma calhandra. — Pensei com força sobre a calhandra. — Isso parece importante. Mas tudo sobre isso é difícil demais de lembrar.

Quando voltamos à estação, minha mãe nos esperava na plataforma.

— Eu me sinto tão estranha — disse ela. — E sei que deveria saber *o porquê* de me sentir assim, mas isso insiste em escapar da minha memória.

Encontramos Pip sentado na base da escada que levava para o cinema de notícias, com o detetive Montclair e o oficial O'Nan. As duas garrafas de champanhe do boticário estavam no degrau entre os seus pés. Eu tinha apenas o suficiente da minha memória para reconhecê-lo.

— Só estou tomando uns drinques com esses rapazes — disse Pip. — Pareceu uma boa na hora, mas agora não faço *ideia* do motivo.

Os três terminaram a segunda garrafa, e do detetive, toda a sua esperteza de cobra e suas ameaças de deportação desapareceram, então ele se levantou para apertar a mão do meu pai.

— Como vai? — perguntou. — Eu sou o detetive Charles Montclair da Scotland Yard. Creio que não nos conhecemos.

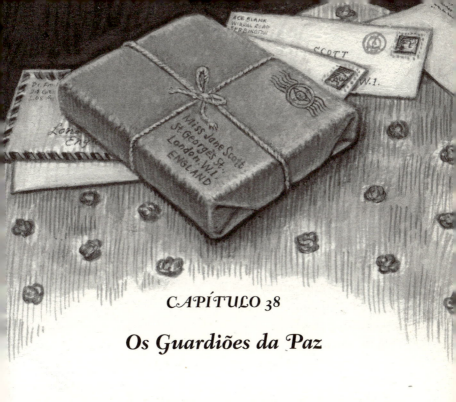

CAPÍTULO 38

Os Guardiões da Paz

Minha vida, como se tivesse tido início naquele dia, na Victoria Station, era muito estranha. A perda de memória de todos nós que bebemos o champanhe era precisa e focada: as últimas três semanas foram simplesmente apagadas. Meus pais e eu conseguimos voltar para o nosso apartamento na rua St. George — meu pai parecia saber que precisávamos voltar rapidamente e me puxou e a minha mãe pelas mãos pelas ruas —, mas tivemos de reconstruir nossa vida por meio de pistas que lá encontramos.

Meus pais ainda sabiam que tinham um emprego com Olivia Wolff e conseguiram encontrar os Estúdios Riverton, mas perderam completamente o fio da meada da história na qual estavam trabalhando, e tinham de encarar o espanto e a impaciência de Olivia sem qualquer explicação. Ela pensava que o trauma do meu desaparecimento tinha bloqueado suas lembranças. Mas eles não estavam traumatizados, porque não recordavam que eu havia sumido, nem eu. Nossa locatária, a sra. Parrish, ficava encabulada e pesarosa perto dos meus pais e bruscamente desaprovadora comigo, sem motivo aparente.

Eu tinha um uniforme e livros da escola St. Beden, então, fui para lá e segui o cronograma de aulas que encontrei enfiado em meu caderno. A menina loura e bonita que se sentava à minha frente na aula de Latim me perguntou como tinha sido a viagem de barco. Olhei para a mesa vazia atrás de mim, pensando que estava falando com outra pessoa.

— Com Benjamin — lembrou ela.

— Quem é esse?

Ela me encarou.

— Oh, *não*! — exclamou. — Aconteceu com você também!

— O quê?

— Você e Pip, os dois se esqueceram de tudo.

— Quem é Pip? — perguntei.

A estranha professora de Latim, a srta. Walsh, nos pediu que parássemos de conversar, a não ser que houvesse algo para dizer à sala inteira. Sarah revirou os olhos e me passou um bilhete: *Sinto falta do sr. Danby!*

Quem é o sr. Danby?, escrevi.

Sarah leu o bilhete e observei sua trança se mover enquanto balançava levemente a cabeça. Havia algo sobre aquela trança e a inclinação de seu pescoço que parecia importante, mas eu não conseguia lembrar o que era. Ela escreveu uma resposta e repassou o papel. *Você tem que almoçar comigo.*

As amigas de Sarah abriram um espaço para mim em sua mesa, o que afastou a ansiedade de ir a um refeitório que eu nunca tinha visto. As meninas eram bobas, mas gostei do namorado de Sarah, Pip, logo de primeira. Ele era mais baixo que ela, com olhos grandes como os de um animal, de que eu não conseguia me lembrar, e um sorriso rápido. Também era novo em St. Beden, transferido do East End.

— Apareci na minha antiga escola — contou Pip — e eles disseram que eu tinha um tipo de bolsa aqui. É como se eu tivesse sido atingido na cabeça ou algo do gênero, e três semanas desapareceu.

— Três semanas *sumiram* — corrigiu Sarah.

Pip sorriu.

— Ela quer que eu fale todo alinhado — disse ele. — Mas você vai gostar daqui. Estou no clube de xadrez, que descobri quando um tal de Timothy apareceu e me deu meia coroa do nada. Deveria se inscrever.

— Eu não sou muito boa em xadrez.

— Perfeito! — exclamou Pip. — Então jogaremos por dinheiro.

Novamente senti uma pequena descarga elétrica em meu cérebro, como se minhas sinapses tentassem me dizer alguma coisa, mas eu não soubesse o quê.

— Havia um cara russo que era o presidente do clube de xadrez, segundo eles — continuou Pip. — Mas ele se mudou para os Estados Unidos, então, agora eu sou o presidente. Acho que um dia me mudarei para o mesmo lugar. Você é de lá, não é? É muito legal?

Eu disse que sim... mas que Londres também era.

Quando Sarah descobriu que meus pais estavam escrevendo um programa de televisão sobre Robin Hood, quis visitar o estúdio, então eu a levei com Pip até Riverton, depois das aulas, de trem. Meus pais ficaram muito felizes por eu estar fazendo amigos — quaisquer amigos —, mas Olivia Wolff se apaixonou por Pip, com seus olhos enormes e sua graça de acrobata.

— Onde você *o* encontrou? — perguntou.

Olivia pegou um táxi naquela noite até o East End a fim de encontrar os pais de Pip, que não tinham telefone, para incluí-lo no elenco como o membro mais jovem do bando de Robin Hood. Pip adorou o trabalho, o salário e a atenção. Quando a peça estreou, pessoas começaram a reconhecê-lo na rua e eu pensei que devia ser a primeira vez na vida de Sarah em que ela não recebia atenção das pessoas que passavam por ela apenas por sua beleza. Imaginei ser algo bom para ela, caso suportasse.

Juntei-me ao clube de xadrez, Pip era um professor paciente. Ele me mostrou como pensar três ou quatro movimentos à frente em vez de avançar precipitadamente na minha jogada. Aos poucos, me tornei uma oponente aceitável.

Sergei Shiskin, o ex-presidente do clube, enviou uma carta breve de Sarasota, Flórida, com um retrato desfocado de um homem com uma barba e uma mulher que usava um lenço na cabeça parados em uma bela praia com dois adolescentes: um garoto alto e grande e uma menina pálida, que parecia frágil. Era difícil ver seus rostos, mas pareciam sorrir, com os olhos apertados por conta da luz do sol da Flórida. A carta dizia que Sergei estava bem e gostava da nova escola. No final, dizia: *Obs.: Diga a Janie e a Benjamin que eu lhes agradeço, por favor. Não tenho seus endereços.*

— O que ele quer dizer? — perguntei a Timothy, o garoto espinhento que me entregara a carta.

— Claro — disse ele. — Você é Janie.

— Mas eu não o conheço.

— Óbvio que conhece! Estavam juntos na equipe de ciências!

— Que equipe de ciências? Não havia equipe alguma.

Por fim nossos amigos se acostumaram com a irritante amnésia. Era apenas uma característica minha e de Pip, como o fato de que eu era da Califórnia e Pip, de East End: ambos perdemos as mesmas três semanas de nossas vidas.

Alguns agentes britânicos de terno apareceram para fazer algumas perguntas para a minha família, mas não tínhamos nada para contar a eles. Perguntaram sobre o sr. Danby, e eu disse que achava que ele tinha sido professor de Latim na minha escola, mas não o havia conhecido e agora tínhamos a srta. Walsh. Também perguntaram sobre um boticário chamado Marcus Burrows e seu filho, Benjamin, que tinha a minha idade. Nós sabíamos que havia uma botica fechada na esquina, mas aquilo era tudo.

A Guerra Fria continuou, e os americanos e soviéticos permaneceram trabalhando em suas armas nucleares. Havia rumores de que a Inglaterra estava prestes a fazer um teste na Austrália. Ainda tínhamos treinamentos contra bombardeio na escola, mas, quando o alarme alto soava e pessoas começavam a se enfiar debaixo das mesas e carteiras, eu não sentia medo... embora, obviamente, não soubesse o motivo.

⚕

Exatamente um ano após ter retornado a St. Beden, recebi um pacote pelo correio, sem endereço de remetente e com um selo estranho, que não reconheci. Levei-o até o meu quarto e rasguei o papel marrom. Dentro havia um pequeno diário vermelho.

Abri o livro e reconheci minha própria letra, mas não me lembrava de ter escrito as palavras. Passei as páginas, lendo uma entrada datada de fevereiro sobre o quão irritada eu estava com meus pais por terem me arrastado para Londres. Então li uma sobre meu primeiro dia horrível em St. Beden e como a única parte boa foi ter conhecido um garoto chamado Benjamin Burrows, que queria ser um espião. Uma entrada fora interrompida quando Benjamin escalou a árvore que ficava do lado de fora do meu quarto, porque seu pai estava desaparecido e ele não tinha nenhum outro lugar para ir.

Lembranças começaram a voltar aos poucos, e em pedaços. Algo me fez parar de ler e revirar as páginas em branco no final.

Havia uma mensagem em uma delas, e não fora escrita com a minha letra. Parecia ter sido redigida com cuidado, com consideração, e dizia:

> Querida Janie,
> Agora já deve ser seguro para que tenha isto. Eu o li todos os dias. Espero que não se importe. Não acho que se importaria antes. Ler isso é como eu a mantenho comigo. Estou o enviando de volta agora para ajudá-la a entender o motivo de termos partido e para dizer que voltarei. Pode levar mais um ano ou mais, não sei. Mas comece a trabalhar no seu xadrez. Espero uma boa abertura.
>
> Com amor, B.

Era um dia raro de sol no início da primavera e a árvore que Benjamin escalara para chegar à minha janela estava cheia de brotos verdes. Eu *tinha* uma boa abertura de xadrez e me sentei com o diário no colo, sentindo como se fosse explodir com uma risada inevitável e boba, e que encobria uma dor triste e séria. Eu não havia compreendido os sentimentos estranhos que tivera durante o ano todo, mas agora, sim. E sabia, sem questionar, que Benjamin estava lá fora, em algum lugar, com o seu pai, cuidando de nós, arriscando sua vida para manter o mundo a salvo.

E que eu o veria novamente.

Agradecimentos

Estou em dívida com meus amigos Jennifer Flackett e Mark Levin pela existência deste livro, por me trazerem Janie, Benjamin e o misterioso boticário e confiarem a mim o início de uma história com a qual se importam profundamente. Eles me descreveram o que imaginaram como um filme, permitiram-me seguir com isso e discutiram o desenrolar enquanto tudo era alterado. No processo, descobri dois novos mundos: a gélida Londres da Guerra Fria e o incrível e receptivo mundo da editora de livros infantis Penguin, e tem sido uma aventura que mudou a minha vida.

Ao escrever este livro, consultei a obra *Austerity Britain 1945-1951*, de David Kynaston, a exposição *The Children's War*, no The Imperial War Museum, em Londres, e o livro de Lyn Smith chamado *Young Voices: British Children Remember the Second World War.*

As Aventuras de Robin Hood foi um antigo programa de televisão, produzido por Hannah Weinstein, que se mudou para Londres no princípio dos anos 1950 e contratou roteiristas americanos, cujos nomes se encontravam em listas negras, para escreverem sob pseudônimos. Tomei a liberdade de usar detalhes reais do programa, assim como com a figura histórica do físico Andrei Sakharov.

O real Chelsea Physic Garden em Londres é, de fato, um lugar mágico, que cultiva plantas medicinais de todas as partes do mundo. Realmente existe uma amoreira no centro, com longos galhos, sob os quais você pode se esconder. Se o jardim cultiva ervas capazes de fazer alguém revelar a verdade ou se tornar um pássaro, não tenho certeza, mas acho importante estar sempre aberto às possibilidades.

Este livro foi composto nas tipologias
Berkeley Oldstyle Book e Fairfield LH 76 Swash Old Style
e impresso em papel Lux cream 70 g/m² na Lis Gráfica.